居場所を奪われ続けた私は
どこに行けばいいのでしょうか？

登場人物紹介
シリル
王妃の弟で、
優秀な若き辺境伯。
偏見を持たずに
リゼットの能力を認め
重用している。
リゼット
家族に蔑ろにされる
薄幸の伯爵令嬢。
父や母に認められるため
必至に勉学に励んでいたが
家を出て女官になった。

ダミアン
リゼットの元婚約者。
軽率な性格で
カミーユに乗り換えた。
クレマン
リゼットの上司。
愛想はいいが
仕事はできない。
ケルツ
辺境伯家の家令。
シリルとリゼットを
あたたかく
見守っている。
セリーヌ
リゼットの下の妹。
可憐だが腹黒で
姉を利用しようと
している。
カミーユ
リゼットの上の妹。
思慮が浅く我儘で
姉を見下している。

0

コトンと誰かが物を置く音で目が覚めた。だけど、瞼《まぶた》は開かない。まだ眠くて仕方ない。もぞっと動いたからか、頭の上の方から声がかけられる。

「リゼット、起きたのか？」

私を抱きかかえている旦那様の低い声。起きている確信がないのか、小声でそっと聞いてくる。起きているわと答えたいのに、また眠りの中に引きずり込まれそうだ。

「旦那様、奥様はまだ寝ているのではないですか？」

「奥様は頑張りすぎですからね。冬ごもりに入って、日頃の疲れが出たのでしょう」

少し離れたところから使用人たちの声もする。優しく、私をいたわってくれる声。それに応じるように、旦那様はくすりと笑う。

「そうだな。リゼットがゆっくり休むのは冬ごもりの間だけだ。本当に冬ごもりがあって良かったよ。じゃなかったら、リゼットは一年中ずっと頑張り続けてしまうだろう。冬ごもりが終わったら、無理させないように見張らないとなぁ」

そんなことないのに。私は無理なんてしていない。ただ、自分のやりたいことをしているだけ。

「奥様を寝台にお運びしなくていいのですか？」

「この部屋の奥にも寝台が置いてありますよね」

ううん、そんなことしなくていい。寝台があるのはわかっているけど、ここがいいの。

「いや、リゼットを寝台に連れていったら、起きたときにさびしがるだろう」

「それもそうですね。旦那様の腕の中が一番ですもの」

「ふふふ。お邪魔しました」

使用人たちの声が遠くなっていく。残るのは私たちだけ。

「ゆっくり眠ればいい。起きたら、また話そう」

どこまでも優しい旦那様の声。広い腕の中に抱きかかえられて、とても安心する。あぁ、ここが私の居場所だって、ようやくたどり着いたんだって昔の私に教えてあげたい。

あの頃は、これほどまでに幸せになるなんて、思いもしなかったから。

1

しまったと思ったときには遅かった。

使用人たちと朝食をとった後、家令のジェイが忙しそうにしていたから勉強を教えてもらうのは待とうと、少しだけ中庭を散歩して戻ってくるつもりだった。いつもなら昼まで寝ているはずのお母様が、こんな時間に中庭にいるなんて。

見つかる前に逃げればいいのに、立ちすくんでしまう。近くに咲いている薔薇《ばら》を楽しそうに見ていたお母様が、こちらを向いて動きを止める。さっきまでの優しそうなお母様はどこにもいなかった。視線が合うと、すっと無表情に変わる。

「……その色はっ。リゼット!?　どうしてあなたがこんなところにいるの！」

「……ご、ごめんなさい」

甲高い声で叫ばれて、身体を小さくして謝る。

どうしよう。お母様の前に出てはいけないって、あんなに言われていたのに。

逃げようと思っても怖くて身体が動かない。お母様が通り過ぎてくれるのを待っていたけれど、強い力で腕を掴まれ、そのまま引きずっていかれる。お母様の赤く色をつけた長い爪が腕に食い込んで痛いけれど、怖くて声が出せない。

助けてほしくても、忙しい時間だから誰も通りかからない。連れていかれたのはお母様の部屋のようだ。お母様と同じ香水の匂い。お母様は私を部屋の中央に立たせると、奥の机から何かを持ってくる。きらりと光ったそれは、大きな裁《た》ちばさみだった。

ジャキン、ジャキンとすぐ近くで音がする。目を閉じることもできず、私の桃色の髪が一房ずつ床に散らばっていくのをただ見ている。

「あぁ、もう！　短くなっても目障りなんだから！」

「奥様!?　裁《た》ちばさみなど持ち出されて、何をしているのですか！」

ようやく異変に気がついたのか、お母様付きの侍女が止めに入る。もうほとんどの髪が切られている。今さら止めたところでどうにもならないとわかっているけれど、これ以上切られたら耳まで切り落とされそうで怖かった。

「だって、見なさい！　このはしたない色の髪！　あぁ、もう嫌だ。二度と見たくないわ！　短く刈り込んでしまえば少しは見なくて済むでしょう？」

「お嬢様の髪を切るなんて、なんてことを！　旦那様が知ったらどうなるか！」

「嫌なものは嫌なのよ！　だったら、見ないで済むようにこの子を閉じ込めてちょうだい！」

美しい顔をゆがめたお母様が、侍女に止められてもまだ握りしめていた裁《た》ちばさみを振り回す。

それほどまでに私の髪を見たくなかったのか。

床には大量の桃色の髪。七歳になる今まで一度も整《ととの》えられることなく、伸ばしっぱなしだったからかなり多い。さっきまで私の髪だったものが、あちこちでふわふわ揺れ動いている。

私の髪を切った理由は、聞かなくてもわかる。お母様は私の桃色の髪と赤い目が嫌いだから。いつも見る度《たび》に顔をしかめて、はしたない色、みっともない髪、そう叱る。髪を引っ張られたり、目が合った瞬間に頬を叩かれたりしたことはこれまでもあった。

……私がこの色を選んだわけじゃないし、こんな色に産んだのはお母様なのに。お母様のように紺色の髪に青い目だったら怒られなかった。どうして同じ色にならなかったんだろう。

「あぁ、こんなに短く切ってしまわれるなんて」

「桃色の髪だなんて見たくないわ！　火属性なんかいらないのに。どうしてこんな子を産んでしまったの……」

「奥様、大丈夫です、見た目は変えられます」

「それなら早くそうしてちょうだい！　あぁ、もうその目も見たくないの！　そんな目で私を見ないで！」

これから何をされるのだろうと怯えながらお母様を見ていただけなのに、持っていた裁《た》ちばさみを投げつけられる。あまりのことに身体が動かなくて避けられなかったけれど、裁《た》ちばさみは私にはぶつからず床に刺さった。

それが気に入らなかったのか、今度は近くの机の上にあった文箱を投げつけられた。木で作られた固い箱の角が左腕に当たって、じんじん痛む。でも泣いたらよけいに怒られるし、声を出すだけでも殴られるかもしれない。唇を噛んで痛みから気をそらす。箱がぶつかった腕から血が流れ、指を伝ってぽたぽたと床に落ちた。それでも、ここから逃げ出せない。

「誰か、奥様を他の場所へお連れして！」

「もうその子を私に近づけないで!!」

泣き叫ぶお母様に侍女だけでなく、騒ぎに気がついた家令もつきそって違う場所へと連れていった。

みんなが出ていった後、部屋には私一人が残される。乳母のエリンが助けに来てくれるまでそこに立っているしかなかった。勝手に動いたら、また怒られると知っているからだ。

「あぁ、髪を切るとは。こんなに短く……なんてことを。大丈夫ですか？　リゼット様は何も悪くありませんのに」

ほとんどの髪が短く切られてしまった。所々、切られなかった部分が残っているけれど、よけいにみっともない。綺麗に切りそろえてくれるようにお願いすると、エリンは悲しそうな顔をする。

「エリン。私の髪っておかしいの？」

「いいえ、リゼット様は風の属性が強く出ているだけで、火と合わせて二属性もお持ちなんて、素晴らしい才能です！」

「じゃあ、どうしてお母様はあんなに私の髪と目を嫌うの？　火属性は嫌って言っていたわ」

「……それは」

答えられないのか、答えてはいけないのかはわからないけれど、エリンは口をつぐんだ。

お母様は水属性、お父様は土と風属性。私の風属性はお父様から受け継がれたのだと思うけれど、じゃあ火属性は誰から？

私が桃色の髪と赤い目で生まれなければ嫌われなかった。それだけはわかっている。

誰のせいでこんなことになっているか、その答えがわかったのは、もっとずっと後のことだった。

窓の外から声が聞こえる。小さな女の子がはしゃいでいる声。

カーテンに隠れるようにして覗いてみたら、女の子が二人、追いかけっこをしていた。きっとあれが妹のカミーユとセリーヌ。二歳下と三歳下だったから、今は五歳と四歳のはず。一度も会ったことはないけど、血がつながった妹たち。二人とも茶色の髪に茶色の目。お父様に似て土属性に違いない。

不思議な感じがして見ていると、カーテンが揺れたのか、こちらに気がついたようだ。

二人が可愛らしい丸い目をこちらに向けた途端、どこからか大人の女性の声がした。

「二人とも、そちらを見るんじゃありません」

「お母様、どうして？」

「そちらの部屋にはダメな子がいるの。二人は関わらなくていいのよ」

「ダメな子？　ふーん」

カミーユはその言葉を聞いて、興味を失ったように向こうに行ってしまう。セリーヌはカミーユを追いかけて走っていく。

お母様もいたんだ。あんな優しそうな声、初めて聞いたから気がつくのが遅れた。

窓から見ていたことが知られたら怒られるかもしれない。カーテンをしっかり閉めると、部屋は薄暗くなる。本を読むにはこのくらいがちょうどいい。

日が陰り、本を読むのが難しくなった頃、ドアがノックされた。入ってきたのは侍女のアンナだった。アンナは私を見ると泣きそうな顔になる。先日お母様に切られた髪はそのままだ。こんな短期間に伸びるわけがない。みんなが悲しそうな顔をするから、私室から出るのはやめた。

「リゼット様、ようやくカツラが届きました」

「ありがとう」

「子ども用のカツラはめずらしいようで、王都でもこの色しか売っていなかったそうです。黒髪ですが、どういたしますか？」

箱に入っていたのは、黒いカツラだった。アルシェ伯爵領地にはカツラを売っている店がないため、王都にいる者に頼んで取り寄せた。そもそも髪の色を隠す人は少ない。髪と目の色で属性がわかるのだから、隠すのは何かやましいことがある者くらいだ。もしくは、なんらかの理由で髪を失ったとき。大人用のカツラでさえ少ないのだから、子ども用のカツラなんてなおさらめずらしいだろう。

「黒だと何かいけないの？」

「黒は闇属性の色ですから。王都ではあまり好ましく思われていません」

「でも、きっとお母様は黒よりも赤が嫌いだよね？」

「……はい。そうだと思います」

「じゃあ、これでいい。カツラをつけるの手伝ってくれる？」

「はい」

アンナに手伝ってもらって黒のカツラをつける。髪が短くなっているからか、あまり違和感がない。鏡の中の私は黒髪の少女になっていた。だけど、まだ目は赤い。このままではお母様の前には出られない。

「目の色はどうするの？」

「カツラの色に合わせて、かけると黒い目に見える眼鏡も入っていました。魔術具だそうです。かけてみますか？」

「うん」

魔術具の眼鏡をかけると鏡の中の少女は真っ黒い目に変わる。魔術具だからか、重さはそれほど感じない。これなら大丈夫に違いない。

アンナは申し訳なさそうに謝っていたけれど、私は何色でも良かった。静かに暮らせるのなら、黒髪が闇属性の色だとしても問題はない。闇属性が嫌われていたとしても、命の危険があるわけじゃない。顔をしかめられるくらいなら、どうってことなかった。

その日から、私室の外に出るときは必ず黒いカツラと眼鏡をつけて過ごすことにした。使用人たちは、最初は痛ましいものを見る目をしていたが、それもこの姿を見慣れてくると普段通りに戻った。

初めてカツラと眼鏡をつけた状態でお母様の前に出たときはさすがに怖かった。これでも怒られたらどうしようと思い、手が震えていた。お母様は私のことを数秒見ただけで、何も言わずに立ち去った。それ以降は、会ったとしても無視されている。

幸い、屋敷の使用人たちは私に優しかった。女主人であるお母様の意向に逆らえなくても、不自由のないように生活を整えてくれたし、勉強を教えてくれたり、仕事が終わった後で庭遊びにつきあってくれたりした。

黒いカツラと眼鏡をつけたことで、私の行動範囲は大きく変わった。今までのように私室と使用人用の食堂だけではなく、図書室などにも行けるようになった。ジェイから勉強を教わる時間も長くなり、私室以外にいることが増えた。そのこと自体はうれしかったけれど、困ったことに妹たちに会う機会も増えていた。

「誰、この子」

「誰、ねぇ、誰なの？」

二人の第一声はそれだった。どうやらお母様は私の存在を二人に伝えていないらしい。

「カミーユとセリーヌね。あなたたちの姉よ」

「姉？　そんなのはいないわ」

「私の姉は一人だけよ？」

言われても納得できないのか、カミーユは嫌そうに顔をゆがめた。セリーヌは本当に自分の姉は一人しかいないと思っている様子で、きょとんとしていた。どう説明したらわかってもらえるのかと考えていたら、ジェイが代わりに説明してくれる。

「カミーユ様、セリーヌ様、この方はリゼット様です。お二人のお姉様で間違いないですよ」

「ジェイまでそんなことを言うの？」

「ええ、本当のことですから」

「本当……？　お母様に聞いてくる！」

ジェイの言葉を半分だけ信じたのか、二人は走ってお母様のところへ行った。その後ろ姿を見ながら、大丈夫なのか不安になる。お母様は私を娘だと言うだろうか。

それからしばらくして戻ってきた二人は、私をにらみつけた。

「あなたを姉だなんて認めないから！　出来損ないなんでしょ！」

「お母様が、あれは無視していいって！　だから、無視するから！」

そう叫ぶと、また二人は部屋から出ていく。青ざめた顔のジェイに向かって、気にしなくていいと笑いかける。ジェイのせいじゃないのだから。

「一応は姉だと説明されたのね。二人に無視されるくらいなら問題ないわ。こちらも気にしなければいいのだもの」

「……リゼット様。それでもリゼット様が長女だということに変わりはありません。いつか、あの方たちもリゼット様のことを認める日が来るでしょう」

「本当に認めてもらえるのかしら」

「ええ、その年でここまで領主の仕事を理解できている令嬢はいないでしょう。旦那様にも報告はしています。このアルシェ伯爵家を継ぐのはリゼット様と将来の旦那様になると思います。だから、その日のためにも頑張りましょう？」

「……うん、わかったわ。ありがとう」

本当は、領主になれるかどうかもわからないのに、勉強して役に立つのだろうかと思っていた。だけど、勉強している間はジェイが面倒を見てくれるし、計算ができたご褒美《ほうび》に飴をもらえるときもある。だから、勉強していただけ。

めったに領地に来ないお父様の顔は覚えていない。最後に会ったのはセリーヌが生まれる前だから、もう四年以上も前。お父様も私の顔なんて覚えていないんじゃないかと思う。

私がこの家の令嬢じゃなくて、ジェイやエリンの子どもだったら良かったのに。そう思いながらも、期待されるとやらないわけにはいかない。カミーユとセリーヌが楽しそうにお母様と遊びに行く日も、私は屋敷の中にこもって勉強だけをしていた。

十歳になる頃、七、八年ぶりにお父様が領地に帰ってきた。玄関で出迎えるとき、久しぶりに会うお父様を見て、こんな顔をしていたなと思い出す。

風と土属性を持つお父様は薄い栗色の髪と茶色の目をしている。長身でひょろりとした姿を見て、私の体形はお父様に似たのかと思った。

夕方になり、家族そろっての夕食に呼ばれることになった。さすがにお父様がいるときに私を呼ばないわけにはいかないらしい。家族用の食事室に入ったのは初めてで戸惑ったが、そんなそぶりを見せたらどんな目に遭わされるかわからない。

ジェイからどこまで報告がされているのかわからないけれど、お母様は私と顔を合わせていないとお父様に知られたくないようだ。「何か言ったら、家から追い出すわよ」と言われていたため、いつもどおりの食事だという顔をして席に着いた。

私が同席していることが面白くないのか、カミーユがにらんでくる。それでも何も言わないのは、カミーユたちもお母様から言われているんだろう。お父様が王都に戻るまでは私が何をしても黙っているように、とか。

使用人に椅子を引かれて座ると、着ているワンピースのみすぼらしさが気になる。お母様と妹たちは晩餐《ばんさん》用の綺麗なドレスを着ているが、私は着古して生地が薄くなってしまったワンピース。穴が開いたのを裏側から布をあて、その上に刺繍をして誤魔化したものだ。お父様に似て背が伸びるのが早いせいで丈も短くなり、足首が見えそうなのを少しだけひざを屈めて隠している。

お父様は服の違いがわからないのか、見ようともしていないのか、お母様たちと私の差に気がついていないようだ。王宮の法務室に勤めているせいで領地に帰ってこられないほど忙しいとは聞いていたが、この様子だと家族のことに興味を持っていないのかもしれない。

全員が席に着くと、ようやく食事が始まる。誰一人話すことなく静かに食事は進み、終盤にさしかかったところで、突然お父様に話しかけられた。

「リゼット、食事が終わったら執務室に来なさい。話がある」

「……わかりました」

私と話している間もお父様は料理から目を離さずにいた。急に名前を呼ばれたことに驚いてフォークを落としそうになったが、なんとか返事をする。

今ここで話せば良いのに、後から話すというのはどういうつもりだろう。私だけ呼び出されたせいか、妹たちににらまれているのがわかる。お母様は私のことはいないものとして扱っているけれど、気配から怒っているのが伝わってきた。

用があるのはお父様なのだから、私を責めても仕方ないのに。この分ではきっとお父様が王都に戻った後で、何かされることになる。食事を抜かれるか、私室に閉じ込められるか、他の嫌がらせをされるのか。想像しただけでため息をつきたくなるが、ぐっとこらえる。

この屋敷で私の味方になれる使用人はいない。皆、お母様の命令に従うしかないとわかっているので、助けてと言う気はない。私を助けてしまえばその使用人は解雇されるに違いないから。

初めてのちゃんとした量の食事にお腹が痛くなりそうだけど無理やり食べきる。明日は食事を抜かれるかもしれない。食べられるときに食べておかなければ。

食事の後、私室に戻らずに執務室へと向かう。ドアを開けるとお父様は煙草《たばこ》を吸いながら私が来るのを待っていた。座っている椅子をくるりとこちらに回し私と目を合わせたとき、少しだけ眉をひそめた。

「リゼット、久しぶりだな。……そんな髪色だったか？」

「お久しぶりです、お父様」

仕事が忙しいせいで領地に帰ってこないのは仕方ないとしても、娘の髪色を覚えていないというのはどういうことだろう。

カツラをつけて眼鏡をし始めたのは三年前だから、この姿でお父様に会うのは初めてだった。多分、家令から報告されていると思うけど、報告書を読んでいないのか忘れたのか。あのお母様を放置しているくらいだから、私にも興味がないのだろう。

「お前もわかっているだろうが、この家には女しかいない」

「はい」

「あれももういい年だ。これから男が生まれることはないだろう」

この家には三姉妹しかいない。次女のカミーユと三女のセリーヌはどちらも茶色の髪と目の土属性で、長身の私と違ってお母様に似た小柄な体形。綺麗なものや可愛いもの、おしゃれが好きらしい。同じ屋敷に住んでいても、二人と関わることはめったにない。顔を合わせるのは私が一人でいるのを笑いに来るときや、何か嫌なことがあって八つ当たりしに来るときくらいで、たいていの場合はすれ違っても無視されている。

お母様はカミーユとセリーヌを娘として可愛がっているようで、近隣の貴族が集まるお茶会にも連れていっている。そのため、二人には同世代の友人も多い。一度も外出したことのない私は、もしかしたらいないものとされているのかもしれない。アルシェ伯爵家には二人の姉妹しかいないと。

ここまで私がお母様に嫌われている理由は不明だけれど、だからといって妹たちに見下されるのは納得できない。ただ、言い返せばひどい目に遭うとわかっているから、黙って聞いている。

嫌ではあるが、何年もこんな生活を続けているうちにあきらめてしまっていた。きっとお父様に訴えても、何も変わらない。うんざりした気持ちでいたら、お父様は意外な話をし始めた。

「お前には婿《むこ》を取ってもらい、その婿とアルシェ伯爵家を継いでもらうことになる」

「私がですか？」

「家令の話ではお前が一番出来がいいと。今後はさらに領主になる勉強も必要になる。そのために王都の屋敷に住みなさい」

「王都の屋敷？　すぐにですか？」

「ああ。明日の朝に出発するから準備をしなさい。十五歳になったら学園の寮に入ることになるが、それまでは王都の屋敷で領主になるための勉強をさせる。いいな？」

「わかりました」

本当にジェイの言ったとおりになった。私がアルシェ伯爵家を継ぐことになると。三姉妹しかいないのだから、長女が婿《むこ》を取ることになるのが普通だ。お母様が嫌がるのではと思っていたが、お父様は気にしていないらしい。

私が領主の勉強をする理由は、優秀な婿《むこ》を取れるとは限らないから。婿入《むこい》りできる二男や三男は領主になるための勉強なんてしていない。どんな婿《むこ》が来ても、私が仕事をできるようにしておけばいいということだろう。

この屋敷から、領地から出られる。お母様と妹たちと離れられる。いずれ結婚して領地に戻ればお母様とは顔を合わせることになるが、代替わりしたらお母様は王都に住むようになるかもしれない。

ようやく光が見えてきた気がして、自分の部屋に準備をしに戻る。

出発は明日の朝だ。ぐずぐずしている時間はない。服をトランクに詰めていると、ノックもなしにドアが開けられた。飛び込むように入ってきたのがカミーユだとわかると、途端に気分が暗くなる。

晩餐《ばんさん》用のドレスから着替えたのか、水色の可愛らしいワンピースを着ている。また新しい服を買ったのだろうか。裾にレースがついたワンピースはいかにも高そうだ。おそろいのレースのリボンで結ばれた茶色い髪はくるんとカールされている。どこから見ても可愛らしいのに、目を吊り上げている表情だけはいただけない。

「ちょっと、お父様の話ってなんだったのよ」

「私が王都の屋敷に行くという話よ。明日の朝に出発するわ」

「はぁ？　なんであんたが王都に呼ばれるのよ！」

この屋敷ではいらないもの扱いの私がお父様に呼ばれた上に、私だけ王都の屋敷に行くというのだから騒ぎ出すのも無理はない。その上、この家を継ぐとか婿《むこ》を取る予定だとか言い出したら何をされるかわからないと思い、黙っておくことにした。必要ならばお父様が話すだろう。

「理由はわからないわ。でも、どっちにしても学園に入るときは王都に行くのだから。そのうちカミーユも王都に行くことになるわよ」

「ふんっ。出来損ないのくせに王都に行くとか生意気なのよ！　お母様に止めてもらうから！」

そう言ってカミーユは出ていったが、お母様に止められるようなことなんだろうか。お父様がお母様の言うことを聞き入れるとは思えない。どちらかといえばお母様はお父様に逆らえない気がする。カミーユが何を言っても変わらないだろうと準備を進めることにした。

三姉妹で一番出来がいいのが私だから継がせるという話だったが、それはそうだろうと思う。カミーユもセリーヌも勉強が嫌いだ。貴族として必要な礼儀作法すら真面目に学ばない。お茶とお菓子、新しい服のことばかり話している。買い物が好きで、いくらでも服を欲しがるけれど、そのお金がどこから出ているのかは興味がないらしい。あの二人が領主になった日には、伯爵家はつぶれてしまうに違いない。

カミーユが出ていって少しだけほっとしたのもつかの間、今度はセリーヌが部屋に入ってきた。

こちらも新しい服を着ている。カミーユが着ていたものと同じデザインだった。同じように小柄だが、カミーユがふっくらしているのに対し、セリーヌはほっそりしている。既製品でおそろいの服など売っているはずがない。二人の体形に合わせてわざわざ仕立てたのだと思うが、いくらかかったのだろう。見るからに質の良い布地で、かなりの値段になるはずだ。

「出ていくって本当なのね？　良かった。その醜《みにく》い姿を見なくなるのならうれしいわ」

にやりと笑いながら告げられた内容に唖然とする。

王都に行くなんて生意気だから止めると言ったカミーユと、醜《みにく》い姿を見たくないから私がいなくなるのがうれしいと言ったセリーヌ。二人とは一度も姉妹らしい会話をしたことがない。もしこれが義理の妹だとか、異母妹だとかならまだ救われるのに。実母から厭《いと》われ、実妹たちから見下される。こんな日々と別れられるのなら、喜んで王都に行こう。

次の日、見送りにはお母様とカミーヌ、セリーヌはいなかった。ジェイとエリン、侍女たちに見送られて、お父様と一緒に馬車に乗る。

「……リゼット様。リゼット様が領地に戻ってこられるときには、私もエリンもいないでしょう」

「どうして？」

「もう高齢だからです。あと二年もすると契約が切れます。そうすれば次の家令がここに来るでしょう。でも、リゼット様なら大丈夫です。領主になるためにどれだけ頑張ってきたのか、私たちは知っています。王都に行っても、そのままのリゼット様でいてくださいね」

「ありがとう、ジェイ、エリン。私、頑張るからね」

小さくなるみんなの姿が見えなくなるまで手を振り続けた。もう会えなくなると思うとさびしい。領地での生活を乗り切れたのはみんながいてくれたから。なのに、お礼もできないまま王都に行くことになる。

馬車の中でもお父様は仕事をしているので、ずっと書類を見ていた。私はいないもののように扱われていたが、そんなことは慣れている。王都へ向かう馬車の中で気持ちを切り替えた後は、これからの生活を考えてうきうきする心を抑えきれなかった。


王都の屋敷の使用人たちには初めて会ったが、特に優しくも冷たくもなかった。仕事として接しているように感じられたが、何も問題はない。

領主になるための勉強を見てくれたのは、王都の屋敷の家令クレムだった。高齢のクレムは王宮で働いていたこともある優秀な家令で、十歳の私に領主になる勉強をさせろと言ったお父様にいい顔はしなかった。まだ早いのではないかと。それもそのはず、領主になるための勉強は厳しいものだし、十歳の令嬢に教えるのは難しい。だが、基本的なことはジェイに教えてもらっていたから、理解できないものではなかった。クレムが考えを変えたのはすぐのことで、勉強は次第に実践的なものになっていった。

難しいことを少しずつ理解していくのは面白かったし、クレムの教え方もわかりやすかった。一年もすれば領主の仕事を手伝えるようになり、いつの間にか忙しいお父様に代わってほとんどの仕事を私がするようになっていた。

大変だと思うことはあっても、王都の屋敷にはお母様がいない。何かにつけて馬鹿にしてくる妹たちもいない。王宮の法務室に勤めるお父様は王宮に部屋を持っているため、三か月に一度帰ってくればいいほうだった。

家族に会わずに暮らせる日々はとても快適だ。

毎月入ってくる税収の半分は領地の屋敷に送り、残りはこの屋敷を維持するために使っていた。そこには私の生活にかかるものも含まれていたため、新しい服や靴を買うこともできた。無駄遣いをするつもりはないが、令嬢として最低限の服と靴は必要だ。これで丈が短くなった服を着て、ひざを曲げなくてもよくなった。

この屋敷には私を嫌う人はいないし、見下されることもない。領主代理としての仕事さえ終われば好きに過ごせる。街で買い物をしてもかまわないし、談話室で本を読んでいても邪魔されることはない。王都の生活で、私は自由というものを知った。

それでもカツラと眼鏡を外すことはできなかった。王都に出てくるとき、お母様付きの侍女にお母様からの手紙を渡されていた。そこには、絶対に人前でカツラと眼鏡を外さないようにと書かれていた。言いつけを守れなければ領地に連れ戻されるかもしれないと、成長するのに合わせてカツラと眼鏡を買い直した。

カツラと眼鏡が邪魔で前が見えにくいけれど、我慢できないほどではない。領地に戻されてお母様に会うことに比べたら、なんていうこともない。

屋敷の中でもカツラを外すことなく過ごしていたが、侍女たちは私の姿について何も言わないでくれている。その上、寝ている間にカツラが綺麗に整《ととの》えられているのに気がついて、この屋敷の侍女は悪くないと感じていた。

2

そうして迎えた十五歳。もうすぐ学園に入学するという時期になって、私の婚約者が決まった。

久しぶりに屋敷に戻ってきたお父様は、夕食を共にするとまた王宮に戻るという。それだけ仕事が忙しいのか、この屋敷に泊まりたくないのかはわからない。いつも用事があるときだけ戻ってきて、それが終わればいなくなる。どうでも良かったから、そうですかとだけ返事をして食事を続けた。

めずらしく、わざわざ食事のためだけに屋敷に戻ったのかと思っていたら、私に話があったらしい。食事が終わり席を立とうとしたら、お父様が口を開いた。

「お前の婚約者が決まった」

「私の、婚約者ですか？」

「ダミアン・バルビゼ。バルビゼ伯爵家の二男だ。お前と同じ十五歳。学園で一緒になるだろう」

「バルビゼ伯爵家のダミアン様……」

「詳しいことは家令に聞け」

「わかりました」

急に婚約者が決まり動揺する私を気にすることなく、それだけ告げるとお父様は王宮へと戻っていった。

婿《むこ》を取ると言われていたし、婚約者ができるのは想像していなかったわけではない。ただ、決まるまでに顔を合わせたり、打診されたりするものだと思っていた。こんなにあっさり決まるとは予想していなかったために、驚いてしまった。

食後のお茶を飲みながらクレムから話を聞くと、相手はお父様の上司である法務室長の息子さんらしい。同じ伯爵家とはいえ、歴史がある向こうの家のほうが格上になる。

通常なら婚約者となった後、定期的に手紙を送り合うそうだが、それらも一切しなくていいとのことだった。学園で会うのだから、交流はそれからでいいらしい。

どんな人なのだろう。ダミアン様の容姿や性格については何もわからないままだ。将来結婚して、一緒に伯爵家を継いで領地を守っていくことになる相手。名前しかわからない相手だけど、期待する気持ちを抑えられない。きっと私にとって特別な相手になるんだ。

学園で会ったら、何を話そうか。向こうからは何を聞かれるだろうか。もし好きなことを聞かれても、思い浮かぶものがなくて困る。あぁ、アルシェ伯領地のことを話せば良いかな。……優しい人だといいな。何も知らないダミアン様のことを想像しながら入学を待ち望んだ。

入学式の後、名簿を確認したら同じ学年ではあったが、教室は一緒ではなかった。婚約者同士は同じ教室になると聞いていたが、手続きが間に合わなかったのかもしれない。休憩時間になるのを待って、隣の教室にいるダミアン様に会いに行った。

婚約者として早く挨拶をしておかなければという気持ちだった。どの方なのかわからず、近くにいた令息に声をかけて呼んでもらう。

廊下に出てきた令息に名乗ったら、目を見開くようにして驚いていた。ダミアン様は男性にしては小柄な水属性の令息だった。紺色の髪と青い目。お母様と同じ色に見つめられ、ついうつむいてしまう。ダミアン様はお母様じゃないのに、手が震えるのを止められない。何か話さなければいけない、そう思うのに顔を上げられない。少しして、大きなため息が聞こえた。

「はぁ。こんなのが俺の婚約者か。公表しないでおいて正解だったな。この婚約を断れないのはわかっているが、結婚までは関わりたくない。学園で見かけても話しかけないでくれ」

「え？」

「婚約は仕方ないから受け入れる。だが、学園にいる間くらいは自由に過ごしたいんだ」

「自由、ですか？」

「わかるだろう？　婿《むこ》入《い》りしたら自由ではなくなるんだ。せめて学生の間は好きにさせてくれよ。俺だって結婚相手に理想ってものがあったんだ。……もう少し可愛い子か、せめて身長が低かったらなぁ」

あきらかにがっかりした声を聞き、ダミアン様に失望されたのだと気がついた。何も言い返せずにいたら、納得したと思われたのかダミアン様が話を切り上げる。

「じゃあ、俺はもう行くから。いいか、絶対に関わるなよ？」

「……はい」

どうして言われるまで気がつかなかったんだろう。私は可愛くないし背が高い。妹たちとは違って、女性らしくない痩《や》せた身体。その上、ぼさぼさの黒いカツラをつけ、大きな眼鏡をかけて顔を隠している。それが相手からどう思われるかなんて考えもしなかった。

婚約者なら、特別な相手なら仲良くできると思い込んでいた。こんな風に一目見ただけで相手に嫌われるなんて想像していなかった。お母様にも妹たちにも嫌われている私が婚約者に気に入ってもらえるなんてありえないって、少し考えればわかることだったのに。

ポロリと涙が頬を伝って落ちる。それをぬぐって自分の教室へと戻った。眼鏡で顔が隠れることがありがたいと思ったのはこのときくらいかもしれない。


それからはダミアン様には近づかないようにして過ごした。このまま卒業するまで関わらなければこれ以上嫌われることもないと思っていたのに、二年生の教室は同じになってしまった。

少し離れたところに座るダミアン様を見る。こんな風にしっかりと見るのは一年ぶりだ。ダミアン様は身長が伸びて男らしい体格になっていた。伯爵家の中でも上位になるバルビゼ家のダミアン様は、教室の中で一番身分が高く、令嬢たちに人気があった。座っているだけなのに視線を集め、令嬢たちが数名話しかけに行っている。それをダミアン様はうれしそうに迎え入れて、街へ遊びに行こうと誘っていた。

話している内容からして、どうやら婚約していること自体を秘密にしているらしい。こんな風に私が近くにいても令嬢たちと親しく話し続けているのは、誰からも咎《とが》められないからだろうか。

「ダミアン様ぁ。昼食はどこに行きます？」

「あぁ、そうだなぁ。たまには中庭で食べるのもいいな」

「じゃあ、早く行きましょう？」

数人の令嬢に囲まれるようにしてダミアン様が教室から出ていく。決まった相手はいない様子だが、お気に入りの令嬢が二人いるらしく、両腕にぶら下げるように抱き着かれたまま歩いていた。

同じ教室の令息たちから見ても自慢しているように感じるのか、教室に残っていた令息が文句を言うのが聞こえた。

「いいよなぁ、ダミアンはもてて。可愛い令嬢を選び放題だよなぁ。あいつがさっさと婚約者を選んでくれたら、俺たちにもおこぼれが来るかもしれないのにさ」

「本当だよなぁ。誰を選ぶんだろうな」

「早く決めてくれないかなぁ」

もうすでに婚約していると知られたらどうなるのだろう。いや、どうにもならないかもしれない。きっとダミアン様はそれでも遊ぶだろうから。

令嬢たちはダミアン様が嫡子ではないのを知っている。だから当然婿入《むこい》りしなければ貴族として残れないとわかっている。なのに、周りにいたのは嫡子でもない令嬢たちばかりだった。もちろん、王宮文官や騎士として爵位をもらうということもありえるが、ダミアン様の成績ではどちらも難しい。一緒にいた令嬢たちも同じような成績だった。学園の中でだけ楽しめればいいという考え方なのかもしれない。

そうだよね。卒業したら私と結婚するのだから。学園にいる間は自由でいたいと言っていた。

どれだけダミアン様が遊んでいても、婚約は家同士の契約である以上、そう簡単には解消されない。卒業まであと二年。それまでの我慢。結婚したらいくらなんでも関わるなとは言わないわよね。

そんな風にダミアン様が遊ぶのを見て見ぬふりをしているうちに、学園を卒業する学年になった。最終学年はダミアン様と一緒の教室にならず、少しだけほっとしている。

二年生のときは同じ教室だったために、意識したわけではないのにダミアン様を見てしまうことがあった。そんなときに視線が合うと顔をしかめられて、嫌われているのがよくわかった。別にずっと見つめていたわけではないのにとは思うが、わざと見ないようにするのも難しいし、教室にいるときくらいは穏やかに過ごしたい。

卒業したら本当にダミアン様と結婚するのだろうか。婚約したからには、もう変えられないことだけれど。悩んでも仕方ないのに、不安になってしまう。結婚したら二人でアルシェ伯領地を守っていくのだから、信頼できる関係になりたい。それが無理でも、せめてまともに話し合いくらいはできるようになってほしい。

結婚後は、おそらく領主の仕事は私任せになると思う。ダミアン様は領主になる勉強を一切していない。領主の仕事ができると知ってもらえたら、役に立つのだとわかってもらえたら、ちょっとは大事にしてくれるだろうか。たまに令嬢たちを連れてカフェテリアにいる姿を見ては、私だけ勉強していることにむなしさを感じるが、私にできることはこれしかなかった。

そして最近になってもう一つ悩みが増えていた。

二つ下の妹カミーユが学園に入学したことで、来年入学予定のセリーヌも王都に来ていた。

カミーユは寮に入らず王都の屋敷から学園に通っている。一方、私は寮に入っているため、カミーユと会う機会はほとんどない。一学年と三学年では校舎が離れているし、休み時間もずれている。卒業すれば私は領地に戻ることになるので、まともに会わないままカミーユたちはどこかに嫁《とつ》ぐことになると思う。

顔を見なくて済むことは良かったが、二人は王都の屋敷の予算を使い尽くし、それでも足りないと言い出してクレムを困らせていた。

学園に入学してからは寮で領地の仕事をこなし、私の寮費を抜いた残りは王都の屋敷の管理費としてクレムに渡していた。普通に暮らしていたら足りなくなるわけがないのに、王都に来た二人は休みの度《たび》に買い物に出かけているらしい。クレムには足りない分は領地にいるお母様に請求するようにお願いし、その件はなんとかおさまったのだが……

本来なら十年に一度起こると言われている大きな水害や、冷害や日照りに備えておくためのお金を使い尽くされてしまった。このまま二人が買い物を続ける間は備えられそうにない。

お父様に相談できればいいのだが、入学してからお父様と会う機会がなかった。ここしばらく問題がなかったせいか、お父様は私に仕事を任せ、王宮での仕事に集中していると聞いている。私とクレムが手紙を送ってはみたものの返事はなく、妹二人に関しては放っておくしかない。

ため息をついている間に授業が終わり、そのまま寮に戻ろうとして、成績発表の日だと気がつき掲示板を見に行くことにした。

見るのが遅かったからか、掲示板の前にはもう人はほとんどいなかった。近づいて名前を探すとすぐに見つかる。この二年間、親しい友達もなく、寮に帰っても仕事か勉強ばかり。休み時間も持て余し、図書室に入《い》り浸《びた》っていたら成績だけが伸びていた。気がつけば今回の試験で学年二位の実力をつけていた。

あと少しで一位になれるかもしれない。そうしたら、自分の婚約者は優秀だと誇りに思ってくれるだろうか。一位の学生とは僅差で、このまま頑張れば抜けそうな気がしている。

そんなことを考えながら掲示板を眺めていると、後ろのほうから令嬢たちの声が聞こえる。まだ見ていなかった学生がいたのか。帰ろうとしたら、私の名前が聞こえて足を止めた。

「リゼット様って、確かアルシェ伯爵家の長女よね。三姉妹だそうだけど、家を継ぐのかしら」

「そうじゃない？　だからあんなに勉強しているのでしょう？」

「そうよねぇ。でも、いくら成績が良くたって、あのリゼット様と結婚したい令息なんているのかしら？」

話したこともない令嬢に否定され、あまりのことに後ろを向けない。言い返したいけれど何を言えばいいのかわからない。きっと私がここにいるのに気がついて、わざと言っている。

婚約者がいますから、ご心配なく？　私のことなんてお気遣いなく？

考えても振り向く勇気がない。……このまま気がつかなかったふりで立ち去ろう。

「ねぇ、ダミアン様もそう思うでしょう？」

え？　令嬢たちと一緒にダミアン様もいるの？

「なんで俺に聞くんだよ」

「だってぇ。リゼット様ってたまにダミアン様のこと見てるじゃない。もしかして狙われていたりして、と思って」

ダミアン様なんて狙ってない！　そう言いたかったけれど、その次に続いた言葉に耳を疑う。

「やめてくれよ、気持ち悪いな。俺だって婿入《むこい》りする先くらい選ぶよ」

「やだ、かわいそう。じゃあ、こんなに頑張ってるのに、婿入《むこい》りしてくれる令息はいないってこと？」

「そうだな。いないんじゃないか？　俺だったらいくら家を継げるからと言われてもごめんだな」

「ふふふ。かわいそうにぃ」

最後のかわいそうに、はあきらかに私へ言っていた。背中を向けているけれど、笑いをこらえたような声がこちらに向けられていたのはわかる。ダミアン様と令嬢たちの笑い声が遠くなって、少しずつ離れていく。

それでもあまりのことに動けず、一人で呆然としていた。

令嬢の発言は私への警告だったのかもしれない。嫡子だからといって、ダミアン様に婚約を申し込んだりしないようにと。まさかすでに婚約しているとは思っていないだろうから。

じゃあ、ダミアン様の言葉は？　婚約しているのに、婿入《むこい》りしたくないって、気持ち悪いって、どういうことなんだろう。

どのくらいそこに立っていたのだろうか。声をかけられるまでずっと考え込んでいた。

「リゼット・アルシェ？　どうかしたのか？」

「……え？」

「もう暗くなる。寮に戻らないのか？」

その言葉に、あたりが暗くなっているのに気づいた。長く立っていたせいで身体が固まって、動こうとしたけれどぎこちなくなる。

「……あ、はい。そうですね……戻ります」

「あぁ、ちょっと待て。ついてこい」

私に声をかけてくれたのは魔術教師のニコラ先生だった。薄くなった金髪にぎょろりとした青目。少し日に焼けた顔。この国ではめずらしい光と水の二属性を持っている、とても優秀な先生なのだが、高齢で強面《こわもて》のため令嬢たちからは人気がない。最終学年だけ担当している授業も厳しく、できない者には補習や追試を容赦なく受けさせる。だけど、誰に対しても同じように接するニコラ先生のことを私は好ましく思っていた。

言われるまま素直についていくと、連れていかれた先はニコラ先生の研究室だった。先生方の研究室がある棟の位置は知っていたが、許可がなければ立ち入ることができない場所だ。

ニコラ先生は学園の創立からいる主《ぬし》のような先生だと聞いていた。陛下も教え子だそうで、学園長よりも力を持っているとも。そのためか、研究室はとても広かった。緊張しながら中に入るとニコラ先生はソファに座る。私にもソファに座るように言うと、ふっくらした女性の助手にお茶を淹《い》れるように指示を出す。

向かい側のソファに座ると、少しして助手さんがテーブルにお茶を置いてくれた。突然来た私に驚いていたようだが、ニコラ先生を見てにこにこと笑っている。

「先生が学生をお連れになるのはめずらしいですね？」

「ちょっと気になることがあってな」

「気になることですか？」

気になることってなんだろう。ここに連れてこられた理由がわからない。授業はすべて出席しているし、レポートも出している。試験の成績も問題ないはずだけど、何か悪いことをしただろうか。

ニコラ先生は私をまっすぐ見ている。まるでめずらしいものを観察するような目で。

「リゼットは火と風の二属性だったよな？」

「はい」

魔術の試験で見せたからわかるはずなのに確認された。二属性はめずらしいかもしれないが、学年に五人はいるはず。私だけ確認するようなことがあるだろうか。

「どうして闇属性の色をしているんだ？　まさか三属性もあるのか？」

「あ」

そうか。髪の色と一致しないから気にされているんだ。これに関しては申告事項ではなかったから学園にも伝えていない。どう説明したらいいかわからなくて口ごもっていたら、助手さんが気づいてくれた。

「先生、多分この子には事情があるのだと思いますわ。ねぇ、その髪はカツラよね？」

「……はい」

「そうか。カツラなのか。もしかして目の色が違うのは魔術具なのか？」

「はい、そうです」

ニコラ先生からは黒髪黒目に見えているはずだ。わざわざ嫌われている闇属性の色にするなんて、おかしいと思われても仕方ない。

「それは外せないのか？」

「いいえ、外せます。寮で一人のときは外しています」

「事情があるのなら口外はせん。ここで外して見せてくれないか？」

「……わかりました」

姿を偽って学園に入学してはいけなかったのかもしれない。こういう風に属性と容姿が違うことであやしまれるとは考えもしなかった。少し考えたらわかるのに、この姿でいるのが当たり前になっていた。

ぼさぼさのカツラを外すと、一つにまとめた桃色の髪が出てくる。黒目に見える魔術具の眼鏡をとると、炎のような赤い目に変わる。まとめていた紐を外すと、少しふわふわな髪が広がる。油をつけて固めておけばいいのかもしれないが、毎日のことだ。カツラの中が油まみれで気持ち悪いのは嫌だった。

「ほう、なるほどな。風属性のほうが強いのか」

「色でわかるのですか？」

「わかる。火のほうが強ければ、赤髪で桃色の目になっていただろう。それで、どうしてわざわざそんな格好をしているんだ？　闇が悪いとは言わないが、風も火も素晴らしい属性だ。二属性もあることを誇ればいいだろうに」

先生と助手さんはこの色を嫌わないのか態度が変わらなかった。

あそこまでお母様が私を嫌う理由はわからないが、それが一般的なものではないのだと安心した。学園内に同じ色がいないこともあり、誰もが嫌うのかと思っていた。

ここまできて事情を隠しても仕方ないと、すべて正直に話す。お母様に言いつけられて隠していること、お母様にこの色を嫌われていること、カツラと眼鏡を外したら領地に連れ戻されてしまうかもしれないこと。お父様は家庭内の様子に少しも気がついていないこと。話し始めたら止まらなくて、だんだん先生と助手さんの表情が暗くなる。

「そうか、ずっと大変だったのだな。だが、そのままでいいのか？　その姿を隠さなければリゼットが才能ある令嬢だとみんながわかるんだぞ？　このままだと家を継ぐのに婚約者も探せまい」

「いえ……あの、もうすでに私には婚約者がいるのですが」

「は？」

ニコラ先生の驚いた様子で確信した。やっぱり学園にも私たちの婚約は知られていなかった。王宮から連絡があってもおかしくないのに。

「相手は誰なんだ？　もちろん、貴族なんだろう？」

「……同じ学年のダミアン・バルビゼ様です」

打ち明けた瞬間、ニコラ先生が大きなため息をついた。助手さんまで気の毒そうな目で見てくる。お二人もダミアン様が令嬢たちと遊び回っていることを知っているらしい。そういえば、ニコラ先生の追試をさぼって叱られているのを見たことがある。あのときも令嬢たちと街に遊びに行っていたというのが理由だった。

もう婿入《むこい》りすることが決まっているからか、勉強は最低限。卒業さえできればいいと思っているのか授業態度もあまり良くない。ニコラ先生から見たら好ましくない学生だろう。

「リゼットの父もダミアンの父も、私の教え子だ。婚約相手に問題があるなら私が介入してもかまわないのだが」

「いいえ、大丈夫です！」

国王陛下も頭が上がらないと言われているニコラ先生ならなんとかできるかもしれない。だけど、命令されたからと急に優しくされるのは嫌だった。あんなことを聞いたからには無理に優しくされても信用できそうにない。できるなら、ダミアン様自身の気持ちで私に寄り添ってほしかった。

「もし……もし、何かあって家を出たくなったら言いなさい」

「え？」

私が家を出る？　突然どうしてそんな話になるのかと思ったが、ニコラ先生の目は真剣で、助手さんも大きくうなずいている。これは婚約者に嫌われている私に同情してくれたのかもしれない。

それにしても家を出るとは穏やかでない。そう思ったが、先生たちは本気で私を心配しているようだった。

「リゼットを王宮女官に推薦《すいせん》しておこう。この推薦《すいせん》は三年間有効だ。いつでも言いなさい。卒業した後でもいい、私の手が必要になったらここに来なさい」

「私が王宮女官に、ですか？　まさか！　王宮女官なんて！」

「リゼット、君の成績は素晴らしい。礼儀作法の授業も完璧だ。信じられないかもしれないが、王宮女官に推薦《すいせん》しても問題ない。王宮には寮がある。もし家を出たくなっても、仕事と住む場所がなければどこにも行けない。だから覚えておいてほしい。困ったらここにおいで」

「あ、ありがとうございます」

卒業して、ダミアン様と結婚してもうまくいかないかもしれない。というよりも、ニコラ先生がこの話を出したということは、うまくいかないと思われている。私は嫡子だから婚約が解消されたとしても家から追い出されることはないけど、王宮女官に推薦《すいせん》されたことは心の支えにしよう。深く深く頭を下げ、ニコラ先生の厚意に感謝を伝える。いつの間にか、掲示板の前での出来事はそれほど気にならなくなっていた。


それからニコラ先生の研究室に度々《たびたび》呼ばれ、お茶をいただくようになる。そのうちニコラ先生と話すだけでなく、助手さんに仕事を教えてもらい、忙しいニコラ先生の手伝いをするようにもなった。気がつけば、私も助手の一人として認められていた。

ニコラ先生の研究室には最先端の魔術の研究報告が集まり、それを学ぶためにいろんな研究者も集まる。中でも王宮騎士団の一つである魔術師団の団長さんが顔を出すことが多く、学生の私は可愛がってもらうようになった。

最初は黒髪だったことで声をかけられた。団長さんは火と闇の二属性で、赤髪に黒目だった。言われなければわからないほどなのに、それでも黒目は嫌われるらしい。だから、黒髪黒目の私が嫌がらせをされているんじゃないかと心配してくれたのだ。

そんな風に心配されるとは思わず、慌てて風と火の二属性だと説明し、ニコラ先生たちと同様に今までのことを話した。感情的にならないように冷静に話したつもりだったが、色で虐《しいた》げられていたことに変わりはないと団長さんは怒ってくれた。

それからは見下されないように強くなれと言われ、お会いする度《たび》に団長さんから訓練を受けている。歴代の魔術師団長の中でも特に優秀だと評判の団長さんは公爵家ということもあり、普通なら学生に指導したりしないそうだ。私なんかに時間を使わせて申し訳ないと思ったが、それを口にすれば叱られる。なんか、とはなんだ。リゼットには才能があると何度も言っているだろう、と。

二属性だということだけでなく、私の魔力量は多いらしく、本気で目指せば魔術師にもなれるらしい。自分ではそれほど得意ではないと思っていた攻撃魔術が、人よりもうまく使えるとわかり、それも自信につながっていく。新しい魔術を覚えるのは大変だし、団長さんは手加減をしないので魔術で吹っ飛ばされることもよくあった。だけど、それだけ本気で私を鍛えようとしてくれているのだとわかる。

自分は真面目に勉強と仕事をするしかできない人間だと思っていたのに、リゼットには特別な才能があると言ってもらえてうれしかったから、訓練がつらくても楽しかった。

団長さんの訓練が終わると、毎回のようにニコラ先生が団長さんを少しは手加減しろと叱り、助手さんが甘いお茶を淹《い》れてくれる。それが温かくて、ここに迎え入れられていると感じられた。

学園に入ってから毎日をただ生きていただけだったのに、最後の半年間は本当に充実したものになった。

こんなに楽しいのならずっと学生でいたいと思っても、時間は過ぎていく。あっという間に卒業の日を迎えて、もうすぐ現実に戻らなければいけない。私はアルシェ伯爵家を継ぐ者として、領地に帰りダミアン様と結婚する。

ニコラ先生も団長さんも惜しんでくれたけれど、伯爵家を継ぐことは決められたことだ。それを自分勝手に放棄するなんて考えられなかった。

首席で卒業した後、一度寮の部屋に戻る。夕方からは講堂で卒業パーティーが開かれる予定だ。卒業生とその婚約者が招待されるもので、学生に人気の行事だった。これも公式の行事なので出席しなければ卒業を取り消されてしまうため、出席したくなくても顔だけは出さなければいけない。

だけど、パーティーに着ていくようなドレスはなく、ダミアン様から贈られてくることもなかった。さすがに卒業したら結婚するわけだし、パートナーとして誘われるだろうと思っていたが、今までどおり私はダミアン様に避けられていた。いい加減、卒業後はどうするのかダミアン様と話し合わなければいけないのに、話しかけることすら難しい。

結局、なんの進展もないまま今日を迎えてしまった。こうなったら制服で出席してもいいだろうか。平民のようだと笑われるかもしれないけれど、もとから笑われている身だ。ニコラ先生に挨拶したら会場からすぐ出よう。

そう思って入った卒業パーティーの会場で、思わぬ人と会うことになった。

「……どうして、ここに？」

「あら。お姉様。ようやくいらしたのね？」

二つ下の妹カミーユが青いドレスを着てダミアン様にエスコートされていた。小柄だがふくよかなカミーユは豊満な胸を見せつけるドレスを着て、ダミアン様の腕に寄りかかるように抱き着いている。

「どうしてここにカミーユが？」

そして、どうしてダミアン様にエスコートされているの？

疑問に答えるように、ダミアン様がカミーユの腰を抱いて髪に軽く口づけた。ダミアン様に触られて、カミーユがうれしそうに微笑んでいる。まるで絵画の恋人たちのように。

「やっと気がついたのか？　俺はカミーユと結婚する」

「え？」

「三姉妹なんだから、誰と結婚してもいいだろう。俺はお前だけはごめんだ。アルシェ伯爵にも確認したが、誰を選んでもかまわないと言われた。俺はカミーユと結婚してアルシェ伯爵家を継ぐことにした」

いつ、ダミアン様はカミーユと出会ったの？　学園でカミーユと一緒にいるところを見たことはない。もしかして夜会？　一度もダミアン様に誘われなかったから、出席したことはなかった。いつの間に、二人はそんなことになっていたの……

「カミーユと結婚って……だって、領主としての仕事はどうするの？」

「やだぁ。お姉様ができるくらいの簡単な仕事、ダミアン様と私でもできるわよ。ぷっ。おっかしぃ。お姉様にしかできないとでも思っているの？」

「そんな……」

私が長女なのに、カミーユと結婚して伯爵家を継ぐ？　そんなことできるはずはないと思いたいけれど、二人の自信満々な態度に言い返せない。まさか……本当に？　お父様も許可を出したと？　ありえないと言いたいけれど、お父様の無関心さを思い出す。

……ダミアン様が婿《むこ》入りするのなら、継ぐのは誰でもいいのかも。そう考えたら、もう何も言えない。ダミアン様と結婚するのが私でなくてはいけない理由なんて一つもなかった。

「リゼットはどこにも行き場がないだろうから、卒業後も家には置いてやろう。俺の仕事を手伝うなら養ってやる」

「やだぁ。ダミアン様は優しいのね。こんな出来損ないのお姉様を養ってあげるなんて」

「仕方ないだろう。家から追い出して死なせたとなれば、いくらどうでもいい女でも外聞が悪くなる。カミーユがひどく言われるのは嫌だからな」

「ふふ。私のためだったのね。うれしいわ。お姉様、ごめんなさいね。ダミアン様は可愛らしい令嬢が好みなのですって。お姉様と比べたら私を選ぶのは当然でしょう？　だから、恨まないでくださいね？　あぁ、もう用事は済んだので、帰ってくださってけっこうよ？」

言いたいことは言い終えたのか、二人は去っていった。遠くで始まったダンスの音楽を背に、静かに会場から外に出る。

悔しくて苦しくて、走り出したいけれど、どこにも行き場がない。気がついたらニコラ先生の研究室に来ていた。

3

時は遡《さかのぼ》って一年前。リゼットが最終学年はダミアンとは違う教室がいいと祈っていた頃。学園に入学するカミーユが乗った馬車が王都の屋敷に着いた。一緒に馬車から降りたのは来年度入学する予定のセリーヌ。カミーユが王都の屋敷に住むと聞いて、自分もとついてきていた。


「ふうん。意外と大きい屋敷なのね」

領地の屋敷よりも一回り以上大きい屋敷を見て、セリーヌが不満そうにつぶやく。王都の屋敷のほうが豪華な造りなのも気に入らないのだろう。

「そうね。領地の屋敷のほうが大きいんだと思ってたわ。お母様はずっと領地から出ないし。おしゃれが大好きなお母様が王都に来ないくらいだから、つまらない場所なんだと思ってたのに」

「お母様が王都の屋敷に来ないのは、きっとリゼットお姉様がここにいるからじゃない？」

「そういえばそうだったわ。あの、みっともないお姉様がいるんだったわね」

とにかく外で話していても仕方がないと私たちは屋敷の中に入る。出迎えた高齢の男は侍女たちに部屋を用意するようにと指示を出した。

「カミーユ様とセリーヌ様ですね。家令のクレムと申します。今、部屋を用意していますので、こちらでお待ちください」

薄くなりかけた茶色の髪を一つに結んだクレムが応接室へと案内する。ソファに座りお茶を飲みながら屋敷の説明を受けると、意外なことがわかった。

「え？　リゼットお姉様はこの屋敷にいないの？」

「はい。リゼット様は馬車代がもったいないとおっしゃって寮に入っています。ですので、カミーユ様も寮に入ることになります」

ここ数年間は会っていない、ぼさぼさの黒髪に気味の悪い眼鏡のお姉様。いつも猫背でうつむいたまま歩いている姿を思い出す。あの姿を見ると、どうしてあんなのが姉なのかと苛ついてしまう。だけど、この屋敷にいないのなら快適に過ごせそうだわ。

「嫌よ。寮だなんて、狭くて汚いって聞いたわ。普通の令嬢は寮に入らないのでしょう？　ここから通うから馬車を用意して」

「ですが、馬車で学園に通うとなりますと、馬車だけではなく、御者《ぎょしゃ》と専属の侍女を雇わなくてはなりません。かなりの出費となります」

「いいから私の言うとおりにしなさい。どうせ来年はセリーヌも通うのよ？　馬車一台くらい買えばいいじゃない」

「はぁ……わかりました。リゼット様に確認いたします」

渋々といった感じだったが家令がうなずいたので満足していたら、お姉様に確認するという。

「どうして私の行動をお姉様に確認するの？」

「どうしてと言われましても、この伯爵家の次期当主はリゼット様ですから」

「はぁ？　聞いてないわよ、そんな話」

リゼットお姉様がこの伯爵家の次期当主？　あのいつもおどおどしてみっともないお姉様が？　冗談でしょう？　この家は私が継ぐんだってお母様が言っていたのに。

「リゼット様が王都の屋敷に来られたのは当主としての教育を受けるためでした。もう五年ほど前から領主の仕事はすべてリゼット様がされています。この屋敷の采配《さいはい》は私がとっておりますが、許可を出すのはリゼット様です」

「……どういうこと？」

たしかにお姉様は先に王都に呼ばれていた。あのとき、十歳になったばかりだったはず。それからもう七年。五年前から領主としての仕事をしている……？　嘘でしょう？　だったら、私はどうなるのよ。学園に入ったら婿《むこ》を探して、卒業したらこの伯爵家を継ぐつもりだったのに。

何かの間違いだわ。お母様に手紙で聞いてみればわかる。そう思って何度か手紙を出した。お母様の返事はいつも同じだった。伯爵家を継ぐのはあなた、カミーユよ、と。

ほら、とその手紙を家令に見せたのに、家令は首をかしげるばかりだった。家令だけじゃない。この屋敷の使用人はお姉様が当主代理だと思っている。そのため、私とセリーヌの要望は通らないことが度々《たびたび》あった。

「カミーユ様、もうドレスは仕立てないでください。宝石の購入もお控えください」

「どうしてよ？」

「予算がありません。これ以上は請求書が来ても払えません」

「そんなのなんとかしなさいよ、家令なんでしょう？」

「はぁぁ。この件はリゼット様に報告いたします。払えなくなったら、つけでの買い物はできなくなります。それはご理解ください」

ため息をついて家令は部屋から出ていく。使えない家令。領地の屋敷の家令はそんなこと言わなかったのに。

「……お姉様、家令は何を言いに？」

「あぁ、セリーヌ」

気がついたら部屋にセリーヌが来ていた。

学園に通うのは来年度からだから、本当ならセリーヌはまだ領地にいるはずだった。なのに一人で領地に残るのもつまらないと言ってついてきている。私が学園に通っている間はどうするつもりなのかと思っていたが、お茶会で知り合った友人と遊びに行っていると聞いた。

休日に一緒に買い物へ行くことは多いが、平日に一緒に行動することは少なくなっている。それがさびしいのか、こうしてたまに私の部屋に遊びに来る。

「家令がね、これ以上買い物するなって。おっかしいのよ。リゼット様に報告します、って。報告してどうするんだか。お姉様がお金を出してくれるわけでもないのに」

「ねぇ、リゼットお姉様が次期当主って本当？」

「そんなわけないじゃない」

「でも、婿《むこ》も決まっているって。あのお姉様に婚約者がいるって使用人たちが言うのよ？」

「は？　婚約者？　何それ、聞いてないわよ？」

本当にそんなのがいるのならまずい。さすがに婿《むこ》が来るとなればお姉様がこの家を継ぐことが決定する。その前になんとかして邪魔をしなくては。

「なんでも、お父様の上司の息子さんなんですって。ダミアン・バルビゼ、伯爵家の二男だって。……ねぇ、名前まで出ているんじゃ本当かもしれないわよ？」

心配そうに聞いてくるセリーヌに何も返せなかった。

それから使用人たちに聞いて情報を集めた結果、婚約は本当のようだった。ダミアン・バルビゼがどんな人物なのか気になって、以前お茶会で話したことのある令嬢たちに手紙を送ってみた。

お父様の上司の息子さんが素敵な方らしい。ダミアン様について知っていたら教えていただけませんか？　と。もし、お姉様との婚約を知っている令嬢だったとしても、妹が心配して調べているのだと思うだろう。

返ってきた手紙を見て、興奮を抑えられなかった。ダミアン様は婚約を公表していない。おそらく、ダミアン様もあのお姉様を受け入れたくないのだ。

高級な便箋《びんせん》を用意し、丁寧な言葉遣いでバルビゼ伯爵家に先触れを送る。婚約者のリゼットの妹です。王都に出てきたのでダミアン様にご挨拶させてください、と。

結婚後は親戚になるのだから、挨拶するのは当然だ。普通なら、一緒に住む前に何度か食事を共にして交流する。むしろ、婿入《むこい》りするダミアン様がこちらに挨拶に来ないとおかしい。

バルビゼ家に到着すると、申し訳なさそうに伯爵夫人に迎え入れられた。どうやら伯爵夫人はもうすでにダミアン様が挨拶をしたと思っていたらしい。多分、お姉様と交流していないのも家には内緒にしているのだろうと思い、たまたま挨拶に来られたときにいなくて会えなかったのだと言っておいた。

「……待たせてすまない」

少し待たされた後、応接室のドアが開いて令息が入ってくる。謝りながらも不機嫌そうな顔をしていた令息は、私の姿を見て動きを止めた。

ふふ。きっとお姉様の妹だから、不細工だと思っていたんでしょう。私と目が合ったら、みるみるうちに顔が真っ赤になっていく。紺色の髪と青色の目。高めの身長にそれなりに整った顔立ち。こんな令息がお姉様と結婚するなんてもったいないわ。遊んでいると聞いていたけれど、思ったよりも純情そう。これならいけるかしら。

「カミーユ・アルシェですわ。お会いできてうれしいです」

「あ、ダミアン・バルビゼだ……本当にリゼットの妹？」

「ええ、本当の姉妹ですけど似ていませんよね？　そのせいでお姉様には嫌われてしまっていて。あぁ、私がお姉様に嫌われるのは仕方ないんです。私はお母様に似たのですが、お姉様は誰に似たのかもわからなくて」

「あぁ、あの闇属性。両親のどちらにも似ていないとは聞いている」

「そのせいでお姉様が私と妹を虐《いじ》めるので、見かねたお父様がお姉様を王都の屋敷に隔離することにしたのです」

「は？　虐《いじ》めた？　君のような可愛い子を？」

「この色がうらやましいと……髪を引っ張られたり、泥水をかけられたり……一緒に暮らしていたときは本当に苦労しました」

なーんてね。お姉様とはほとんど話したこともないけど。いつも陰気臭い顔をして、お母様に叱られてばかり。あんなに優しいお母様を怒らせるなんて、どれだけひどいことをしたのか。それなのに何も反省しないでまた叱られている。お姉様がわざとやっているとしか思えない。

「なんてやつだ……婚約は解消できないけれど、できる限り君を虐《いじ》めないように言うから」

「ダミアン様は本当にそれでよろしいのですか？　結婚するのはお姉様でなくてもいいのですよ？」

「それは本当か!?」

信じられないと言わんばかりの顔で、それでも期待している。もしそれが本当ならうれしい、という気持ちを隠せていない。でも、わかるわ。私だって、あんなお姉様と結婚しろって言われたら嫌だもの。

「ええ。お母様からは私が継ぐようにと言われています。ほら、これが証拠の手紙です。お父様はお姉様に継がせたいようですが、ダミアン様がお姉様では嫌なのであれば、お父様も私が継ぐことに反対できなくなるでしょう」

「俺は……君さえよければ、カミーユと結婚したい。リゼットとは結婚してもうまくいくとは思えない。ただ、領主としての仕事だけ心配だ。俺は領主としての教育を受けていない。今からでも間に合うだろうか」

ダミアン様が卒業するまであと一年もない。心配になるのはわかる。私も学園に通わなければいけないから、領主の仕事を手伝うというわけにもいかない。

「ふふ。そうだわ。お姉様に手伝わせましょう」

「リゼットに？」

「ええ。結婚しなくても、お姉様は家には戻ることになるでしょう？　伯爵家に置いておく代わりに仕事を手伝えと言えばいいのです。お姉様に仕事をさせている間にダミアン様が覚えていけばいいと思いますわ」

「そうだな。婚約解消しても家に帰るしかないもんな。じゃあ、万が一のことを考えて、卒業するまで言わないでおこう。そうすれば確実にどこにも行けず家に帰るしかなくなるから。あぁ、婚約の手続きとかは大丈夫だ。実は俺が全部預かっているんだ。王宮にも学園にも提出していない。婚約は口約束の状態なんだ」

「あら。じゃあ、簡単に変更できますね。お母様には私が伝えておきますわ」

「わかった。うちの親にはカミーユと婚約してから伝えるよ。どっちにしても婿入《むこい》りするのなら、文句はないだろうから」

「ふふふ。これからよろしくお願いしますね？」

「あ、ああ！」

可愛らしく笑いかけて首をかしげてみたら、ダミアン様は笑っちゃいそうになるくらい上ずった声を出した。ごめんなさいね、お姉様。ダミアン様は私のほうが好みだったみたい。まぁ、当然なんだけど。


「ねぇねぇ、セリーヌ。私、ダミアン様と婚約することになったわ」

「え？　ダミアン様って、リゼットお姉様の婚約者よね？」

「ええ、そうよ？　でも、ダミアン様は私のほうが良いんですって。ふふ」

本当は卒業するまで内緒なんだけど、うれしくてセリーヌには屋敷に戻ってすぐに報告した。

「……領主の仕事はダミアン様が？」

「将来的にはそうなるわね。とりあえずはお姉様にやってもらって、ダミアン様が覚えたらもうお姉様はいらなくなるけど。そうなったら出ていってもらおうかしら」

「そう……大丈夫？」

「ダミアン様がいれば大丈夫よ。ふふふ。卒業するのが待ち遠しいわ」

そうして迎えたお姉様とダミアン様の卒業の日。用意した青いドレスを着て、ダミアン様と会場の手前で待ち合わせる。私を見たダミアン様がたまらないって顔になるのがわかる。

ダミアン様の周りにいた令嬢たちを押しのけ、腕を組んで微笑む。悔しがっていた令嬢たちも、私たちが婚約したことを聞くとあきらめて去っていった。

卒業パーティーが始まって少したった頃、会場に制服姿で入ってくる黒髪が見えた。リゼットお姉様、やっと来たのね。待っていたわ。何年かぶりに会ったお姉様だけど、相変わらずみっともなかった。少しは自分を磨こうとか思わないのかしら。平民でもないのに卒業パーティーに制服って。一応は婚約者だったダミアン様に恥をかかせる気なの？

今までダミアン様の婚約者として夢を見られただけ良いわよね。お姉様と婚約したい男性なんて、この先だって現れるわけないのだから。お姉様はお姉様らしく、私たちのために働いて地味に暮らしていけばいい。

言いたいことを言ってすっきりした後は、ダミアン様の婚約者としていろんな人に挨拶をして回る。みんな驚いていたけれど、私が伯爵家を継ぐことがわかると祝福してくれた。やっと伯爵家の次期当主の座を奪い返せた。だけど、喜びに浸《ひた》っていられたのは、それから一週間だけだった。


ダミアン様が引っ越してくる日、一週間ぶりに会うダミアン様に抱き着いて挨拶した後、応接室で一息つこうとお茶をお願いする。頼んだのは侍女なのに、部屋に来たのは家令だった。

「あら？　お茶を頼んだのだけど？」

「あぁ、そのうち来ると思います。ただ、私はこれを渡しに」

「何これ？」

「領主の仕事と、未払いの請求書です。どちらもお二人が処理しなければいけないものです」

テーブルに置かれた書類はふた山あった。一枚めくってみたけれど、細かい数字がたくさん並んでいて、何が書いてあるのかわからない。ダミアン様に渡してみたら、それを読んだダミアン様が渋い顔になる。

「仕事ならリゼットお姉様にやらせておいて？」

「リゼット様はいません」

「え？」

「ですから、リゼット様はこちらの屋敷には戻ってきていません。伯爵家の籍から抜けたそうですので、今後もこちらに帰ってくることはありません。仕事はダミアン様とカミーユ様がすると聞きましたが？　リゼット様は伯爵家の印章と金庫の鍵もすべて返されています」

「はぁ？」

お姉様が伯爵家から抜けた？　嘘でしょう？　令嬢が一人で家を出てどこに行けるって言うのよ？　まさか死のうとしている？

「リゼット様は王宮にお勤めになるそうです。首席での卒業ですから。伯爵家を継がなくても、就職先に困ることはありません」

「王宮に!?　困るわ！　今すぐ戻ってくるように言って！」

「無理です。リゼット様の配属先は内宮です。アルシェ伯爵様が勤めている法務室がある外宮とは違います。内宮は王族のお住まいでもありますから。許可がない者は貴族だろうと中に入ることはできません。手紙のやり取りも禁じられています」

「……嘘でしょう」

お姉様が帰ってこない……じゃあ、目の前に置かれた大量の仕事は？　ダミアン様を見ると首を横に振っている。急にできるわけがないとその目が言っている。

お姉様にやらせて、そのうちダミアン様に仕事を覚えてもらう予定だったのに。だったら、どうすれば。はっとして、目の前にいる家令に命令した。

「あなたがすればいいじゃない！　家令なんでしょう？」

家令って金銭の管理も仕事なはず。だったら、領主の仕事もできるでしょう！

「申し訳ありませんが、私の契約は今日で切れることになっています」

「は？　契約？」

「ええ、リゼット様が戻られたら、家令を置く必要はなくなります。私ももう高齢です。そういう契約になっていました。リゼット様は戻られた後、家令ではなく執事を新しく雇う予定だったようです。家令を雇うのは大変ですからね」

「も、もう一度契約を！」

「この屋敷にはそんなお金は残っていませんよ。家令を雇うには執事の倍はかかります。カミーユ様とセリーヌ様が散財したせいです。ですから、必要以上の買い物をしないようにと忠告したのですが……この家の使用人たちには紹介状を渡してあります。給金が払われなくなったら他家に行けるようにとリゼット様が書かれたものです。早急にその書類をなんとかしないと、今月の給金を払えません。では、私は契約完了となりましたので、これで失礼いたします」

最後までにこりともしないで家令は部屋から出ていった。

部屋に二人残されて、ダミアン様と私は目の前の書類を一枚ずつ確認する。何一つわからない。請求書の金額がどれほど高いのかもわからない。だって、今までお金を気にしたことなんてなかったから、これがどのくらい大変なのかすらわからない。

「ダミアン様……どうしましょう？」

「お、俺、やっぱり家に戻る」

「は？」

「ほら、カミーユはまだ学園の二年だろう？　結婚するのは二年後になる。それまで一緒に暮らすのはやめておいたほうが良いよな」

「ダミアン様!?」

「ま、また連絡するっ」

青い顔のダミアン様が逃げるように部屋から出ていく。呆然としていると、セリーヌが部屋に入ってきた。

「やっぱりこうなったわよね」

「やっぱりって、何よ！」

「お友達にね、伯爵家の跡継ぎの令嬢がいるの。お茶するといつも愚痴《ぐち》を言うのよ。領主の仕事を覚えるのが大変だって。十歳から始めているのに、五年たっても少しも覚えられない。どうしたらいいのって。その令嬢、馬鹿じゃないのに苦労している様子だったから。きっとカミーユお姉様たちでは無理だろうなって思っていたのよ」

「……なんでそれを言わなかったのよ！」

「大丈夫？　って聞いたじゃない。でも、何度聞いてもカミーユお姉様が継ぐんだって言い張ってて」

「何を呑気《のんき》なこと言っているのよ！　あなただってこれからどうやって生活していくの！」

どこか他人事のようなセリーヌに腹が立って怒鳴りつける。姉妹でケンカなんてほとんどしたことがないけれど、何を考えているかわからないセリーヌが腹立たしくなる。

「私は寮に入るから」

「は？」

「こうなると思っていたから、生活できなくなるんじゃないかって心配で。三年分の寮費と学費を全部お父様に先払いしてもらったの。そうしておいて本当に良かったわ。学園を卒業さえすれば、あとはどこかに嫁《とつ》げば良いもの。あ、私もここには戻ってこないから、カミーユお姉様は頑張ってね？」

「………は？」

私と似たような顔で、可愛らしく微笑んだセリーヌは楽しそうに出ていった。あとに残されたのは私一人。頼んだはずのお茶も出てこない。さっきの侍女はどこに行ってしまった？　冷え切った部屋で大量の書類を抱え、動けずにいた。

4

「頼まれていた書類、これで合っていますか？」

「ええ、そうよ。ありがとう、リゼット。仕事には慣れたかしら？」

「はい！」

王宮の女官になって三か月が過ぎた。卒業してすぐ、学園の寮からそのまま王宮の寮へと引っ越した。荷物が少ないから、あっという間の引っ越しだった。


あの日、ボロボロ涙をこぼしながら研究室の前に立ちすくんでいる私を救ってくれたのは、ニコラ先生と団長さんだった。助手さんが出してくれた温かいミルクをちびちび飲みつつ、どうして泣いているのかを説明し終えたときには二人とも激怒していた。

「ありえん！　アルシェ伯爵家はいったいどういう考えをしているんだ！　今までリゼットを嫡子として教育してきたんだろう！」

「領主の仕事が簡単にできるだと！　ふざけるな！　ダミアンなんぞにできるわけないだろう！」

団長さんとニコラ先生がそう叫んだときには、少しだけ笑ってしまった。

実の父親と妹が私のことなんてどうでもいいと思っているのに、まだ親しくなって半年の二人がこんなにも親身になってくれる。うれしくて、落ち着き始めたら恥ずかしくなった。

「すみません、卒業式の日に、こんな話を聞かせてしまって」

「いや、悪いのはリゼットじゃない」

「そうだ、リゼットを王宮女官に推薦《すいせん》していたな。王宮に行けばいい」

そういえば、家から出たかったら女官になればいいとニコラ先生が言ってくれていた。推薦《すいせん》しておくと。あれは本気だったんだ。私なんかがそんな職業についていいのだろうか。

「……私なんかが女官になって迷惑をかけませんか？」

「またリゼットは。なんか、と言うなと言っただろう。……決めた。俺の養女にする」

「ふざけるな、お前はまだ若いだろう。私が養女にする」

「ニコラ先生では娘というよりも孫でしょう!?」

突然始まったニコラ先生と団長さんの言い合いにどうしていいかわからない。助手さんはにここ見ているだけで止める気はないらしい。

「あの……なんの話ですか？」

「そんな伯爵家なんて捨ててしまえばいい。リゼットはもう成人した。自分で貴族籍から抜けることができる。だが、王宮女官になるためには貴族籍が必要だ。だから、私か団長の籍に入れ、ということだ」

「え？」

急な話に頭がついていかないが、学園で習った貴族法を思い返す。

学園を卒業した者は成人と見なされ、嫡子でない者は自分の意思で貴族籍を抜けることができる。……そうか。今の私なら、自分の意思で伯爵家と縁を切ることができるんだ。嫡子扱いとはいえ、令嬢は例外。婚約者がいる場合は抜けられないけれど、婚約もなくなった。今なら……自由になれる？

結果、ニコラ先生の養女になり、リゼット・リュデクとして団長さんの後見で王宮女官になることができた。あまりにも強力な後ろ盾なので、表向きには内緒にしてもらっている。

王宮の法務室にはお父様がいるが、女官として配置されたのは別の宮だった。幸い、女官長と教育係の先輩女官が事情を考慮してくれたおかげで、この三か月間、問題なく働けている。

ここは女官という職業のせいか、結婚せずに働いている者も多い。婚約破棄された者、家が貧しい者、親と仲が悪く帰りたくない者、そんな者たちでも仕事さえできれば働かせてもらえる環境。私にとってこれ以上ない場所だった。

だけど、私は相変わらず黒いカツラと眼鏡を手放すことができないでいる。一度は外そうかと思ったけれど、外してしまうと部屋から出ることができなかった。身体が震え、お母様が怒鳴る幻聴が起こる。何度か挑戦したけれど、あきらめていつもどおりの姿で外に出た。

もう結婚することもないのだから、このままでいいのかもしれない。この姿なら間違いなく言い寄られることもないし、仕事だけに打ち込める。

そんなある日、外宮に書類を届けるように頼まれた。頼んできたのは普段は一緒に働いていない女官だったので、私の事情を知らないようだ。ためらったけれど断るのもどうかと思い、外宮へと向かう。

内宮と外宮の間には大きな扉があり、外に出るには近衛騎士の許可がいる。外宮に書類を届けると言って書類を見せると、近衛騎士はうなずいて扉を開けた。

初めての外宮に緊張しながら歩く。なんだか人から見られている気がする。もしかして、黒髪だから目立つのだろうか。内宮では黒髪だという理由で見られることは少ない。王太子妃様がそういう偏見を嫌うので、内宮で働いている者も偏見が少ないと聞いた。

だが、外宮は違う。王都に住む中央貴族は保守的な者が多い。その中でも王宮に勤めている中央貴族には闇属性を嫌う者が多くいると聞いた。闇属性で生まれた子を捨てるほどに嫌う貴族もいるという。一人で来たのはまずかったかもしれない。

じろじろと見られるだけでなく、敵意まで感じるようになり、早く書類を届けようと早足になる。相手に書類を渡し確認してもらった後、急いで内宮に戻る。

帰り道の廊下で、前方から数名の貴族令息が話しながらこちらに向かってくるのが見えた。なんとなく嫌な感じだと思ったら、すれ違うときに声をかけられる。

「おい、なんで黒いのがこんなところにいるんだよ」

「しかも、女のくせにこんなデカいなんてみっともない。どんだけ目立ちたいんだ」

「え、あの、失礼します」

どうやら酔っているようだ。こんな人たちを相手にしても仕方ないと、横をすり抜けて行こうとする。なのに、強い力でぐいっと手首を掴まれた。

「何をするんですか」

「こっちが話しかけているのに無視すんなよ」

「ははは。こいつ、震えているぞ。黒のくせに俺たちのこと怖がってるんじゃないか？」

掴まれた手首を振りほどこうとしても、男性の力には敵《かな》わない。身分を出すのは最終手段だと思ったが、このままでは騒ぎになってしまう。

「手を放してください！」

「あはは。泣きそうになってる。情けないな」

「情けないのはどちらだ？」

「は？」

後ろから違う男性の声がしたと思ったら、掴まれていた手首が解放された。

私の手首を掴んでいた男性は驚いた顔で私の後ろを見ている。いったい誰が助けてくれたんだろうと振り返って見て、動きが止まる。見えたのは顔ではなく、貴族服？　不思議に思って視線を上に向ける。そこには見上げるくらい大きな男性がいた。

「……え？　おおきぃ」

大きい！　この人！　私だって女性にしては背が高いのに、胸にも届かない。あまりの背の高さに驚いてしまい、慌てて口をふさぐ。しまった。助けてくれたのに、失礼なことを言った気がする。

だが、男性は私を気にすることなく、絡んできた男たちへと鋭い視線を向けていた。

「一人の女官に数名で絡んで、何をしたいんだ？　無理やり手首を掴んでまで話したいこととはな

んだ。聞いてやるから言ってみろ」

「……いえ、あの」

「まさか、女官相手なら話せるが、俺には話せないとは言わないよな？」

「……その……」

「ご立派な貴族様たちが、そんな情けないことは言わないよなぁ？」

「申し訳ありません……少し酒に酔っていて」

「こんな時間に？」

「はい……申し訳ありません。失礼します」

一人が謝ると、全員が慌てて頭を下げる。そして、逃げ出すように男たちは去っていく。それを見て、呆れた様子で男性がつぶやいた。

「王宮なのに、くだらないやつも多いんだな。こんな可愛い女の子に嫌がらせするなんて」

「え？　あの……」

可愛いってどういうことなんだろう。外見で嫌がられることが多いのに、この男性は大真面目な顔で言っている。大きさだけに目が行ってしまっていたけれど、めずらしい銀色の髪。貴族にしては短く切られているものの、前髪はさらさらと目にかかるくらいで流れている。その目は澄んだ青。水はわかるけど、他の属性はなんだろう。覗き込んでくる顔に見惚《みと》れていると、男性は心配そうな表情になる。

「掴まれた手首は大丈夫か？」

「あ、ありがとうございます。助かりました。大丈夫です」

よほど強く掴まれたのかひりひりする。どれだけ酔っていたんだろう、あのまま絡まれていたら騒ぎになるところだった。

「いや、赤くなってる。こんな細い手首なのに、なんてことをするんだ」

「細くないですよ？」

「どう見ても細いだろう。まぁ、こんなにちっちゃいんだから、細くて当然だな」

「私、小さくないですよ？」

お父様に似てひょろりとした体形のせいで、女性にしては背が高い。内宮で私よりも背が高い女性は王太子妃様くらいなものだ。それなのに、この男性は意外そうに笑った。

「さっき、俺のこと見て大きいって言っただろ」

「え、あ。申し訳ありません……」

「あぁ、怒ってるわけじゃないよ。ただ、そういうこと。君から見たら、俺は大きいわけでしょ？だから、俺から見たら君はとても小さくて細いわけ」

「あぁ、それはそうですね」

この男性に比べたら、どう見ても小さいし細い。それは否定しない。

「そういうことだよ。君が大きいんじゃなく、あいつらが小さいだけだ。ただそれだけのことなのに大勢で絡むなんて見逃せない。だから止めに入ったんだけど、君はしっかりしていそうだから助けなくても自分の力でなんとかできたとは思う。でも、痛そうで見てられなかったんだ」

「ふふ。ありがとうございます」

今度は素直にお礼を言った。きっとこの男性から見たら、私はか弱い生き物なんだ。だから、助けてくれた。その気持ちはまっすぐで、こちらもまっすぐにお礼を伝えたくなる。

気がついたら、内宮への扉の前まで来ていた。話しながら歩いていたけれど、この男性はどこに行くつもりなのか。

「あぁ、ついたね。その女官服は内宮のものだろう。ちゃんと治療したほうが良いよ」

「あ、ありがとうございます」

わざわざ送ってくれたのだと理解したときには、もう男性は背を向けて歩き出していた。

大きな背中。外宮のほうへ向かっていったのを見て、ちゃんとお礼を言えば良かったと思った。男性に送ってもらわなかったら、逆恨みした男たちにまた何か言われていたかもしれない。

それから私が外宮で絡まれたことを知った女官長は、私が外宮に行かなくてもいいようにしてくれた。書類を頼んできた女官には謝られたけれど、その女官が悪いわけではない。あくまでも絡んできた男たちが悪いだけだ。あの男たちには当面の間、外宮への立ち入り禁止処分が言い渡されたらしい。これで少しは外宮の雰囲気が変わればいいと思ったものの、外宮に行くことはなくなったので確かめられない。

あの銀色の髪の男性はどういう方なのだろう。貴族なのは間違いなさそうだけど、社交界に出たことがない私にはわからない。あのとき、お礼を言って名前を聞いておけば良かった。

内宮での勤務に慣れた頃、女官の仕事とは少し違う仕事を頼まれることになった。女官長の話では、小さい男の子に計算を教えてほしいという。

「計算ですか？　足し算とか？」

「ええ、そうよ。簡単な足し算とか引き算でいいんですって」

「はぁ。かまいませんけど、どうして私が？」

「それがねぇ、他の授業はちゃんと聞くのに、計算の授業だけは逃げちゃうらしいのよ。何度か先生を替えてみたけれど、それでもダメだったんですって。今まで男の先生ばかりだったから、女の先生ならどうかって。あなた計算は得意でしょう？」

「得意……というほどでもないですけど、わかりました」

小さい男の子で、計算嫌いになってしまったというのなら、あのやり方でできるかもしれない。

数日後、準備をしてその男の子に会いに行く。

王宮の建物は広く、内宮の中でもまだ行ったことのない場所のほうが多い。女官長についていくと、どこまでも奥に入っていく。ここはどこだろうと思っていたら、小さな東屋《あずまや》に着いた。

「こんなところで授業ですか？」

「今日は顔合わせだけでもいいそうよ。あ、来たわ」

嫌そうな顔をしてこちらにとことこ歩いてくる男の子を見る。来たくないのか、歩くのが遅い。よほど計算の授業が嫌なんだろうな。

赤い髪の小さな男の子。近くまで来るとキッとにらんできた、その目は桃色だった。私と同じ属性。この男の子は火のほうが強いんだ。髪のはっきりとした赤はそれだけ魔力が多いから。団長さんが見たら、喜んで鍛えてくれそうな気がする。

「じゃあ、この後はよろしくね。私は仕事に戻るわ。少ししたら誰かを迎えに寄こすから」

「わかりました」

さて、まだ挨拶もしていないけれど、服装から見ても、内宮にいることを考えても、かなり高貴な身分の方に違いない。あらかじめ身分を明かしていなかったのは、何かわけがあるのだろう。

王宮内に住むことを許されている幼い男の子には、一人だけ心当たりがあった。

「シャルル様でしょうか？　リゼットと申します」

「リゼットは……闇属性なのか？　めずらしいな」

あぁ、そうだ。このカツラではそう思われても仕方ない。身分が上のシャルル様に聞かれ、嘘をつくことはできない。周りに人がいないことを確認して、これなら大丈夫そうだと思い打ち明ける。

「いいえ、風と火の属性でございます」

「嘘をつくな！　黒は闇属性だと習ったぞ！」

「……少しお待ちください」

急いでカツラと眼鏡を外すと、シャルル様は目を大きく見開くと同時に、首をかしげる。

「リゼットはどうしてそんなものをつけているのだ？」

本当の理由を話すのはためらわれる。不思議そうに見上げてくるシャルル様に、どう答えたら納得してもらえるのか悩んでしまう。

「……そうですね。落ち着くからでしょうか？」

「変わっているのだな？」

「そうですね」

変わっていると言えば変わっている。わざわざカツラまでつけて二属性であることを隠す者はいない。むしろ誇らしげにするに違いない。それを隠して、嫌われている闇属性に偽装しているのだから、普通なら理解できないだろう。

「今日はシャルル様の計算の授業に来たのですが……」

そう言った瞬間に顔をしかめるのを見て、シャルル様はかなりの計算嫌いになっているのだと理解した。五、六歳くらいの子に無理やり教えてもダメなものはダメだ。一度嫌いだと思ってしまったら、もうそこから何も考えてはくれない。

だから用意したのは。

「飴だ！」

内宮の料理長にお願いして飴を用意してもらった。色がわかるように薄紙に包んでもらって、三種類の飴を数個ずつ。あまり少なくても多くてもいけない。そして、何よりも大事なのは美味《おい》しそうでなければいけない。欲しい、食べたい、そうでなければ楽しくならない。

「ええ、そうです。これから飴を数えるので、手伝っていただけませんか？　最後までお手伝いくださいましたら、この飴は差し上げますわ」

「本当か!?」

「はい。さぁ、数えましょうか。この赤い飴はいくつありますか？」

「赤だな！　えっと、一つ。二つ。三つ。四つだ！」

「そうですね、じゃあ、この緑の飴はどうでしょう？」

「緑はぁ……えっと……」

テーブル一杯に並べられたたくさんの色の飴。手伝ったら全部自分のものにできると言われ、シャルル様は目を輝かせて数えている。

「じゃあ、赤と緑と黄色の飴は全部で何個ありますか？」

「待っていろ！　全部数える！」

いちにいと数え始めたシャルル様を見守っていると、近くに人の気配を感じた。護衛騎士か侍女だろうか。先ほどは気がつかなかった。考えてみたら、私とシャルル様だけをここに置いておくわけはないだろうから、誰か監視はいるだろうな。そう思って、そちらは気にせずにシャルル様とのやり取りに集中する。

小さなシャルル様が必死で数えているのを心の中で応援していると、なんとか数え終わったようだ。

「十九個だ！」

「ええ、正解です！　じゃあ、赤と黄色の飴、どちらがいくつ多かったですか？」

「黄色だ！　三つ多かったぞ！」

「そのとおりです！　すごいですね。計算できているじゃないですか」

「そうです。今やったのは全部計算ですよ。なーんだ。苦手だって聞いていましたけど、全部できたじゃないですか。すごいですね！」

「え？　計算？」

そう、大事なのは嫌わないことと、楽しむこと。できたと実感させること。これは全部、領地にいる家令のジェイが教えてくれたことだった。将来、リゼット様は領主になるんです。計算が苦手ではいけませんよ。楽しんで得意になりましょう。そう言って教えてくれた。終わった後のご褒美《ほうび》の飴は私の宝物だった。

領主にはならなかったけれど、ジェイに教えてもらったことはこうして役に立っている。にこにこ笑って喜んでいるシャルル様を見て、私もうれしく思う。

「すごいわ！　すごいじゃない！　シャルル！」

「え？」

私とシャルル様以外の声がして、振り向くと豪華なドレスを着た美女がこちらを覗き込んでいた。柔らかそうな水色の髪をまとめ、色気のある一重の青い目。私よりも高い身長の方といえば……王太子妃マリエル様!?

王宮女官として勤める初日に任命式があり、マリエル様も出席されていたのでお姿は知っていたが、こんな形でお会いするとは思っていなかった。慌てて立ち上がり、臣下の礼をすると、シャルル様がマリエル様に勢い良く抱き着いた。

「母上！」

けっこうな勢いで抱き着かれたけれど、マリエル様は動じずうれしそうにシャルル様を抱きしめた。マリエル様はシャルル様をぎゅうっと抱きしめた後、私へと柔らかく微笑んだ。

「顔を上げて？　あなたがリゼットね！　シャルルの計算嫌いがこんなにすぐに直るなんて、あなたは恩人だわ！」

「母上！　僕、全部できたんだ！」

「ええ、見ていたわ！　すごいわ！」

得意げなシャルル様がマリエル様に頭を撫でられて満面の笑みを浮かべている。一度ですんなりいくとは思っていなかったけれど、喜んでもらえて良かった。

「シャルル様は聡明だと思います。苦手意識さえなければすぐに覚えられたでしょう。これからは問題なく授業が受けられるのではないでしょうか？」

「そうねぇ。でも、もうしばらくはあなたにお願いしてもいい？」

「もうしばらくですか？」

「ええ、そう。こんな風に楽しく授業ができるのも、王子教育が本格的に始まるまででしょう。それまでは楽しく教えてあげてほしいの。王子ではなく、ただの子どもに教えるように」

「わかりました」

王子教育が本格的に始まるまで。シャルル様はこのままいけば王太子に、将来は国王になることが決まっている。楽しい授業が受けられるのも今だけなのだろう。まだ幼いのに。私の表情を見て、王太子妃様は満足そうにうなずいた。

「リゼットは優秀だとは聞いていたけれど、予想以上だったわ。その姿もね？」

「あ」

そういえばカツラと眼鏡を外したままだった。もうすでに見られてしまっている以上、この場で戻すわけにもいかない。

「授業は終わったのでしょう？　お茶にしましょうか。リゼットもこのままつきあってちょうだい？」

「……かしこまりました」

5

マリエル様とシャルル様との出会いから一年が過ぎた頃、私は異動になった。もともと新人女官として配属された先は一時的なものだと言われていた。研修としていろんな仕事をさせ、それから本格的な配属となると。

新しく配属された部署の長《おさ》はクレマン様という二十七歳の令息だ。すらりとした体形に低い声。所作が優雅に見えるのも当然で、クレマン様は先代王弟の一人息子だった。緑色の長い髪をゆったりと結び水色の目をしたクレマン様は木と水の二属性で、王族の中でも恵まれた才能を持っている。

そのため王太子様に子が生まれるまで王族に残されていた。もし王太子様に子が生まれなければ、クレマン様の子が次の王太子になる予定だったが、王太子様に子が二人生まれたことにより、クレマン様は王族から外れて公爵になった。

私の異動先は王領エジェンにある鉱山を閉めるための部署だ。長年鉱石を産出してきた鉱山だったが、ここ数年は先細り、ついに閉山とすることになった。クレマン様はその鉱山を閉めるための部署の長《おさ》を務め、終わった後はエジェンの領地を賜《たまわ》る予定になっている。というよりも、エジェンの領地を賜《たまわ》ることはずっと前から決まっていたらしい。おそらくそのためにクレマン様がこの部署の代表になったのだろう。鉱山を閉めるための話し合いでエジェンの有力者たちと関わることになるし、顔が知られた後のほうが領主として受け入れられやすいと考えたのだと思う。

ある日、文官のラナダさんに声をかけられた。

「え？　エジェンに行く？　私もですか？」

「ああ。向こうと金銭的な話し合いをしなくちゃいけないんだ。女官に旅をさせるのは申し訳ないけど、無理だろうか。リゼットなら何かあっても戦えると聞いていたんだが」

「あー。そういう意味で配属されたんですか、私」

「いや、計算が得意だって聞いたからだけど、配属が決まった後で魔術師団長に指導を受けていたと聞いた。あの方に指導されていたのなら、戦えるんだろう？」

「……はい。それなりに」

「じゃあ、頼むよ」

クレマン様はあまり部署に顔を出さないので、一番年長のラナダさんが指示を出している。中年で太りすぎのラナダさんは馬車での旅は難しいらしく、エジェンとの交渉には下っ端《したっぱ》の文官が交代で行っていたそうだ。女官とはいえ、新人の私が行かないというわけにはいかず、エジェンへ向かうことになる。

「え？　会合の予算って、これだけしかないんですか？」

「そうなんだよ。クレマン様があまり使うなって」

「使うなって言われても、どうするんですか？」

「だからさぁ、みんなやる気ないんだよね。クレマン様がやる気ないんだし、俺たちだけ頑張っても仕方ないだろう？　クレマン様なんて、一度もエジェンに行ったことがないんだぞ」

「はぁ？　有力者と顔つなぎしておかなくていいんですか？　エジェンの領主になるんですよね？」

「俺だってそう思うけど、王族の考えなんてわからないな」

馬車の中で他の文官にエジェンとの程度話が進んでいるのか聞いてみたら、何も決まっていないのと同じ状態だった。そもそも代表のクレマン様がエジェンに行かないので、向こうの有力者たちも話を聞いてくれないらしい。鉱山は落盤事故も起きているので、もうそれほど時間はない。すみやかに閉山させなくてはいけないのに、金銭的な話し合いがまったくされていないため関係者が首を縦に振らないそうだ。閉山したら生活に困る者が出るのだから、補償金で解決すると説明しなくては話にならないのに。

「エジェンに着いたら、何をすればいいですか？」

「まずは冒険者ギルドに行って、冒険者を雇う」

「冒険者、ですか？」

「鉱山のあるあたりは魔獣が多いんだ。そこにたどり着くためには護衛を雇う必要があってね。費用はそれほどかけられないから、頼んでもいい顔されないんだけどさ。今回は雇えるかな……」

「そこまで費用を削って、どこにお金をかけているんですか？」

「クレマン様が遊ぶのに使ってるんじゃないかな。夜会とかよく行ってるみたいだから」

「はぁ……」

クレマン様とは何度か顔を合わせたが、「優秀なんだってね、頼むよ、リゼット」なんて笑顔で言われて悪い気はしなかった。あまり部署に来ないというのも、そんなものだろうと期待していなかった。だけど、ここまで仕事をしない人だとは。

あの愛想の良さは仕事ができる女官が入ってくれたことではなく、女性が部屋にいることを喜んでいただけかもしれない。その証拠に挨拶したときに手を握られて困ってしまった。黒髪を嫌がらないのはうれしいことだが、女性なら誰でもいいのかと思う。

王都を出発してから四日後、ようやく着いたエジェンは何もないところだった。生活のための店はあっても、王都のように華やかなものは何もない。鉱山だけが頼りだったのに、その鉱山がなくなるかもしれないと、領民たちは不安そうな顔をしていた。私たちは歓迎されていない。そう理解できるほど雰囲気が良くなかった。

冒険者ギルドに案内されて中に入ると、中にいた男たちに一斉に見られる。絡まれるかと思ったところで、奥からギルド長らしき男性が出てきた。同行の文官とは顔見知りのようで対応してくれたが、見るからに困った顔をしている。

「また来たのか」

「俺だって来たいわけじゃないんだが、部署が終わるまでは定期的に来なくちゃいけないんでね。あぁ、この子は新人なんだ。王宮女官のリゼット」

「リゼットです。よろしくお願いします」

「こんなお嬢ちゃんまで連れてきたのか。来るなら、代表を連れてこいと言っているのに」

私を見てため息をついたギルド長は悪くないと思う。本当なら早い段階でクレマン様が来て、有力者を集めて説明すべきなのだ。こんな下っ端《したっぱ》の文官や新人女官では到底お話にならない。

「さすがにそろそろ本格的に話を進めなきゃいけなくなるからね。クレマン様もそうなれば来るんじゃないかな」

「そんなやる気のない人が領主になるのか……」

「まぁまぁ。ところで、リゼットにも鉱山を見せておきたいんだ。誰か冒険者はいないか？」

「今は無理だ。隣の領地に出稼ぎに行ってる。この時期は向こうのほうが魔獣が増えるからな」

「隣？」

「ルフォール。辺境伯領地だ」

ルフォール辺境伯領地は隣国との国境を守るための砦《とりで》があるだけでなく、広大な魔獣の森もある。そうか。エジェンとルフォールは魔獣の森でつながっている場所があった。冒険者もエジェンにいるだけでは稼げないのだろう。

「じゃあ、今回は鉱山まで行くのは無理かもしれないな」

「すぐに王都に戻るのか？」

「いや、せっかく来たんだ。リゼットをあちこち紹介してから帰る」

「この嬢ちゃんに？　なんでそんな意味のないことをするんだ。もう来ないんだろう？」

「金銭的な話し合いになれば、リゼットが対応するんだ。重要な役割を担《にな》うことになる。紹介しておかなくてはいけないだろう」

「嘘だろう……そんな大事な話し合いを女官に任せる気か」

絶望するような表情のギルド長に腹が立つけれど、そう思うのも仕方ないとあきらめる。そんな大事な話し合いを新人女官が担当するなんてありえないのだから。ため息を押し殺して外に出る。

「悪い人ではないんだ。顔見知りになれば話を聞いてくれる。俺だって話をしてくれるようになるまで四か月かかった。まぁ、気にしないで頑張れよ」

「……わかりました」

それから月に二度はエジェンに向かうことになった。四日かけてエジェンに行き、冒険者ギルドや商業ギルドなどを巡り、有力者や鉱山の者たちと話す。数日間をエジェンで過ごし、また四日かけて王宮へ戻ってきて報告する。最初はついてきてくれていた文官たちも、費用が少ないからとついてきてくれなくなった。

半年過ぎた頃に私一人でエジェンに向かうようになると、ついに冒険者ギルド長が怒り出してしまう。

「いったい何を考えているんだ。責任者を連れてこい！　鉱山を見もしないで話し合いができるか！」

「ですから、私一人で鉱山に行くことを許可してください！　クレマン様が来ればいいのはわかっています。でも、こちらだって事情があるんです！　鉱山の方と直接話し合いをさせてください！」

「ダメだ！　冒険者なしでは行かせない」

「じゃあ、私が冒険者になります！」

「は？」

「冒険者登録は誰でもできるんですよね？　私を登録してください。そうすれば、自己責任です」

「お前なぁ！」

怒鳴られても引く気はない。その覚悟はあったが、静かな声がギルド長を止めた。

「まずは登録させてみてから考えなよ」

「え？」

振り返ったら、見上げるほど大きな男性が立っていた。

「あなたは、外宮のときの」

「あぁ、やっぱりあのときの子だったのか」

「どうしてここに……」

「うん、俺も仕事でね。ね、ギルド長」

知り合いなのか、男性がギルド長に声をかけると、止まっていたギルド長が動き出す。

「本気ですか、シリル様」

「本気だよ。エジェンではめずらしいかもしれないけど、女性の冒険者はいないわけじゃない。それに、戦えるから言っているんだろう？」

「もちろんです！　魔術師団の方に指導を受けていました。それなりにできるはずです」

「……魔術師団に？　それなら嬢ちゃんでも身を守れるのか？」

「登録して、危険だと思われたならやめます。一度試してもらえませんか？」

「わかったよ。登録しよう。少し待っていてくれ」

登録するための手続きをとってくれるのか、ギルド長は受付へ向かう。頭ごなしに拒否されて困っていたけれど、なんとかなりそう。

ほっとして息を吐いた。あのままでは認めてもらえなかったかもしれない。説得するのを手伝ってくれた男性に向き直る。冒険者のような姿はしているが、布地の質が違う。ギルド長がシリル様と呼んでいたし、口調が丁寧だった。もしかしてエジェンの有力者なのだろうか。

「助かりました。私はリゼットと申します」

「あぁ、俺はシリルだ。冒険者登録できそうで良かったな」

「シリル様がいなかったら断られていました」

「いや、いいんだ。だが、鉱山の近くは本当に危険だから。気をつけて行くんだよ」

「はい」

まだ話したかったけれど、遠くからシリル様を呼ぶ声が聞こえた。忙しいのかもしれない。それじゃあと言って、シリル様は行ってしまった。またちゃんとお礼を言えていない気がする。

それから冒険者登録をして、ギルド長にいくつかの攻撃魔術を見せると、すぐにC級に上げてもらえた。C級であれば一人で鉱山を行き来してもいいと言われ喜んだが、いくつかの制限もあった。

それは冒険者として仕事をすること。形だけの冒険者は認められないので、エジェンにいるときには仕事を受けるようにと注意をされた。それがギルドのルールなのであれば仕方ないと思う。

鉱山のあたりに住む魔獣の討伐でもいいと言われたので、鉱山と行き来する間に魔獣を倒してその素材をギルドに運ぶようにしていたら、あっという間にB級に上がってしまった。

「なぁ、嬢ちゃん。もうエジェンに引っ越してこいよ」

「え？　引っ越しですか？」

「王都との行き来に八日間もかかるんだろう？　役に立たない上司の下での仕事なんてやめればいいじゃないか。嬢ちゃんならA級に上げてもいいんだぞ？」

「それはやめておきます。一応は王宮女官なので。王宮での仕事もあるんですよ」

「もったいねぇなぁ」

王宮女官でいることをもったいないと言われて思わず笑ってしまう。気に入ってもらったのはうれしいし、おかげで冒険者ギルドや商業ギルド、鉱山で働く人たちも話を聞いてくれるようになった。

みんな、鉱山が危険なのはわかっていた。わかっていたけれど、生きていくために閉山という選択を取らなかった。だからこそ、補償をどうするのか話し合いたかったのだ。私が敵ではなく、味方だとわかったのか、ある時期からは話し合いがすんなり進むようになった。

あともう少し、詰めの段階にきていた頃。鉱山からの帰り道で、魔獣を何匹か倒してから冒険者ギルドに戻るつもりだった。獣道から魔獣が出てくるのを待っていたら、少し離れた場所から悲鳴が聞こえた。子どもの声のようだ。

さすがに子どもを見捨てるわけにもいかず、声がしたほうへ走る。少し開けた場所で、子どもの姿はないが、一本角牛に男性が追いかけられているのが見えた。もう魔力が残っていないのか、持っている剣を振り回しながら逃げているが、このままでは角に突かれてしまう。

「加勢は必要⁉」

「え、あ！　頼みます！」

他の冒険者の戦いには基本的に手を出してはいけないという決まりがあるために声をかける。必死な顔で助けを求めてきたので、遠慮なく魔術で水滴を手のひらの上に集め、勢い良く一本角牛へ向けて放つ。水滴は目に見えない速さで一本角牛の身体を突き抜ける。次の瞬間、声を上げることなくドスンと一本角牛は横に崩れ落ちた。

たいていの者は魔力があっても属性外の魔術は使えないのだが、魔術師団長に鍛えられた私は属性外の魔術も少しは使える。相性が悪いために、かなり制限がかかってしまうけれど。

「……………た、助かったのか？」

「大丈夫？」

「ええ、大丈夫です。すみません、王宮女官の方ですよね。何度かギルドで見かけました」

腰が抜けたのか、座り込んでいる男性に声をかける。茶髪で茶色の目の男性は私よりも少し年上くらいだろうか。声をかけると人懐こい笑顔を見せた。

「そうよ。リゼットというの。よろしくね」

「カオと申します」

「あれ？　もしかして怪我をして立てないの？」

「怪我は……ちょっとだけ？　油断しました～」

立ち上がらないからどうしたのかと思って見ると、左足から血が出ている。角がかすったのかもしれない。持っていた布を細く切って止血する。ちゃんとした手当は街に戻ってからじゃないと無理そうだ。

「とりあえず街に戻りましょう。手を貸すわ」

「……いやぁ、女性の手を借りるのは……こうして助けてもらっただけでありがたいです。多分、仲間がその辺に隠れていると思うので大丈夫だと思います」

「仲間？」

「おーい、みんな出てこい！」

大きな声でカオが呼ぶと、草木がガサゴソと動いてわらわらと子どもたちが出てきた。皆、心配そうにカオの周りに集まる。

「兄ちゃん、大丈夫なのか？」

「ごめん、俺が失敗したから」

「いや、もういい。次からは気をつけろよ」

どうやら、子どもたちを連れて冒険の手ほどきをしていたようだ。そして、誰かが失敗して一本角牛を暴れさせてしまったと。草食の一本角牛は寝ていることが多いので、気がつかれる前に致命傷を与えるのがコツだ。途中で怖くなってしまったのか、力が足りなかったのか、痛みで暴れさせてしまって追われることになったらしい。

「姉御《あねご》、この一本角牛はどうしますか？」

「姉御《あねご》って……あなたたちが追いかけていた獲物でしょう？　ここで解体してこの子たちに運ばせたらいいわ。あなたは私が肩を貸して街まで送るから」

「それは申し訳ないというか」

「冒険者ギルドに恩を売る機会だもの。気にしないで？」

もう冒険者ギルド長とは顔見知りになっているし、恩を売る必要はないけれど、とりあえずそう言っておく。この青年が一人で子ども六人も連れてこんなところにいるなんて普通じゃない。子どもたちの格好から見て、孤児院の世話役か何かだろう。

「正直言うと助かります。こいつら孤児院のやつらなんです。冒険者として独り立ちするまで面倒を見ているんですけど、孤児院にはまだ小さい子たちが他にもいるんで、お金はいくらあっても足りないんです」

「そうなのね……」

やっぱり孤児院の子だったか。髪や服が、なんとなく平民の子よりも薄汚れているからわかってしまう。全体的に身体が小さくて細い。ちゃんと食べているのか心配になる。

子どもたちに解体した一本角牛を運ばせながら、カオに肩を貸して歩く。

「すいません、姉御《あねご》」

「……ねぇ、さっきからどうして姉御《あねご》って呼ぶの？　多分、私のほうが年下だと思うんだけど」

「いえ、なんとなく、ですかね？」

ただでさえ細い目をさらに細めて笑って言われると、まぁいいかと思ってしまう。なんとなく憎めないのと、孤児院のために頑張っているカオを応援したくなる気持ちもあり、それから何度かカオたちと一緒に依頼を受けてから王都に戻った。

この一件で、エジェンの問題は鉱山だけではないと実感した。孤児院もそうだが、領民全体が貧困に苦しんでいる。新しい商売につながるような特産を見つけ出さなければならない。

だが、王宮に戻ってクレマン様に訴えても、そのうちなんとかなるよ、とか、リゼットがなんとかしてと言われるだけだった。

この部署は鉱山を閉めるための部署で、領地の改革はエジェンの領主となるクレマン様がすべきことだ。王宮女官の私が手を出せば越権行為になるため、できることは何もない。それをクレマン様に説明しても変わることはなく、閉山するための作業だけは進んでいった。

冒険者ギルドも商業ギルドも、鉱山の代表も、クレマン様が来ない件はもうあきらめていた。リゼットが信用できるから閉山についても認めようと言われ、泣きそうになりながら頭を下げる。

それからようやく金銭的な話し合いもできて、書類でのやり取りが始まる。閉山に関わる補償金を出すのは王家なので、これにもクレマン様は口を出さなかった。すべての話し合いが終わり、閉山作業も終え、あとは部署を閉めるだけとなる。

今後、同じように閉山するときのために、話し合いの内容や金銭的な取り決めなどを書類にして残す。それほど人員は必要ではないので、一人また一人と文官は他の部署へ異動し始めた。そろそろ私も次の異動先が決まるはずだと思っていたが、気がついたときには最後の一人となっていた。二週間後には部署が閉められるのに、どういうことなんだろう。


閉山作業が終わったことでエジェンへ行く必要がなくなり、王宮にいる時間が長くなった。久しぶりにマリエル様のお茶会に呼ばれ、いつもの東屋《あずまや》へと向かう。少し待っていると、うれしそうな顔のマリエル様と笑顔で走ってくる第一王女アレット様が見える。

「久しぶりね、リゼット」

「はい、お久しぶりでございます。マリエル様、アレット様」

マリエル様は夫である王太子様が即位されたことで、今は王妃となっている。それからは何かと忙しそうで、私がお茶会に呼ばれることも少なくなったが、ようやく時間が取れるようになったのだと思う。こうしてお会いするのは本当に久しぶりだった。

同じく久しぶりにお会いしたアレット様は王女教育が始まっているため、今までのようにマリエル様のひざの上には座らず、一人で椅子に座っている。その顔は誇らしげで、こちらもうれしくなる。

お茶を一口飲んで鼻に抜ける香りを楽しんでいると、マリエル様に今の仕事について聞かれた。

「もうエジェンの仕事は終わるのでしょう？　次はどこに行くか決まっているの？」

「ええ、二週間後には部署が閉まります。文官たちも異動して、残っているのは私だけです。なぜか私だけ異動先が決まっていなくて」

「二週間後に閉まるのがわかっているのに異動先が決まっていないの？　どうしてかしら」

最初にクレマン様の部署に異動になったときは、ずいぶんと難しい仕事の部署に入れられたと悩んだりもしたが、エジェンでの仕事で自分はすごく成長できた。ただの王宮女官なのに、領地の有力者と話し合いをし、取り決めまでできたのはかなりの成果だと思う。この経験があればどこの部署に異動になってもやっていける。そんな自信もついた。なのに、次の職場が決まらない。

計算を必要とする部署は他にもたくさんあるはずなのに、クレマン様に聞いても誤魔化されるばかり。いったいどういうことなのか私も聞きたかった。

「クレマン様には何度かお尋ねしたのですが、この部署が終わるときにはわかるよ、とだけ」

「部署が終わるときに？　どういうこと？」

「どういうことなのでしょう？」

クレマン様はいつも飄々《ひょうひょう》としているので、何を考えているかわからないところがある。次の部署によっては新しく勉強しなければいけないこともあるし、できれば早めに教えておいてほしいのだが。

「……もしかして、クレマンはリゼットを領地に連れていくつもりなのかしら」

「え？」

「ほら、領地に行ったとしても、秘書官は必要じゃない？　だから、リゼットを秘書官として連れていくつもりなのかなって」

「秘書官ですか？　まさか」

秘書官とは広大な領地を持つ高位貴族の領主に仕える特別職だ。領主の補佐役として、特に金銭の収受、税金に関わることを任される大事な仕事。領地での立場としては領主の次になるくらい身分が高い。それをまだ女官になって三年目の私に任せるわけがない。

「いいえ、リゼットさえよければ秘書官に推薦《すいせん》したいところがあるのよ」

「私を秘書官に推薦《すいせん》ですか!?」

「ええ、辺境伯のところなの」

「辺境伯って、ルフォールですか？　エジェンよりも大変なところじゃないですか。どうしてそんなところに」

エジェンの隣だったから、ルフォールが大変だというのは知ることができた。辺境伯領地は魔獣の森を管理し、魔獣が増えすぎないように討伐している。冒険者はエジェンよりも荒くれ者が多いと聞いた。また、稼げるけれど、実力がない者が行っても追い返されるだけだとも。

それだけではなく、国境の砦《とりで》があり他国とのやり取りも多い。領主も大変だが、それを支える秘書官もかなりの責任がある。それこそ私などが出る幕ではない。

「リゼットなら大丈夫よ。ちょっと理由があってね、他の秘書官では難しいの。それに、辺境伯は私の弟なのよ」

「あ、そういえばそうでしたね」

マリエル様は辺境伯の第一子で、第二子の令息が継いでいる。本当はマリエル様が辺境伯を継ぐ予定だったのは有名な話だ。それなのに、陛下が学園で同級生だったマリエル様に惚れ込んでしまって、断られてもあきらめずにルフォールまで迎えに行ったという。王子と王女を産んでもまだ光り輝くような美しさのマリエル様を見ていると、陛下が惚れ込んだ理由もあきらめきれなかった気持ちもわかる。マリエル様のように美しさだけじゃなく強さを持ち合わせている令嬢は、そう簡単に見つからないと思うし。

ルフォールか……そういえば、マリエル様も戦える方だったな。王妃になった今は戦うことはないだろうけど、護衛の女性騎士よりも強いのだと近衛騎士隊長が笑っていたのを思い出す。エジェンも大変な土地だったけれど、ルフォールともなれば、戦える人でなければ領主として認められないに違いない。

「どうかしら？　リゼットなら秘書官にぴったりだと思うの。ルフォールに行ってみない？」

「私などに務まる仕事だとは思えませんが……」

「断るにしても、一度ルフォールに行ってみてから判断してほしいのよ。ね、今の部署が閉まっても異動先が決まらなかったら、行ってみてくれない？」

「決まらなかったら……わかりました」

それまでに異動先が決まらないということはさすがにないだろう。部署が終わるときに異動先が決まっていれば、それで断ることができる。マリエル様のような迫力ある美女にお願いされると断りにくい。一応は話を受け取って終わりにすることにした。

エジェンの鉱山も無事に閉山し、後に残しておく書類も提出し、この部署も今日で終わりとなる。部屋にあった机や椅子を軽く拭いて綺麗にして、窓の鍵をかける。あとはクレマン様に報告して、この部屋の鍵を返却するだけだ。

だが、明日から私が働く先がわからない。不安な気持ちを隠し、掃除道具を片付ける。

いったいどういうことなのか。ここまで来てもまだ私の異動先がわからないというのはありえないことだった。

あれからもクレマン様に何度か聞いたが、はぐらかされてばかり。ここ一週間ほどはなぜか浮かれている様子で、まるでエジェンに行くのを楽しみにしているように見えて首をかしげていた。

王都で生まれ育ったクレマン様は、あまりエジェンの領地は好きではないのだと感じていた。今回の仕事でもクレマン様がエジェンに行くことは一度もなく、他の文官たちも嫌がるため、最終的には私だけが行くことになってしまっていた。

癖のあるエジェンの有力者たちと、直接会って話し合いをするのが怖いという気持ちはわからないでもない。だけど、一度も話し合いに顔を出さないなんて、これからクレマン様は領主になるのに大丈夫なのかと心配していた。私からの報告もまともに聞いていたとは思えない。いつも何を言っても、リゼットならなんとかできるんだろう、頼むよと笑っているだけ。どれだけエジェンが大変なのか理解しようとすらしなかった。それがこれほどまで態度が変わるのはおかしいと思ったが、クレマン様はすぐにどこかに行ってしまうので落ち着いて話すこともできずにいた。

それにしても、異動先を教えてもらえない理由はなんだろう。もしかして本当に私をエジェンに連れていくつもりなんだろうか。頼りにされるのはうれしいし、秘書官にと言ってくれるのならついていってもいいかもしれない。クレマン様が領主では不安があるし、エジェンのみんなのことも心配だし、これからもエジェンのために働けるなら頑張れる気がする。

クレマン様は頼りないけれど、裏を返せば私に仕事を任せてくれる。女官なのにとは言わず、私が話を決めてきたことをただ褒めてくれた。よくやったと。最初の頃は男性として私に優しくしてくれているような気もしたけれど、クレマン様はお相手の令嬢がたくさんいると聞いて、恋愛感情を持たれることはないとわかった。

そもそも、クレマン様が私を相手にしてくれたとしても、遊びでしかないのだとわかっていてそれでもいいと思うことはどうしてもできなかった。本当に好きになったのであれば、それでもいいと思うのかもしれないけれど。男性をというよりも、人を信じるのが難しい私は恋をすることなんてできないのかもしれない。

ダミアン様のように他の令嬢のところに行くのであれば、私なんかに気のあるそぶりを見せないでほしい。こういうところが男性から嫌われるのかもしれないわね。

「……いいんだ。恋なんてしなくても。私には仕事があるし。女官なら一生続けていられるもの」

ふと、シリル様のことを思い出した。二度しか会っていないけれど、二度とも私を助けてくれた。大きな身体なのに話し方は静かで、穏やかに笑う顔がなんだか安心できた。顔立ちは整っていて、誠実な感じがあり、クレマン様のように女性と遊ぶような方には見えなかった。

エジェンに住むようになったら、また会えるだろうか。何をしている人なのかもわからないけれど、シリル様なら信用できる気がした。次に会うことがあったら、まずはお礼をして……なんて、気が早い。まだエジェンに行くと決まったわけじゃないのに。

掃除道具を片付け終わったら、本当に何もすることがなくなってしまった。もうこの部署には私しか残っていない。とりあえず近くにあった椅子に座って、クレマン様が来るのを待った。

もうすぐ終業時間という頃にクレマン様は部屋に来た。やはりクレマン様はうれしそうな顔をしている。これだけ機嫌がいいのであれば、異動先を教えてもらえるだろうか。

「クレマン様、この部署の仕事はすべて終わりました。あとは部屋の鍵をかけて返却するだけです。それで……私の異動先は決まっているのでしょうか？」

「ああ、やっとリゼットにも紹介できるな」

「紹介ですか？」

「婚約者ができたんだ。まだ学生だけど、もうすぐ卒業する。すぐに結婚してエジェンに連れていくつもりだ」

「そうなのですか。おめでとうございます」

あぁ、やっぱり私などお呼びじゃなかったのだと思い、お祝いの言葉を述べる。優しくされたからと好きになったりしなくて良かった。クレマン様は妙に距離が近くて、たまに肩に手を回されたり、手を握られたりすることには少し困っていた。もしあれで勘違いして好きになっていたら、こんな風に祝えなかっただろう。だけど、どうして私に婚約者の話を？　私が聞いたのは異動先なのに。いや、本当に私を秘書官にする気なのかもしれない。それならば婚約者の話をされるのもわかる。

「じゃあ、リゼットに紹介するよ」

「え？」

「ここに連れてきているんだ。もう入ってきていいよ」

王宮の仕事場に婚約者を連れてきたのかと驚いてしまう。外から様子をうかがっていたのか、すぐに部屋のドアが開かれる。中に入ってきた令嬢を見て、悲鳴を上げそうになり慌てて呑み込んだ。

「驚いただろう？」

「……ど、どうして？」

「お久しぶりですわぁ、リゼットお姉様。相変わらず地味ですのね。ふふっ」

にっこり笑ってクレマン様に寄り添ったのは、下の妹のセリーヌだった。

もう何年も会っていないけど、可愛らしい丸い目に小さな鼻と唇。そして、私を見下すような態度は間違いなくセリーヌだ。成長しても小柄で細身のセリーヌは、あざやかな緑のドレスを着て、水色の大きな貴石のネックレスをつけている。クレマン様はセリーヌをうれしそうに迎え入れて抱き寄せた。

「半年くらい前かな。夜会でセリーヌに会ってね。リゼットの妹だって言うから話してみたら、こんなにも可愛らしいだろう？　今までは王族に残るかどうかわからなかったから結婚できなかったけれど、公爵になることが決まったし、そろそろ落ち着こうと思ったんだよ」

「……そうでしたか」

クレマン様のお相手がセリーヌだったことに衝撃は受けたが、それに対して何か文句があるわけではない。伯爵家の三女が公爵家に嫁《とつ》いで大丈夫なのかという不安はあっても、それは私ではなくお母様が心配すべきことだろう。

「リゼットはセリーヌと仲が良いんだろう？　セリーヌが君のことが心配だって言うから、リゼットも連れていくことにした」

「え？　私もですか？」

「そう。リゼットにはまだ仕事を手伝ってもらいたいし、ちょうどいいと思ってさ」

「それは秘書官として連れていくということですか？」

マリエル様の予想が当たったのかと思い聞いてみると、クレマン様は噴き出した。

「ははっ。秘書官だって？　女の君が？」

「え？」

「リゼットは役に立つと思うが、秘書官なんてできるわけないだろう？　セリーヌの侍女として連れていくんだよ。そのついでに領地の仕事も手伝わせようと思って。リゼットは嫁《とつ》ぎ先もないし、家にも帰れないって聞いたよ。セリーヌがお姉様は一人でかわいそうだって言うから、エジェンに連れていってあげることにしたんだ。感謝してくれたまえ」

「クレマン様って本当にお優しいのですね。私、お姉様のことが心配で……継ぐはずだった家はカミーユが婚約者を取ってしまって、行き場がないんですもの。かわいそうで仕方なくて……王都に置いていくのは心配でしたわ。一緒にエジェンに行けるなんて良かった！　お姉様、クレマン様にお礼を言ってくださいね？」

セリーヌの侍女として……秘書官なんてできるわけがない……

カミーユに婚約者を取られたかわいそうな姉……

今までのことが頭をぐるぐると巡り、ぷつんと何かが切れた。

「申し訳ありませんが、お断りしますわ」

「「は？」」

「とっても残念ですけど、その話はお断りいたします。なかなか異動先が決まらなかったので、他からのお話もいただいてしまっていますから」

「なんだと!?　王族の私が連れていってやろうと言っているのに、断るのか！」

今までの優しいクレマン様は嘘だったのかと思うくらい高圧的な態度に驚いたが、もともとこういう人なのかもしれない。というか、もう王族じゃないのにいつまで王族の権力が使えると思っているのか。これから行くエジェンではそういうものは一切通用しない。まともにエジェンの有力者と話したこともないのに、こんな態度を見せたら大変な事態になる。本当にクレマン様がエジェンの領主になってやっていけるのかな。

でもまぁ、私には関係のない話だ。エジェンとの話をまとめたのは私だというのに、女の私では仕事ができないと言うのであれば、もう気にしてあげる必要なんてない。

「申し訳ありません。他からのお話というのは、マリエル様からのものです。王妃であるマリエル様からの紹介を断ることなんてできませんわ」

「……王妃、だと？」

「ええ、臣下となられたクレマン様もよくおわかりでしょう？　陛下とマリエル様が決められたことには従うしかありません」

「……どこに行くというんだ。王妃から薦められるような仕事だと？」

「ルフォールの、辺境伯の秘書官です」

「!!」

女の私が秘書官になれるわけがないと言ったのを思い出したらしく、渋い顔をする。しかもエジェンとルフォールは隣り合っている。何か言われることも覚悟したが、マリエル様ともめるわけにはいかないと思ったのか、意外にもクレマン様は引き下がった。

「……そうか。残念ながら、王妃からの話なら断れないな。だが、無理だとわかったらすぐにエジェンに来るんだ」

「そんな！　クレマン様!?」

「ご心配はいりませんわ。では、失礼いたします」

薄い微笑みを浮かべ、礼をして部屋を出る。部屋の鍵はそのまま置いてきた。クレマン様が閉めればいいだろう。

女官長に仕事の終了を報告して、王妃様へと連絡をお願いする。

リゼットはルフォールに参ります、と。

見えてきた……ルフォール全体を見下ろせる丘から赤いレンガでできた高い外壁が見える。思っていた以上に大きい。ルフォールの街の中心をぐるりと囲むように作られた壁。そして、その外にも街は続いている。

昔は壁の中だけに住んでいたらしいけれど、人が増えすぎていつの間にか壁の外にも街ができていった。そのせいで壁の中は整然と家が並んでいるのに、壁の外は雑然としていて、ごちゃごちゃしているからこそ生命力を感じる。主に、壁の中には商人が、壁の外には冒険者が住んでいると聞いた。

これはそう決められているわけではなく、そのほうがお互いに都合がいいかららしい。冒険者たちが魔獣の森に行くのにわざわざ街壁の検問を抜けるのが面倒だという理由だ。そのため、冒険者ギルドは中と外の両方に作られている。外で素材を買い取り、中で商人に卸《おろ》すというやり方はこの領地だけのものだ。

エジェンにいるときにルフォールの話は何度か聞いていた。だけど、聞いて知ったつもりになっていただけのようだ。これほど大きくて賑わっている街だとは思っていなかった。

街壁の外側を行き交っている人を見ると、髪色も肌色もさまざまだ。他国から流れてくる冒険者が多いというのも納得する。皆、忙しそうに歩いていて、他の人の色なんて見ていない。ここならば私のことは気にしないでいてくれそうだ。

「もうすぐ検問に着きますよ」

「もう？　今回の旅は本当に快適だったわ。さすが王家の馬車ね。こんなに早く着くとは思わなかったもの」

「そうでしょう。最新式の馬車ですからね！」

今乗っている馬車は王家の所有するものだ。マリエル様の紹介ではなく、王家からの派遣という形になるらしく、私は王宮女官としての給与をいただいた上で、辺境伯の秘書官となる。

そのためルフォールにたどり着かないなんてことがあれば王家の責任となるそうで、王家所有の大きな馬車と御者《ぎょしゃ》と護衛だけでなく侍女までつけられていた。しかも護衛は女性騎士という素晴らしい待遇だ。おかげで王都からここまで来る三日間、とても快適な旅だった。

街壁の検問も王家が発行する身分証明書があったため、すぐに通された。街壁の中も賑わっていて、ここでも多種多様な人が行き交っている。隣国との貿易も盛んなこのルフォールは異質なものも受け入れられる土壌がある。そのおかげか、冒険者の中でも変わった部類の人が集まると聞いた。

馬車は人通りの多い街並みを抜け、奥へと進む。辺境伯の屋敷は小高い丘の上にあった。屋敷というよりも城としか言いようのない建物に、しばし見惚《みと》れてしまう。街壁と同じ赤いレンガで建てられた城は蔦《つた》が絡んでいて歴史を感じさせる。

「すごいわね。赤い城なんて初めて見たわ」

「そうでしょう。どこの国も白い城ばかりですからね。赤い城はここくらいでしょう」

いつの間にか家令らしき男性がそばまで来ていた。目が合うとにっこりと笑いかけられる。馬車を降りたのに中に入ってこない私を迎えに来てくれたのかもしれない。

「リゼット様ですね。わたくしはルフォール家の家令のケルツと申します。ご案内してもよろしいでしょうか？」

「お待たせしてしまったかしら。ごめんなさい。リゼットよ。これからよろしくね」

「ええ、こちらこそよろしくお願いいたします。さぁ、こちらへ。あぁ、お付きの方は別の使用人が案内いたしますので」

一緒に来た者たちは少し休んだら王都へと戻ることになっている。また後で話せるだろうけど、一度お別れになると思い軽く手を振った。

城の中は王宮のような豪華さはなく、柱が太く頑丈そうな造りになっている。よくわからない芸術品などが飾られている王宮とは違い、必要のないものは置かない主義なのかもしれない。なんだか王宮よりも落ち着くと思いながら、綺麗に磨かれた廊下を進む。

前を歩くケルツは伯爵家にいた家令のクレムよりも高齢に見える。クレムは高齢だからもう引退したいと三年前に引退している。ケルツは高齢ではあるが、背が高く、きびきびと歩く後ろ姿を見ると若々しい。家令とはいえ、戦えない者は住めないと言われているルフォールらしいといえば、らしい。

「旦那様、リゼット様がお着きになりました」

「ああ、入ってくれ」

連れてこられたのは辺境伯の執務室のようだ。

入ってすぐの場所は応接のための場になっており、奥に続き部屋があるのがわかる。大きな机が置かれていて、仕事をしている人影が見えた。

私が部屋に入ったと同時に立ち上がり、こちらへ向かってくる……

「え？」

そこにいたのはシリル様だった。以前王宮で会ったときのように、貴族服を着たシリル様が笑って迎えてくれる。ここでシリル様に会うなんて思ってもみなくて、動揺してしまう。

「……いえ、あの……失礼いたしました。王妃様のご紹介により参りました。リゼットと申します」

まだ落ち着かない心を抑え、急いで最敬礼をする。

辺境伯は我が国ルモニットの貴族だが、隣国ケーニヒの王族の血筋でもある。ケーニヒ国の現在の国王は辺境伯のはとこにあたる方で、もちろんマリエル様とも血のつながりがある。

先々代の辺境伯がケーニヒの第三王女を娶《めと》ったことで同盟が結ばれ、それ以降はケーニヒとの間に戦争は起きていない。完全な平和同盟というわけにはいかないが、はとこ同士が国の中心にいる間は平和が保たれると見られている。

「はは。ごめん、驚いただろう。前に会ったときは身分を言わなかったから」

「はい。辺境伯様だったのですね」

「ああ、シリル・ルフォールだ。シリルと呼んでくれ。辺境伯ではあるが、立場はあまり気にしなくていいから」

言われてみれば、マリエル様に似ている。切れ長の目で鼻筋が通っていて少し冷たく見える顔立ちなのに、笑うと途端に穏やかな印象になる。辺境伯は水と風、それを強化したことで生まれる氷属性だと聞いている。シリル様の銀髪を見てめずらしいと思ったのに、どうして三属性持ちだって気がつかなかったんだろう。

「以前は助けていただいてありがとうございました。王宮でもエジェンでも」

「ああ。気にしないで。王宮でのことは他人事じゃないというか、姉上も苦労しているのかと思うと加勢したい気持ちがあってね」

「加勢ですか？」

「ああ。少し背が高いくらいでからかわれるなんて理不尽だろう。リゼットはこんなにちっちゃくて可愛いのに」

「……あのときも言っていましたね。私、そんなに小さいですか？」

シリル様に比べたら小さいというのはわかる。隣に立ってみると、私の背はシリル様の胸にも届かない。こんなに差があれば小さく見えるのも仕方ないとは思うが。

「うん。ちっちゃいね。ここルフォールは大きい人が多いんだ。男も女も。リゼットは姉上を知っているだろう？　姉上くらいがここの標準だから」

「マリエル様が標準ですか……それなら私は小さいですね」

私よりもかなり背が高いマリエル様を思い出す。マリエル様が標準なら、私は子どもと同じくらいかもしれない。今までさんざん大きい女は可愛くないと言われ続けていたのに、ここでは可愛いと思われるくらい小さいんだ。……私の背をからかってきたあの人たち、ここに来たら大変なことになるわね。

「まぁ、座ってお茶でも飲んで休んで。ここまで来るの大変だっただろう？」

「いえ、マリエル様が王家の馬車を出してくださいましたので、快適な旅でした」

「それでも大変なことは変わらないだろう」

「そんなことありません。もっと大変な旅の経験もありますし、王都とエジェンの間は何度往復したかわからないくらいです。しかも、王宮文官が使う普通の馬車でしたから、早くても四日かかるんです。それにも慣れましたけど」

王家の馬車は大きくて快適なだけじゃなく、速かった。普通ならここまで五日間はかかるのに、たった三日で着いてしまった。あの馬車なら、エジェンとの間は二日半で行けるだろう。

普通の馬車での旅は揺れるし、暑いし、狭いし、虫も入ってくる。令嬢には耐えられないような旅だったが、何度も行き来するうちにすっかり慣れてしまった。

「そういえばエジェンには何度も足を運んでいたな。冒険者ギルド長が褒めていたよ。他の文官たちは来なくなったのに、リゼットだけは最後まで来てくれたって」

「大事な話をするのに、顔を合わせないわけにはいかないと思いましたから」

「代表者は一度も行かなかったのにな」

「ええ、まぁ、そうですね」

あのとき冒険者ギルドにいたシリル様には話が聞こえていたのだろう。代表者なのに一度もエジェンに行くことなく話し合いを終わらせたクレマン様。王都でセリーヌと結婚して、エジェンに移住すると聞いたが、受け入れられるとは思えない。どうなっても、私はもう関係ないけれど。

「そういえば、どうしてエジェンの冒険者ギルドにいたんですか？」

「ああ、ルフォールは広いから、ここの冒険者ギルドよりも、エジェンの冒険者ギルドのほうが近い場所もあるんだ。だから討伐依頼をエジェンにお願いすることもある。あのときも依頼をしに行ったんだ」

「そういうつながりがあったのですね。あのときは助かりました。おかげであの後はギルド長とも話すことができて、無事に閉山させることができました」

「俺はきっかけを作っただけだ。あとはリゼットの頑張りだと思うよ」

「そうですか？　皆様、話せばわかってくださる方ばかりで助かりました」

「……それはどうだろうな？」

なぜか首をひねっているシリル様を不思議に思いつつも、置かれたお茶に口をつけた。ふわりと紅茶の良い匂いがした後、ミルク特有の甘い匂いもする。エジェンでも飲んだことがあるが、このあたりでは紅茶にミルクと蜂蜜を入れて飲むのが主流だ。あぁ、おいしい。王都に帰った後で真似《まね》してみたけれど、これほど美味《おい》しくはなかった。この地方の気候に合っているためなのだろうか。

「リゼットはそのお茶を美味《おい》しそうに飲むんだな」

「はい、とっても美味《おい》しいですから」

「そのお茶に入っているミルク、魔獣からとれるミルクなんだ。だから、王都にいる人間は好んで飲まない。臭いって言ってな」

「あぁ、ミルクが違ったんですか。なるほど。王都に戻った後、自分でも淹《い》れてみたのですが味が違って。気候が違うせいだとばかり思っていました」

「自分で淹《い》れてみた⁉　ははは
っ。すごいな」

何がおかしいのか笑い出したシリル様に首をかしげてしまう。間違ったことを言っただろうかと思ったが、楽しそうなので問題はないみたい。エジェンのときもこういうことは何度かあったけれど、その後悪い展開にはならなかった。

「それで……あの、仕事についてなのですが、私を秘書官にというのは本当に？」

「……やはり、無理だろうか？」

「え？」

「こんな辺境の土地で働くのは気が進まないのだろう？　リゼットなら大丈夫かもしれないと思っていたが、無理は言わない……」

「いえ、そうではなく！」

何か違う。完全に思い違いをされている気がする。

「私が言いたいのはですね、女の私なんかが秘書官になってかまわないのでしょうかと、そういうことを聞きたかったのです」

「は？」

今度はシリル様が口を開けたまま止まってしまった。多分、私とシリル様では考えがズレている。それがどうズレているかを知らないと話が噛み合わないままだ。

「ここに来る前に言われたことがあるんです。女が秘書官になんてなれるわけがないと。そのときよりも大きな領地、しかも国にとって大事なルフォールの秘書官です。私のような者が秘書官になって大丈夫なのかと不安で……」

「……驚いた。そうか、王都の者はそういう考え方なのか。姉上は王妃になって……さぞかし苦労していることだろう。ここ、ルフォールは実力主義だ。あ、といっても強い者が偉いというわけじゃない。男でも戦えない者は街壁の中で仕事を探すし、女でも強ければ街壁の外に出て戦う。その力に見合った働きをすることで支え合って暮らしているんだ」

「それが実力主義……」

「ああ、リゼットは王宮で認められ、王妃である姉上に認められ、エジェンの冒険者ギルド長にも認められている。もう十分じゃないか？　リゼットができるという保証はあるだろう。俺は、リゼットならできると思ったからこうして来てもらったんだ」

「あ、ありがとうございます」

思わぬ言葉に泣きそうになる。瞳がうるんでしまったのは眼鏡で隠せているだろうか。そう思っていたら、目の前のシリル様の雰囲気が急にしぼんでいく。

「さっき俺が言ったのはリゼットに問題があるわけじゃなくて。ここで暮らすのは大変だし、あとは……俺の問題で」

「シリル様の問題、ですか？」

「これを見てから判断してくれるか？　秘書官を引き受けるかどうか」

「……？　わかりました」

続き部屋になっている奥の部屋に案内されると、机の上には書類が積み上げられている。決裁が終わった書類を見せてもらうと……

「これ、計算がかなり違うようですけど」

「……」

「え？　これも、これも違う。なのに、決裁してあります……よね？」

いったいどういうことなのかとシリル様を見上げたら、まるで叱られた犬のような目をしている。え？　叱ったつもりはないのだけど、私の言い方がきつかっただろうか？　でも、あきらかに計算が違うのに、決裁してあるなんてどういうことなのか。

「……実は、俺は数字が読めない」

「え？」

「文字は読めるし、計算も暗算ならできるんだ。だが、数字で書いてあると認識できない。書類に数字で書かれてしまうと、正しいのかどうか判別できなくて」

「計算ができないのではなく？」

「暗算なら、どれだけ桁《けた》が多くてもできる」

「なるほど……」

これは計算嫌いとか勉強嫌いとかそういうものではない。部屋の中に置かれた本棚には各国の本が並べられている。辺境伯ともなれば他国とも交流することになるから、数か国語は話せるはず。そんなシリル様が数字だけは読めない……？

「それでも二年前まではケルツに数字を読み上げてもらって確認していたんだ。だが、ケルツも高齢で目が見えにくくなってしまっていて。数字は特にぼやけるからこの方法も使えなくなってしまった。新しい秘書官を雇ったこともあるんだが……ここで秘書官ができるような者というと、王都から呼ぶしかなくて。この土地に馴染《なじ》めなくてすぐに辞められてしまう……」

それはわからないでもない。クレマン様の下にいた文官たちは一度エジェンに行くと、二度と行きたがらない人たちばかりだった。気候が合わない、馬車の旅がつらい、魔獣が怖い、荒くれ者ばかりで嫌だ。そんな愚痴《ぐち》をたくさん聞いた。今までルフォールに派遣された秘書官もそうだったに違いない。

「困っていたときに、リゼットならどうだろうかと姉上に推薦《すいせん》された。エジェンでの評判も良かったし、金銭的な話し合いもしていると聞いた。リゼットなら、ここの秘書官を務められるかもしれないと思った。それで次の仕事先として派遣してもらえないかとお願いしたんだ」

「だから私に話が来たんですね。シャルル様に計算を教えていたことがありまして、おそらくその件も関係していると思います」

「それも聞いていた。シャルルの計算嫌いを直してくれた優秀な先生だと。リゼットに教えてもらったら、俺の計算嫌いも直るだろうか？」

シリル様の計算嫌いを直す？　いや、そういうものではないだろう、これは。

「おそらく直りません」

「直らない？」

「はい。暗算ならできるのに、数字が認識できないというのは、計算が嫌いだとか計算ができないという問題ではないように思います。ですが、直さなくてもいいのではないですか？」

「え？」

「私が計算すればいいのですよね？」

「！　あぁ、リゼットがしてくれるのであれば助かる。だが、いいのか？」

「いいも何も、私は秘書官として仕事をするために呼ばれたのですよね？　それでしたら、命令してください。すぐにでも、その間違いを訂正いたします」

細かい計算は得意です！　と、控えめな胸を張ったら、そのまま抱きしめられた。

「……えぇ？」

「ありがとう！　リゼット、君はなんていい子なんだ！」

えっと……子ども扱いですかね？　私の年齢わかっています？　今年で二十一歳になる、行き遅れに片足をつっこんでいる状態ですけど、シリル様？

「お話がお済みでしたら、まずは契約書を……シリル様」

「あ、ケルツ！　聞いてくれ、リゼットが引き受けてくれると！」

「ええ、ええ。聞いておりました。ですから、まずは契約書をと」

「これでルフォールは助かる！」

「坊ちゃま！　いい加減にリゼット様をお放しください！　未婚のご令嬢ですよ！」

「……あ。す、すまない!!」

やっと気がついてくれた……なんだか大きな熊に抱え込まれたようだった。なんの抵抗もできないほど力の差があるということはよくわかった。男性に抱きしめられたのは初めてだけど、なんというか性的なものは感じない。

しかし、シリル様は今さらながらに自分が令嬢に抱き着いたということに慌てて、顔だけではなく耳や首まで真っ赤になっていた。

「ぷ……大丈夫ですよ。さぁ、シリル様。契約をお願いします」

一度笑ってしまったら、止められなくなってしまった。それにつられたのか、ケルツも笑っている。二人に笑われたシリル様は恥ずかしそうに応接室に戻った。大きな身体のシリル様を、もうそれほど大きいとは思わなくなっていた。

7

辺境伯の秘書官となってひと月半が過ぎた。山ほどあった書類も半分は片付いた。ほとんどの仕事で計算違いが起きていたせいで、それに関わる書類をすべて訂正しなくてはならなかったけれ

ど、過去二年分を計算し直すような余裕はない。とりあえず、これからのことを優先することにして、なんとかその見通しは立った気がする。

執務室のドアがノックされ、ケルツが中に入ってきた。紙袋を手にしている。

「リゼット様、先ほど孤児院から使いが来ました。リゼット様に頼まれていたものだと預かったのですが？」

「あぁ、ありがとう！　これを待っていたの！」

紙袋をケルツから受け取ると中に入った白い箱を取り出す。中身を見て問題がないか確認してから、すぐに出かける準備を始める。これが来るのを二週間も待っていた。やっと計画が実行できる。

「リゼット、どこに行くんだ？」

「冒険者ギルドに行ってきます。街壁の外のほうの」

「「は？」」

行き先を答えただけなのに、シリル様とケルツが慌て始める。私が冒険者ギルドに行って何かまずいことでもあるのだろうか？

本当なら秘書官になってすぐに挨拶に行くつもりだったのだが、あまりにも冒険者ギルドからの請求書が間違っていて、その訂正をするのに時間がかかった。そのため、どうせなら改善策を立ててから行こうと今日まで我慢していた。

「待て、リゼット。一人で行くな。俺も行くから！」

「シリル様、今日はこれから商業ギルド長と約束がありますよ。新しい事業の会議に出席すると言っていましたよね？　冒険者ギルドのほうは私一人でも大丈夫です」

「いや、だって、リゼット一人で行かせるのは……」

「エジェンでも一人で行っていたじゃないですか。平気ですよ。では、行ってきますね！」

「あ、ちょっと！」

そのまま話していると引き留められそうだったから、さっと部屋から出た。このひと月半でよくわかったのは、この屋敷の人たちはみんな私に過保護すぎる。見た目のせいで子どもだと思われているのか、必要以上に心配されるのだ。

エジェンではどこにでも一人で行っていたし、なんだったら王都から一人旅をしたこともある。当時にこの屋敷の百分の一でも優しさが欲しかったなんて思いながら馬車に乗った。

「リゼット様、着きましたけど、本当にお一人で行くんですかぁ？　ここ街壁の外なんですよ？」

「ええ、一人で行ってくるわ。この後は待たずに屋敷に戻ってしまっていいから。話し合いがどのくらいかかるかわからないの」

「え、ですが！」

「大丈夫、大丈夫。帰りはちょっと街並みを見てから帰るつもりだから。じゃあ、ありがとう」

心配そうな御者《ぎょしゃ》にお礼を言って馬車を降りた。ここから少し歩いたところに冒険者ギルドがある。

冒険者ギルドには黒い看板がかけられている。それは、他のお店は黒の看板を使わないため、目立つように黒と決められているからだ。

冒険者ギルドはすぐに見つけられた。壁外の冒険者から買い取りをするほうの冒険者ギルドだ。

こちらに来たのにはちゃんと理由がある。ここ数か月の書類を確認したところ、冒険者に支払う金額がおかしかった。どう考えても買い取り担当の者が計算を間違えている。ガランと音をさせドアを開けて中に入ったら、中にいた冒険者たちが一斉にこちらを見たのがわかった。

「……子ども？」

「黒くてちっちゃいのが来たな……何しに？」

どうやらここでも子どもだと思われている。エジェンではこんなことなかったのに。

でも、その辺に立っている冒険者はすべて身体が大きい。少年のような顔の子ですら、私よりはるかに身長が高く筋肉がついた身体をしている。これじゃあ、子ども扱いされても仕方ないなと思いつつ、カウンターにいる人に声をかけた。

「ギルド長はいるかしら。辺境伯の秘書官のリゼットよ。話があると伝えてもらえる？」

「……秘書官？　君が？」

「ええ、そう。とりあえず、今言ったことをそのままギルド長に伝えてきてちょうだい」

疑いの目で見られたが、とにかくギルド長と話をしなくてはならない。受付の男性と女性が小声で話し合った後、女性は奥へ行った。少しして、不機嫌そうな大男がのしのしと出てくる。ぼさぼさの赤い髪に赤い目をした、強い火属性のギルド長。火属性のギルド長というのはめずらしくない。

火と水は魔力が多くなければ受け継がれないものらしく、魔力量が多くなければ務まらないギルド長はほとんどがその二属性の者だ。

「俺を呼んだのは嬢ちゃんか？　俺は暇じゃないんだがな」

「ええ、私も暇じゃないの。仕事で来ているのよ。辺境伯の秘書官に任命されたリゼットよ。これからよろしく」

「あ？　新しい秘書官！　お前か⁉」

私が新しい秘書官だとわかると、ギルド中に響き渡る音量で叫んだ。その声に驚いたのか受付の女性が逃げていったのが見える。

「お前が書類を受理しないせいでこっちは大変なんだぞ！　どういうつもりだ！」

「どういうつもりだと聞きたいのはこちらよ。あんなに間違いだらけの請求書！　受けつけられるわけないでしょう！」

私が秘書官になってからの請求書は容赦なく突き返していた。間違ったままでは受理できないし、こちらはすでに受理してしまったものを訂正するのに忙しい。冒険者ギルドからの書類は、間違った計算のものは受けつけないと警告済みだ。

私が言い返すとは思っていなかったのか、ギルド長は驚いていたようだったが、すぐにまた大きな声で怒鳴り返される。声の大きさで勝てば私が怯《ひる》むとでも思っているのだろうか。

「あのなぁ！　こういうところは持ちつ持たれつでやってきているんだ！　細かい計算なんてやってたら魔獣だらけになっちまうんだよ！　冒険者のこともわからねぇやつが口を出すな！」

持ちつ持たれつ？　よく言うわ。自分たちが何をしているのかも理解できていないくせに！

そう言い返そうとしたところで呑気《のんき》な声がギルド内に響き渡った。

「あれ～黒の炎姫《えんき》がいる？　姉御《あねご》、なんでここにいるんすかぁ？」

「ん？　カオ⁉」

「久しぶりっす。なんで姉御《あねご》がここにいるんですか？」

その呼び方はと思って振り返ったらエジェンの冒険者カオがいた。そういえば、閉山したことで仕事が減るから移動するかもって言っていた。ルフォールに来ていたんだ。

まるでギルド長が怒鳴っていたのは聞いていないかのように、いつもどおりにこにこと笑いながら私たちのところに来る。さすがに怒鳴り続けることはできなかったのか、ギルド長がカオに問いかけた。

「カオ、お前この嬢ちゃんと知り合いなのか？」

「やだなぁ、ギルド長。姉御《あねご》は冒険者ですよ？　それもB級の」

「は？　B級？　こいつが？」

「ええ。しかも、エジェンのギルド長はA級にしてもいいって言ったんですけどね、姉御《あねご》は指名依頼を受けられないし冒険者として食ってくわけじゃないからBでいいって。何度もしつこくお願いされてましたけど、結局王都に帰っちゃったんですよね～」

あーそんなこともあったなぁと思い出す。頼むからA級になってくれと言われたけれど、エジェンに所属するわけにはいかなかったから断ったんだっけ。A級になると登録した冒険者ギルドに所属することになるから困るんだよね。王都に戻るのがわかっているのに、受けるわけにはいかなかった。

「冒険者なのはわかったが、その黒の炎姫《えんき》って二つ名はなんなんだ？」

「んー。こう見えて姉御《あねご》は風と火の使い手なんですよ。でもって、その髪の色でしょ？　だから、黒のって。姉御《あねご》のすごいところは炎をぶっ放すだけじゃなくて、火が使えない森の中では水滴を風で飛ばして魔獣を倒すんです。こう眉間のあたりに穴開けて一瞬で。もう、すごいのなんの」

「……風と火？　黒いのにか……」

「俺や孤児院の子たちは、姉御《あねご》に助けてもらったことが何度もあるんですよ～」

「ふむ……」

そういえば、カオはもともと、たまにルフォールで出稼ぎしているって言っていた。エジェンでの稼ぎだけでは孤児院の子たちを養えないからって。エジェンでもギルド長に可愛がられていたカオはここでも可愛がられているらしい。人懐こいし、孤児院の子たちの面倒を見ている。信用されているんだろう。そのおかげなのか、ギルド長の怒りもおさまったらしい。

「わかった。リゼットと言ったな。話を聞こう。こっちに来い」

どうやらギルド長室で話を聞いてくれる気になったようだ。ちゃんと話を聞いてくれるならもう大丈夫だろう。ほっとしたけれど、気をゆるめるわけにはいかない。

カオに小さく礼を言ったら、後でおごってくださいねと目を細めて笑った。ルフォールでも長いつきあいになりそうだと思い、うなずいておいた。

ギルド長室は意外と狭く、必要なもの以外は置いていないようだ。ソファに座るとすぐに話を始める。お茶を出す気はないらしい。特に欲しいわけではないが、エジェンだと客が気に入らないという意味になる。おそらくルフォールでも同じだと思う。話を聞く気にはなったが、まだ不機嫌なのは変わらない様子だ。

「あらためて、俺がギルド長のライザーだ」

「ひと月半前に辺境伯の秘書官に任命されたリゼットよ。もとは王宮女官で、ルフォールには王家から派遣されて来ているの」

「王家から……」

どうしても私が子どもに見えるのか、疑いの目を向けられる。エジェンで冒険者だったことは信じられても、王宮女官だということは信じられないのかもしれない。だが、そんな態度には慣れているのでどうでもいいと、持ってきた書類をテーブルの上に並べて確認してもらう。

「まずはこれを見てくれる？」

「これは、うちから送った請求書か。三か月前？　もう決裁されているよな？」

「ええ、そうよ。そして、これは私がまとめた結果。私が来る前の書類を三か月分計算し直したの。上の金額がそちらから請求してきた金額。下の金額が正しい請求額」

「……は？　……嘘だろう」

間違った金額は正しい請求額の三倍にもなっていた。これを持ちつ持たれつなんて言われたらやってられない。

「たった三か月でこれほど差があるのよ。シリル様に聞いたら、この二年間はこの調子で、ギルドから請求されたらそのまま渡していたと。でも、王家から渡される予算と税収を合わせても足りないわ。その足りない分は辺境伯家の資産から出していたそうよ」

「資産？　シリル様の⁉」

「ええ、大事な大事な資産。災害や河川の氾濫《はんらん》を防ぐための大規模な工事をしたり、街壁の修理をしたり、魔獣の森の間伐をするために使われる資産よ。もし、この状況が続いたら、いつかは補えなくなる。そのときに災害が起きたら？　魔獣の大発生が起きたら？　他国から攻め込まれたら？」

「……」

「このギルドのせいで、辺境伯家は危険な状態に陥《おちい》っていた。ここルフォールがつぶれたら、この国は終わるわ。あなたたちギルドはこの国をつぶしかけていたのよ？」

「……すまなかった……これほどまでだとは思わず……」

やっと自分たちがしていたことを理解できたのか、ギルド長は青ざめている。この状況がいつまでも続くわけがない。それをわかっているから、シリル様も必死で秘書官を探していたのだ。本当に間に合って良かった。今ならまだ立て直すことができる。

「現状がどれほど危険か、ギルド長がわかっていてくれて良かった。それすらも理解していないのなら、ギルド長を替えてもらわなくてはいけなかったもの」

「っ！」

そんな驚いたような顔をされても。冒険者ギルドと商業ギルドの長《おさ》は貴族階級の支配下にあるわけではない。だが、それでも無法地帯というわけではなかった。領主、および領主代理が訴えれば、交代させることもできる。領主代理として五年仕事をしてきた私にとっては当たり前の知識だ。今日これを見せてもわからないようなら、秘書官として王家に訴えるつもりだった。秘書官という大事な役目を引き受けたからには、生半可《なまはんか》な気持ちで仕事をする気はない。

「というわけで、今後は計算が間違っている書類は受けつけないから。そちらで修正してから送ってもらえる？」

「わかった……だが、職員の教育はすぐには難しい」

暗い顔をしているギルド長だが、そのために二週間待ってからここに来たのだ。持参してきた小さい箱を取り出して、中身を見せる。中には絵の描かれたカードが多数入っていた。

「これはなんだ？」

「一から計算を教えても時間がかかると思って、ゲームを作ってきたの。これは枚数と点数を決めるルールカード。先にこの二種類を引くわ」

一つは合計枚数を決めるためのカード。もう一つは合計点数を決めるためのカード。一枚ずつ引くと、「五」と「三百七十」と出た。

「これで、五枚のカードの合計で三百七十に近い数にすると決まったわ」

「これは最初のルール決めってやつか」

「そう。そして、これがメインのカード。魔獣の絵が描いてあって点数がついている。ルフォールで討伐される魔獣すべてがそろっているわ。角ウサギ七十五とか、泥トカゲ五十五とかね。参加者に同じものを一セットずつ渡すわ。さっき五枚と出たから、魔獣のカードを手持ちのカードから五枚選ぶ」

「……ん？　この点数は実際の買取金額か！」

「そう。そして、今回は三百七十と決まったから、五枚の魔獣カードの点数を足して、その数に一番近い者が勝ち。覚えれば簡単でしょう？　どの魔獣が何点か、そのうち嫌でも覚えるもの」

「これを受付の者にさせるのか？」

「いいえ？　冒険者全員によ。これをこのギルド公式の賭け事にしてほしいの。ギルド内は基本的には賭け事禁止よね？　でも、このカードをギルドから貸し出して、ギルド内での賭け事を認めて。三回先に勝ったほうに銀貨一枚、とかそんな感じで決めてほしいの」

　基本的には冒険者ギルド内での賭け事を禁止しているのは知っている。だが、土地によっては公式に認めているところもある。ギルド内が荒れてしまうことを懸念《けねん》するのはわかるが、認めなくても他の土地で賭け事をしているならあまり意味はない。むしろ、目の届くところでやってもらったほうが良いのではと思う。

「公式の賭け事か……できなくはないが。銀貨一枚程度ならおかしなことにはならないだろうし」

「冒険者を集めて勉強会なんてしても誰も来ないわ。受付だって自分の仕事を馬鹿にされたと考えるでしょう。……あれじゃ馬鹿にされても仕方ないと思うけど。でも、このゲームを始めたら冒険者のほうが先に覚えてしまうかもしれない。間違いだらけの受付なんて……これからやっていけるかしら」

「……はぁ。わかった。言うとおりにするよ。俺はこのルフォールを命がけで守るつもりでギルド長になったんだ。それなのにつぶしかけていたとは……先代になんとお詫びしたらいいか。すぐに取りかかろう。このゲームはこれ一セットだけしかないのか？」

「これね、孤児院に依頼して作ってもらっているの。とりあえず、十セット作るように依頼してあるから。新しくできたものはすぐに届けさせるわ」

「……悪かったよ。嬢ちゃんだなんて言って。これからよろしく頼む、リゼット」

「こちらこそ、よろしくね」

これから一緒に仕事をする相手だ。話をわかってくれれば心強い味方になる。手を差し出したら、一瞬ギルド長の動きが止まった。がっちりと握手するかと思いきや、壊れものを扱うような優しい手つきだった。どうやら私との手の大きさの違いに驚いたらしい。屈強なギルド長がおそるおそる握手する姿が面白くて笑ってしまった。

「じゃあ、後でまた連絡するわ」

「おう、頼んだ……あれ、シリル様？」

「え？　シリル様？」

ギルド長室から出て、帰ろうとしたらギルド内にシリル様が立っていた。私の顔を見ると笑顔になって、すぐに駆け寄ってくる。……時折、シリル様が大きい犬のように見えて困ってしまう。

「話は終わったんだろう？　迎えに来たんだ」

「商業ギルドの会議は終わったんですか？」

「向こうのギルド長がリゼットの話も聞きたいから会議に連れてきてくれって。今日はリゼットがいないから早めにお開きになった」

「あら。私も呼ばれていました？」

そんなこと言われていただろうか？　会議の出席者に秘書官は含まれないと思っていた。

「いつも一緒にいるから言わなくても来ると思っていたらしい。商業ギルド長が謝っていたよ。リゼットがいてくれたほうが良いし、今度からはちゃんと出席者として呼ぶからってさ」

「そうですか。わかりました」

いてくれたほうが良いと言われるとすごくうれしい。いてくれて助かったという評価よりも、もっと自分を求められている気がする。ここでは女官なんて黙っていろと言われることはない。もっとも、商業ギルド長も最初は私が秘書官だということに驚いてはいたけれど。

「シリル様、良い秘書官を迎えましたね」

「ギルド長、そうなんだ！　もうリゼットがいなくちゃルフォールは回らないよ。本当に推薦《すいせん》してくれた姉上には感謝しかない」

「え！　マリエル様の推薦《すいせん》だったんですか！　それを早く言ってください。リゼットに怒鳴ってしまったじゃないですか……」

「怒鳴った!?　リゼットに!?」

「申し訳ありません……ただの嬢ちゃんだと侮《あなど》ってしまって。もう二度とそんなことは思いません」

「いや、ギルド長のせいじゃない。やっぱり最初は俺が一緒に来て紹介すれば良かったんだ。もう大丈夫だろうけど、リゼットが言うことは俺の発言だと思ってくれ。領主代理と同じだと認識してくれていい」

「わかりました」

シリル様とギルド長の会話を聞いて、私たちを見ていた受付の人たちの顔色が変わっていく。私が請求書の件で騒いだとしても無視していいと思っていたのかな。こんな嬢ちゃんの話をギルド長が聞くわけがないとでも。

あの人たち、真面目に仕事をしてきていなかったんだろうな。これからあのゲームが定着していったとき、冒険者よりも計算できない受付が必要とされるかどうか。次に来たときには顔ぶれが変わっているかもしれない。まぁ、今まで仕事を覚えようとしなかった受付に同情はしないけれど。

「さぁ、帰ろう。馬車を戻してしまうなんて、どうやって帰るつもりだったんだ」

「歩いて帰るつもりでした……もっと早く帰る予定だったので」

「歩く？　次からはちゃんと馬車を待たせて。御者《ぎょしゃ》はそれが仕事なんだから」

「わかりました」

言われてみれば、御者《ぎょしゃ》の仕事をいらないと言ったようなものか。反省して、次からはお願いすることにしようと思った。冒険者ギルドを出ると、もう夜になりかけていた。シリル様が迎えに来てくれなかったら、道に迷ったかもしれない。シリル様の手を借りておとなしく馬車に乗ると、隣に乗ってドアを閉めたシリル様が大きくため息をついた。

「どうしました？」

「リゼット、何度も言っているのに。無理しないでって」

「無理なんてしてません」

「している。ギルド長に怒鳴られたんだろう？」

「それは、まぁ……」

たしかに話を聞いてもらう前に大声で怒鳴られたし、カオがいなかったら殴られていたかもしれなかった。そうなったとしても防御はできると思うが、関係は悪化したに違いない。

ギルド長が持ちつ持たれつなんて言うから、頭に血が上《のぼ》っていた。あれは迷惑をかけている側の人間が言っていい言葉じゃない。

「まだ落ち着いていないね。リゼットの中の魔力が暴れているのがわかる。大丈夫だよ……ほら、ゆっくり息をして」

「……はい」

両手をシリル様の手に包み込まれるように握られる。私の背中を支えるようにもう片方の手を回されて、じわりと温かさが伝わってきた。

今日はまだましなほうだ。揺れがひどい場所に行くと、有無を言わさずひざの上に抱え込まれる。それほどやわじゃないから大丈夫だと何度も言っているのに、シリル様にとって私はか弱い子どもに見えるらしい。

「リゼット、君が強いことは知っている。だけど、心が傷つかないわけじゃない。無理しなくていい。悪意をぶつけられたら、誰だって怖いし痛いんだ」

「え？」

「ほら、落ち着いて。身体の力を抜いて寄りかかっていい。何に怒っていたのかわからないけれど、今頃になって怖くなったんだろう。こんなにも震えている」

あぁ、そうか。ずっと気を張っていたから気がつかなかった。ギルド中に響くくらい大きな声で怒鳴られて、本当は怖かった。あのまま泣いて逃げ出したかった。

でも、私はシリル様の秘書官だから。私が頑張らなかったら、ルフォールはつぶれてしまうかもしれないから。どれだけ怖くても、あそこで逃げ出すわけにはいかなかった。

「よく頑張ったな。だが、もうこれ以上頑張りすぎないでくれ」

シリル様の大きな手で頭を撫でられたら、ぽろりと涙がこぼれた。褒められてうれしい自分と、もう大丈夫だと安心している自分がいる。

「馬車の中なら、外してもいいか?」

おそらく眼鏡のことだろうと思い、うなずく。

大きな手に、そっと優しく眼鏡が外されたと思ったら、濡れた頬を撫でられる。こんな風に泣くなんて恥ずかしいのに、シリル様が優しいから甘えてしまいたくなる。

「今日はもう仕事は終わり。帰ったら美味《おい》しいものを食べよう」

「はい」

シリル様の肩に頭を寄せると、落ち着く匂いがした。森の中の泉のような匂い。シリル様の属性は風と水、そこから強化されて発生している氷。火とは真逆の性質を持つはずなのに、同じ風を持つからか私と似ている気もする。こうしていると、まるで静かな水面を覗いているような不思議な気持ちになる。

シリル様はちっぽけで臆病な私をそのまま映す鏡のような人だと感じていた。そして、そのままの私を受け入れてくれているとも思えた。

8

ルフォールに来てから八か月。畑の収穫も終わり、冬ごもりの準備が始まる時期になった。ここルフォールでは雪は降らないが、それでも気温は低くなるため、収穫したものを加工して冬の時期は家の中にこもることになる。

他の領地に比べたら短い冬。いや、短いからこそ、家の中にこもることを楽しみにしている。家族だけで過ごす二週間の準備をしようと、領地全体が祭りの前のような雰囲気で落ち着きがない。辺境伯家としても冬を前に準備をしなくてはいけないけれど、来年度の予算の話し合いが始まる時期でもある。そんな忙しい毎日を楽しいと思えるほど、私はここルフォールに馴染《なじ》んでいたのだが……

ここしばらく、頭を悩ます問題が続いていた。ケルツから受け取った手紙には見慣れた紋章。隣のエジェン領主となった、クレマン様のものだ。思わず顔をしかめてしまうと、手紙に気がついたシリル様も嫌そうな顔をする。

「また来たのか？」

「……そうなんです」

呆れたようなシリル様の問いに、力なくうなずく。一応は元王族で、公爵の立場にあるクレマン様から手紙を受け取ったら、きちんと返事を出さなければいけない。それは仕方ないことなのだが、毎回同じような手紙を送ってくるのには困ってしまう。

「あきらめが悪いな……クレマン様も」

「そうですね、今回も同じエジェンに来いという内容でした。ついでのように結婚披露《ひろう》パーティーがあると書かれていますが、エジェンで開くパーティーに私が出席する理由はありません」

「今さら結婚披露《ひろう》パーティー？　しかもエジェンで？　そういうのは王都で全部済ませてからエジェンに入ったのではなかったか？」

「ええ、そう聞いています。エジェンにはドレスの仕立て職人はいませんからね。クレマン様は派手な式にしたかったそうで、すべて王都で済ませたみたいですよ。それなのに今さらエジェンで……有力者とうまくいっていないのでしょうね」

クレマン様とセリーヌの結婚式と披露《ひろう》パーティーは半年前に王都で行われた。私も招待されたのだが、ルフォールにいたこともあり出席していない。というよりも、私は伯爵家の籍から抜けているので、呼ばれる理由もない。クレマン様の部下だったとしても、その部署ももうすでに解散している。他の部下を呼んだという話も聞かないため、私はセリーヌの姉として呼ばれたのだと思う。

セリーヌとはまともな会話をしたこともなく、数年間会ってもいなかった関係。実の姉妹だとしても、わざわざルフォールから王都に行く気にはならない。エジェンに侍女として連れていってあげると言われたこともまだ許していない。あれはセリーヌが嫌がらせで言い出したのだと思っている。顔も見たくないほど嫌われていたのに、一緒に領地に行きたいと言われるなんて。今回の手紙もクレマン様にセリーヌがお願いしたことなのだろう。

結婚披露《ひろう》パーティーをもう一度エジェンで開く理由はなんとなくわかる。きっと有力者たちとこじれてしまって、話し合いすらできていないのだ。祝い事にかこつけて縁を作りたいのだと思う。だけど、こうまでして私をエジェンに呼びたい理由はなんなのか。嫌がらせをするにしても、理解できない。そうシリル様に話したら、なぜか呆れたように言われる。

「エジェンの閉山の交渉はすべてリゼットがしたんだよな？　冒険者ギルドや商業ギルドは相手がリゼットだったから話を聞いていたのだろう。それなのに会ったこともないクレマン様が領主だと言われてもなぁ。領主としてやっていけるとは思えない。だから、リゼットに来てほしいという気持ちはわかるよ」

「たしかに交渉はしていましたけど、エジェンに呼ばれたのは公爵夫人の侍女として、ですけどね？」

仕事の関係で私に来てほしいというのなら、侍女として連れていってやろうというのが理解できない。秘書官に任命されたのならともかく、侍女の立場で領主の仕事の手伝いなんてできるわけがない。なんの権限で話をしに来たのかと怒鳴られることになる。王宮女官の立場ですら話をしてもらうまであんなに苦労したのだから。

シリル様とケルツはクレマン様が私の上司だったことはわかっていても、公爵夫人が私の妹だとは知らない。セリーヌの話をすれば、アルシェ伯爵家についても話さなくてはいけなくなる。だけど、自分がみじめだったことを知られるのが嫌で、何も言えなかった。

「それはクレマン様がおかしいとしか思えん。なぁ、ケルツ。俺の考えは間違っているか？」

「いいえ、おかしいのはエジェンの領主でしょう。リゼット様が優秀だから来てほしいというのはわかりますが、それならば秘書官として呼ぶべきです！」

「だよなぁ。まぁ、今さら秘書官として呼ばれても困るが。ルフォールには、いや、俺にはリゼットがいなくちゃ困るんだ」

「大丈夫ですよ。私はずっとルフォールにいますから」

安心させるように微笑むと、シリル様もケルツもほっとした顔になる。

今回もクレマン様への返事には期待には応《こた》えられない旨《むね》を丁寧に書いて送る。前とほぼ同じ文章で送ってしまうのはもう仕方ない。そんなことに時間を使うのなら、ルフォールの新しい事業の一つでも考えたいのだから。

「今日は商業ギルドでの会議か。その後は領地の見回りをして戻ってくればいいかな」

「そうですね。そろそろ準備しましょうか」

商業ギルドでの会議が終わり、屋敷に帰る前に街の様子を見て回る。街壁の中なので比較的治安が良いのだが、冬ごもり前で街全体が浮ついているように感じる。こういうときは盗みや争いが起きやすいため、何か対策を考えようということになった。

冒険者ギルド近くの大きな通りに入ろうとしたときに、向こうから冒険者たちが歩いてきた。その先頭にいたのがカオだと気がついたら、カオも私に気がついたのか駆け寄ってくる。

いつもの身軽そうな格好ではなく、旅から帰ってきたらしき装備だった。最近見かけなかったのはどこかに行っていたのかもしれない。

「姉御《あねご》！　お久しぶりです！」

「カオ、元気だった？　しばらく見かけなかったわね」

「エジェンのほうに戻ってたんです。向こうにいた仲間が全員ルフォールに移動することになったので、迎えに行ってきました。ほら、みんな姉御《あねご》に挨拶して！」

「「「こんにちは！」」」

カオが連れていたのは小さな冒険者たちだった。ようやく十歳を過ぎたくらいの男の子が三人。きっと冒険者になったばかりなんだろう。防具もそろっていない。顔に見覚えがあると思ったら、エジェンの孤児院の子たちだった。

「カオ、この子たちってエジェンの孤児院にいた子たちよね。みんな冒険者になったの？」

「さすが姉御《あねご》。孤児院にいたやつなんていっぱいいたのに覚えているんですね。こいつら、あの鉱山で働いてた者の子どもなんです。あの鉱山って何度か落盤事故があって、残された子どもはだいたいあの孤児院に引き取られていて。俺も孤児院の出身だから、冒険者になりたいやつは面倒見ることにしてるんです」

「そうだったんだ……そういえばエジェンの孤児院には子どもがたくさんいたものね。ルフォールはそれほど多くないのにどうしてかと思ったら、鉱山のせいだったの」

エジェンの鉱山が閉山したのは鉱石が取れなくなったからでもあるが、掘りすぎて落盤事故が起きるようになったからでもある。でも、そのせいで孤児が増えていたとは知らなかった。

「だけど、エジェンは仕事が減ってしまったでしょう？　あのままエジェンにいたら食っていけなくなりそうだから移動しようってことになって。とりあえず先に俺がルフォールに来て、住む場所とかいろいろ決めて、生活できるようになったら迎えに行く予定だったんです。半年以上かかったけど、やっと全員をこっちに連れてこられました」

後ろにいた子たちの頭をぐりぐりと撫でながらうれしそうに話すカオに、シリル様が声をかける。

「カオと言ったな。その者たちはまだ幼いだろう。ルフォールでは孤児を引き取って育てる者には補助金が出るんだ。冒険者ギルド、商業ギルド、どちらでもいい。申請してくれ」

「へ？　孤児を育てるのに補助金!?　本当ですか？」

「ああ。子どもを育てるのにはいろんな苦労がある。せめて金銭的な手伝いだけでもさせてほしい。その子たちが十分に稼ぐためには防具をそろえたりしなきゃいけないだろう？　大事な冒険者を死なせるわけにはいかない。遠慮なく受け取ってくれよ？」

「あ、ありがとうございます！　助かります！　防具をそろえるだけでも死亡率はぐっと下がりますが、俺ではそこまで手が回らなくて……すごい……そんな制度があるなんて知りませんでした」

「ふふふ。良かったわね。ルフォールは冒険者を使いつぶすようなことはしないの。大事に育てて、長くここにいてほしいからって」

その方針を最初に聞いたときは驚いたけれど、とても良いことだと思った。

冒険者が稼げる領地というのは、魅力的ではあるが死亡率は高くなる。ここルフォールは危険な領地だというのに、他の領地と比べて死亡率が低い。冒険者へ手厚くしているおかげだ。

子どもは大事に育て、高齢になったら後輩を育てる側に回る。そうしてここルフォールは魔獣を繁殖させせないように維持している。

「あぁ、そうだ。忘れるところだった！　エジェンで聞いてきたことがあって、姉御《あねご》に報告しようと思ってたんです」

「エジェンで？　何かあった？」

「ええ、エジェンの冒険者ギルドで姉御《あねご》の話を聞いたんですけど、姉御《あねご》がエジェン公爵の妾《めかけ》になるって……ひぃ」

「リゼットが妾《めかけ》に⁉　誰がそんな話を？」

カオの発言にシリル様の魔力がぶわっと漏れて威嚇《いかく》状態になっている。私もあまりのことに怒りそうになったが、シリル様の怒りっぷりに、逆に冷静になってしまう。急いでシリル様の腕に触れて、顔を覗き込んだ。いつもにこやかなシリル様の眉間にしわが寄っている。

「シリル様、落ち着いてください。このままじゃカオが話せません。カオ、ゆっくりでいいから話を聞かせてくれる？　誰がそんなことを言っていたの？」

「うあぁ、はい。あの、エジェンの古参の冒険者です。ギルド長から聞いたと。新しく来た公爵夫人が姉御《あねご》の名前を出してギルド長に命令しようとしたそうです。なんの仕事を命令したかったのかまではわからないんですけど、ギルド長は姉御《あねご》が直接お願いしてきたなら考えるって言ったらしいんです。そしたら姉御《あねご》は公爵の妾《めかけ》になるから言うことをなんでも聞くのよって言ったとか……」

「まさか、そんなことを……」

「エジェンの冒険者たちは姉御《あねご》のことをよく知ってますから、公爵の妾《めかけ》になるわけないだろうと騒ぎになってて。姉御《あねご》は公爵夫人と知り合いなんですか？」

「ええ、ちょっとね。でも、公爵夫妻の言うことを聞くとか、公爵の妾《めかけ》とかは嘘よ。そんな話は一切ないわ。そっか……エジェンのギルド長に手紙を書いたほうが良いわね」

「あ、それなら俺がエジェンまで行ってギルド長に届けます！　俺ならギルド長に直接会えるし、なんかあっちの雰囲気がおかしくて。公爵がギルド通さないで冒険者を雇ったりして揉《も》めてるんですよ」

「冒険者を直接雇うのは問題ないでしょう？　どうして揉《も》めているの？」

領主が冒険者と直接契約することはたまにある。長期にわたって護衛を依頼するとか、家臣にすることもある。それで揉《も》める理由がわからない。

「それ自体は問題ないんですけど、その後冒険者が戻ってきていないらしくて」

「ええ？　戻ってこない？　……それはおかしいわ」

「でしょう？　だから、エジェンは雰囲気最悪ですよ。ただでさえ閉山して人が少なくなって新しい事業を考えなきゃいけないっていうのに、公爵も公爵夫人も王都からドレスの仕立て職人を呼ぼうだの宝石店を作れだの。エジェンでそんなの買う人いるわけないのに」

「あぁ、それは相変わらずだわ。……カオ、すぐに手紙を届けてもらってもいいかしら」

「はい！　こいつらを家に送り届けたら辺境伯様の屋敷まで手紙を取りに行きます。俺なら半日でエジェンに届けられますから！」

「助かるわ。ついでにエジェンの様子もまた聞いてきてくれる？」

「もちろんです！」

信用できるカオに手紙を届けてもらえるのはありがたい。それにしても、セリーヌが流した噂《うわさ》が腹立たしかった。私の名を出せばギルド長にわがままを聞いてもらえるとでも思ったのかもしれない。だからってセリーヌと姉妹だという理由なら少しはわかるけれど、クレマン様の妾《めかけ》？　ありえないわ。

「リゼット……王家に抗議を申し入れる」

「え？」

「ルフォールの秘書官を……リゼットを妾《めかけ》だと。冗談じゃない」

いつも穏やかなシリル様とは思えないほどの低い声に振り返ったら、真顔のまま怒りで震えていた。ひんやりとした魔力が漏れ出ているのに気がついて、シリル様の手を握る。

「落ち着いてください、シリル様。魔力暴走を起こさないでください」

「だが、リゼットを妾《めかけ》扱いだなんて！　許せるわけがない。どうして怒らないんだ！」

「私だって不快ですし怒っています！　でも、私よりもシリル様が怒っているから……なんだか冷静になってしまって」

目の前で私よりも怒って魔力暴走を起こしかけているシリル様を見ると、もういいかと思いそうになる。

ルフォールは、ちゃんと私を秘書官として評価してくれる人たちばかりだ。カオだって話を聞いておかしいと気づいて報告してくれた。だから、少しだけ落ち着いて考えることができる。

「公爵夫人が冒険者ギルドに命令しているのもおかしいし、他の領地の秘書官の名を出すのもおかしい。そして、リゼットはもうすでに俺の側近なんだ。妾《めかけ》扱いされるとは……ルフォールを侮辱《ぶじょく》しているのと同じだ」

「シリル様……」

「エジェンの冒険者ギルド長に確認が取れたら、正式に抗議させてもらう。うちのリゼットをなんだと思っているんだ」

「ふふ。ありがとうございます」

「ん？　なんでお礼を？」

「シリル様がうちのリゼットと言ってくれたのがうれしかったので」

「あぁ、それか。うちのリゼットだろう？　リゼットはずっとルフォールにいてくれるのだから」

「ええ、そうですね」

ここが私の居場所だとみんなから認められている。王宮で働くのもエジェンで働くのもそれなりに楽しかった。だけど、私じゃなきゃいけないというわけではなかった。

カミーユとダミアン様に領主の仕事なんて簡単にできると言われたのが心の傷として残っている。あの頃は私にしかできない大事な仕事だと思っていた。それをあっさりと否定されてから、いつもどこかで考えてしまう。

この仕事は誰にでもできることなんじゃないか、私じゃなくてもいいんじゃないかって。

ルフォールは厳しい領地だからこそ、誰にでも優しいわけじゃない。実力がない者は他の領地に移り住んだほうが良いとはっきり言われる。誰でも受け入れる土壌はあるけれど、無理だと判断されたら切り捨てられる。無駄に死なせたくないからだ。

冒険者ギルドでも商業ギルドでも、この見た目で受け入れてもらうのに苦労した。話を聞いてもらうだけでも大変だったけれど、今では実力を認められている。リゼットだから、リゼットなら、そんな風に言われることも増えた。

何よりもシリル様が、リゼットが必要だと言ってくれる。

ここにいていいではなく、ここにいたいと、そう思うようになっていた。

9

クレマン様の婚約者としてお姉様に再会した日、お姉様はどんな顔をするのかしらと楽しみにしていた。嫌そうな顔？　ううん、悔しそうな顔をするはず。それを見るのは楽しみだけど、これからずっと一緒にいることになるのだから、うまくやらなくちゃと思っていた。

でも、久しぶりに見たお姉様は少し驚いた顔をしただけで、嫌そうな顔も悔しそうな顔もしなかった。王宮女官としてここにいるせいか、あまり表情の変化が見られなくてつまらない。

結局、私とはそれほど会話することもなく、薄い微笑みを浮かべたまま。しかも、以前はうつむいて何を言っても言い返さなかったお姉様が、クレマン様のお誘いをきっぱりと断って出ていってしまった。

あれは、本当にリゼットお姉様？　王族でもあるクレマン様から誘われたら断れるわけがないと思っていたのに、するりと逃げられた。クレマン様は悔しそうな顔をするばかりで引き留めることもしなかった。

「クレマン様、どうしてお姉様を引き留めないの？　お姉様をエジェンに連れていくのでしょう？」

「いや、そのつもりだったがさすがに無理だ」

「どうして！」

「王妃の推薦《すいせん》で他の仕事が決まったというのなら、口は出せない。もともと私には王宮女官をどうこうする権限なんてない。リゼット自身がエジェンに来たいというのなら話は別だが……ああも言い切られてしまうと。セリーヌとの結婚が決まったときに言っておけば良かったな」

「……そんな」

クレマン様は残念そうに言うけれど、先に言ったとしてもお姉様は断っただろう。クレマン様は真面目に働いたことがないから、お姉様の重要さがわかっていない。今までお姉様に助けられてきたことすら気づいていないから、こんなに簡単にあきらめてしまう。お姉様は絶対にエジェンに連れていかなければいけないのに。

その半年ほど前、夜会でクレマン様がお姉様の話をしているのを聞いたときは運が良いと思った。アルシェ伯爵家を出て、王宮女官になったお姉様の話は学園でも噂《うわさ》になっていた。学園が始まって以来初めて令嬢が首席で卒業した。学生なのにあの気難しいニコラ先生の助手も務めていた。放課後に魔術師団長がわざわざ指導しに来ていた。

どれも信じられないが、それだけお姉様が優秀だというのはわかる。妹の私がその噂《うわさ》について他の学生から聞かれることもあったが、そうなの、お姉様は優秀なのよと笑って答えるだけにしていた。今の仕事やお姉様自身のことを聞かれたら、王宮内の話だから教えてもらえないのと言って誤魔化した。それ自体は嘘ではないのだから。卒業した後のお姉様とは一度も会っていないなんて、言わなければわからないもの。

そんな風にお姉様の話題を利用して人と仲良くなることには慣れていた。だから、夜会でもお姉様の話題が出ていたら近づいて話を聞くことにしていた。利用できるのならば声をかけようと。

「私は田舎《いなか》に行くのは嫌だから部下に任せているんだ。リゼットという王宮女官なんだけどね、なんでもできるんだよ。女のくせに出しゃばってと思わなくもないけれど、田舎《いなか》の者たちとの話し合いは全部一人でやってるらしい。まぁ、おかげでこうして私は王都にいて、自由に夜会に出られるわけだから感謝しなくちゃね」

そんな風に酒を飲みながら婦人たちに話しているクレマン様を見て、お姉様はきっとこの令息にいいように使われているんだろうと思った。相変わらずというかなんというか、お姉様はどこに行っても搾取《さくしゅ》される側にいるんだなって。

領主なのに領主の仕事を入学前の娘に任せっきりだったお父様。疑いもせずに真面目に仕事と勉強だけをしていたお姉様。そのあげく、カミーユお姉様に婚約者と嫡子の立場を取られ、文句も言わずに王宮女官の仕事に逃げた。本当に愚かだとしか思えなかった。

優秀でなんでもできるけど、女性としての魅力に乏《とぼ》しいせいで、こんな風に好き勝手に言われて、誰にも大事にされない。私なら、せめてその能力だけでも評価して使ってあげるのに。そう思ったら、それがいい案だと確信した。私には女性としての魅力はあるけれど、領主としてやっていけるような才能はないし、努力するつもりもない。

カミーユお姉様はよくわかっていなかったけれど、リゼットお姉様はいつも勉強していた。領地の屋敷ではリゼットお姉様だけジェイに勉強を教えてもらっていた。私とカミーユお姉様が遊んでいる間もずっと。お母様と一緒にお茶会に行っている間も、買い物を楽しんでいる間も、お昼寝している間も。本当にあきれるくらい勉強をしていた。

幼い頃はリゼットお姉様は好きでそんなことをしているんだと思っていたけれど、あるときお友達の伯爵令嬢が領主になるための勉強がつらいと愚痴《ぐち》を言っているのを聞いて考えを変えた。

あれはお父様に言われて勉強させられていたに違いない。私とカミーユお姉様とは違って、お母様に嫌われていたリゼットお姉様は、お父様の命令とジェイの期待に応《こた》えるしか生きる道がなかった。

哀れだけれど、だからこそリゼットお姉様は優秀に育ったんだと思う。私とカミーユお姉様は勉強しろだなんて一度も言われたことがないもの。リゼットお姉様と違って馬鹿だと笑われても、私たちのせいではないのに。

私は自分で勉強するのはあきらめた。この歳まで放っておかれたのに、今から真面目にやってもたかが知れている。カミーユお姉様のようにリゼットお姉様を家に置いて働かせるのもいい案だとは思ったけれど、さすがに婚約者を奪った後で一緒に住むのはありえない。逃げられるのも当然だ。だからこそ、クレマン様がお姉様とどういう関係なのかを知ってから近づいたほうが良いと、遠くからクレマン様を観察することにした。もし、クレマン様とリゼットお姉様が恋仲なのであれば、また同じように逃げられてしまうだろうから。

クレマン様が夜会に出席するときは、いつも隣には違う女性がいた。婚約者はいないと聞いていたが、真面目に相手を探す気もないらしい。隣にいるのは遊び慣れた婦人や評判の良くない令嬢。

ふらふらして結婚する気がないのかと思えば、王族ではなくなるから結婚相手を探さなきゃと笑う。つまり、腕の中にいる令嬢は結婚相手にはできないと断言している。さすがにこれには令嬢も引きつった笑いをしていた。

あぁ、こういう男っているわね。遊ぶのは大好きなくせに結婚相手は遊ばない女が良いって言い出すの。自分にしか笑いかけない、貞淑で、それでいて自慢できるような可愛らしい女性。

どうやらリゼットお姉様はただの部下らしい。本当に働かせるだけの、恋愛感情のない関係。自分を好きにさせていいように動かしているのかと思ったが、リゼットお姉様とはほとんど会っていないようだ。それなのにリゼットお姉様は勝手に仕事を進めているというのだから、よっぽど今の仕事が気に入っているらしい。

それならクレマン様と結婚した後、仕事としてリゼットお姉様を領地に連れていけばいい。元王族でもあるクレマン様に命令されたら、断れるわけがない。悔しそうな顔をしながらも、結局は納得してしまうだろう。家の後ろ盾もない女官の扱いなんて、そんなものだもの。

そうと決まれば、まずはクレマン様を落とさなくてはいけない。リゼットお姉様の話題を出して近づき、口説《くど》かれそうになったら顔を赤らめて逃げる。思ったとおり、クレマン様は可憐で純情で、手を握らせるのも戸惑うような女性に弱かった。

「結婚するまでは男性と二人きりになるなんてできません」とうるんだ目で見たら、あっけなく婚約を申し込まれた。学園を卒業したらすぐに結婚しようと。

問題はここからだと思った。リゼットお姉様を確実に手に入れなくてはいけない。カミーユお姉様のようなことは避けたかった。

今、クレマン様の仕事がなんとかなっているのは間違いなくリゼットお姉様のおかげだ。話せば話すほどクレマン様が顔だけの空《から》っぽな男なのがわかる。この人に領主の仕事なんてできるわけがない。だからどうにかしてリゼットお姉様もエジェンに連れていかなくてはいけないのに、保守的なクレマン様はリゼットお姉様を側近として雇うのは嫌がっている。

あれだけ働かせておきながら、女だから秘書官になんてできないという。呆れてしまうけれど、クレマン様はそれが当たり前だと思っている。リゼットお姉様がどれだけ仕事ができるかを説明しても無駄だと感じた。きっと自分よりも優秀な女がいることなんて認めないだろうから。

仕方なくリゼットお姉様がかわいそうだから王都から連れ出したいと説得すると、うれしそうな顔になる。人の不幸が楽しいのか、どれだけリゼットお姉様がひどい目に遭ってきたかを話すと、笑いながら聞いている。最後まで聞いたクレマン様はいかにも同情しているように悲しい顔をして、リゼットを助けなきゃね、それならセリーヌの侍女として連れていけばいいと言い出した。

侍女か……王宮女官を侍女にするって、どうなんだろう。でもクレマン様も本音ではリゼットお姉様に仕事の手伝いをさせたいようだったから、実際にエジェンに行ったら考えが変わるだろうとうなずいた。

とにかく、リゼットお姉様を逃がしてはいけない。そう思って異動先を決めないように手を回してもらって、無理やりにでもエジェンに連れていこうとした。エジェンに行って仕事を始めたら、あの真面目なリゼットお姉様のことだから途中で放り出すような真似《まね》はしないだろうと。

それなのにこんなにあっさりと断られるとは……どうしたらいいんだろう。思わずうつむいてしまったら、クレマン様に優しく抱き寄せられた。

「大丈夫だよ。エジェンとルフォールは隣なんだ。どうせあの厳しい領地での秘書官なんてリゼットに務まるはずがない。すぐに泣いてエジェンに来るさ」

「そうでしょうか……あんな頑《かたく》なに拒否されるなんて。お姉様のことがこんなに心配なのに」

カミーユお姉様に次期当主の立場と婚約者を奪われた後、すぐに王宮女官になったリゼットお姉様。それから伯爵家に帰ってくることはなかった。あのときのように手の届かないところに行ってしまうのではないかと不安になる。

「頑《かたく》な……そうだなぁ。もしかして私が結婚するのが嫌だったのかな」

「え？　もしかして、クレマン様はお姉様にも声をかけていたのですか？」

恋仲ではないから大丈夫だと信じていたのに。もしかして断られたのはそれが原因？　好きだったクレマン様を私に奪われたと思って、そばにいたくなくて断ったの？

遊び好きなのはわかっていたし、だらしない人だと思っていたけれど、ため息が出てしまう。最初からわかっていたなら、もっと違う手でリゼットお姉様を利用したのに。

「いや、遊んだことはないんだが……リゼットは近くで見ると意外と綺麗なんだよね。肌は白いし目は大きいし唇の形も良い。ほら、セリーヌの姉なんだから綺麗でもおかしくないだろう？　闇属性なのと身長が高くて可愛げがないのが残念だが、ちゃんとした格好をすればそれなりに見られると思うんだよね。いや、そんな顔しなくても本当にリゼットに手は出してないよ？」

あのリゼットお姉様が綺麗？　遊び慣れたクレマン様にはそう見えると？　女性としての魅力なんて皆無だと思っていたのに。そういえばリゼットお姉様が眼鏡を外した姿は見たことがない。いつもあの気味の悪い眼鏡をしているからみっともないと感じていたのかも。ふぅん……意外と綺麗なんだ。それじゃあ、やり方を変えてみようかな。一度断られてしまった以上、まともな手段では来てくれないだろうから。

それから二か月後、王都での華やかな結婚式と披露《ひろう》パーティーを終え、夫婦となった私とクレマン様は大きな馬車に揺られエジェンを目指した。

馬車からの景色を楽しめたのは最初だけで、数時間も走ると身体が痛くなり座っていられなくなる。旅に慣れていない私とクレマン様はすぐに悲鳴を上げ、何度も休憩して夜は宿に泊まり、少しずつ道を進む。やっとの思いでエジェンに着いたのは九日後のことだった。

「……エジェンって、こんなに王都から遠いの？」

「私もエジェンに来るのは初めてだが、おかしいな。リゼットは四日で着くと言っていたんだ。どういうことなんだ……」

「それにお店が少ないわ。これって街なの？」

「それは田舎《いなか》だからな。まぁ、王都から店を呼べばいい」

「そんなことできるの？」

「王族がいたら店のほうからやってくるんだ。大丈夫、すぐに王都のように栄えるよ」

「じゃあ、王都からドレスの仕立て職人を呼びたいわ！　宝石商も！」

「ふふ。セリーヌを可愛らしく飾らないとね」

そんな簡単に栄えるわけがないじゃないと思ったけれど、素直に喜んでみせる。クレマン様は歳が離れた妻が可愛いのか、今のところなんでも言うことを聞いてくれる。そのうち私に興味をなくしても大丈夫なように、換金できる宝石は集めておきたい。私だっていつまでも若いわけじゃない。この後どうするかも考えておかないと。

エジェンに着いてしばらくは何もせずにただ屋敷で過ごした。長旅で疲れていたし、まだ新婚でもある。部屋に閉じこもって二人きりの時間を楽しんでいた。

十日もするとクレマン様は家令に仕事をするように言われていたけれど、クレマン様に仕事ができるわけがない。クレマン様がそれを自覚しない限り、リゼットお姉様を呼び出すことはしないだろうと何も言わないでおいた。

エジェンに来て一か月が過ぎた頃、ようやくクレマン様は有力者に挨拶に行ったようだ。向こうから挨拶に来るべきなのにと怒っていたが、クレマン様が領主になったことを伝えていないのにどうやって？　思った以上に使えないクレマン様に呆れもしたけれど、笑顔で送り出した。

帰ってきたクレマン様はかなり機嫌が悪かった。冒険者ギルドにも商業ギルドにも相手にしてもらえず、怒鳴っても無視されたようだ。

屋敷でも領主としての仕事ができない。家令に手伝ってもらうのにも限界があって、仕事が回らない。新しく秘書官を雇うならクレマン様が自分で探さなくてはいけなかったが、こんな田舎《いなか》まで来たがる文官がいるわけもなく、誘っても断られている。クレマン様は自信家だから、それでもなんとかなると思っていたようだけど、何一つうまくいかないとわかって、ようやくリゼットお姉様が必要だと気がついてくれた。

「……無理にでもリゼットを連れてくるべきだった」

「お姉様だってきっとそう思っているわ。あのときエジェンに行けば良かったたって」

「そうだよな……リゼットにルフォールの秘書官なんて務まるはずがない。今頃は泣いて後悔しているかもしれないな」

リゼットお姉様は泣いて後悔なんてしてないと思う。あんな風にきっぱりと断って、意外と気が強そうだったもの。ルフォールの秘書官として仕事ができなくても、エジェンには来ずに王都に戻ってしまうだろう。

「ねぇ、クレマン様。きっとお姉様はクレマン様のことが好きだったと思うの。それが私と結婚したから拗《す》ねてしまったのではないかしら？」

「なに、リゼットが私のことを？　そういえば手を握ったときに頬を赤らめていたな」

手を握った？　あの醜《みにく》いリゼットお姉様の？　やっぱりクレマン様って女性なら誰でもいいのね。呆れてしまうものの、そんなことより生活を維持するほうが大事だった。こうなったらクレマン様の魅力でリゼットお姉様を落としてもらおう。仕事を代わりにしてもらえるなら、妾《めかけ》としてそばにいることも許す。どうせ、クレマン様なんて顔だけの男だもの。愛情なんて最初からない。私が豊かに暮らすために、クレマン様とリゼットお姉様に頑張ってもらわないと。

「だからね、お姉様をクレマン様の妾《めかけ》にしてあげてほしいの」

「妾《めかけ》に？　……セリーヌはそれでいいのか？」

「お姉様も好きな人と一緒にいたいって思ってるんじゃないかしら。だけど、クレマン様は私と結婚してしまったから、せめて妾《めかけ》としてそばにいさせてあげたらいいかなって。……クレマン様を盗られたくはないけれど、クレマン様は私のことを一番好きでいてくれるでしょう？　だったら、かわいそうなお姉様に優しくしてあげようと思うの」

「あぁ、セリーヌ。君はなんて優しい子なんだ。そうか、リゼットは私の恋人になりたかったのか。わかったよ。リゼットを私の妾《めかけ》にしよう」

「ええ、それが良いと思うわ。でも、妾《めかけ》にするからって言ってもまだ拗《す》ねているかもしれないから、エジェンに呼んでから話せば良いと思うの」

真面目なリゼットお姉様に妾《めかけ》にしてやろうなんて言っても嫌がると思うのよね。たとえクレマン様のことが好きでも、常識的に考えてありえないって怒りそう。だから、こちらに来てもらって、既成事実でも作ればいい。リゼットお姉様のような女って、一度身体を許してしまえば、それがどんな相手であっても尽くそうとするだろうから。

「うん、そうだな。リゼットに手紙を送ってみるよ。そうか……だから結婚式にも来てくれなかったのか。女心は難しいなぁ」

呑気《のんき》なことを言うクレマン様に真顔になりかけたけれど、優しそうに見える微笑みを崩さないようにする。

妾《めかけ》にした後は……リゼットお姉様が自分から仕事をするようにすればいいかしら。冒険者ギルドや商業ギルドにリゼットお姉様の名前で事業を申請しましょう。もうすでに仕事の責任者になっていると聞かされたら、ルフォールや王都に逃げることもできなくなる。

でもねぇ、エジェンって何もないのよね。新しい事業どころか、必要なお店すらそろっていない。何か欲しいと言っても、税収が少なくて無理だと言われてしまう。

そういえば、鉱山があったときには賑わっていたのに、と使用人がこぼしているのを聞いた。その鉱山は閉山してしまったけれど、もう少し鉱石は取れたはずなのにもったいないと。

まだ掘れば出てくるのなら、どうして閉山してしまったのだろう。落盤事故があって危険だからって、そんなの気にしなきゃいいのに。平民が犠牲《ぎせい》になるなんて当たり前のこと。鉱石が出なくなるまで掘り尽くしてから閉山すべきなのに。

「そうだ。良いことを考えたわ。もう一度鉱山を復活させたらいいじゃない！」

そうすればリゼットお姉様は確認のためエジェンに来るだろうし、税収も増える。良いことを思いついたとさっそく冒険者ギルドと商業ギルドに手紙を送った。責任者はリゼット・アルシェ。鉱山を再び開くための手続きをとりなさいと。

10

屋敷に帰ってすぐにエジェンの冒険者ギルドへの手紙を書く。隣でシリル様もエジェンのギルド長へ手紙を書いているようだ。

今の私はシリル様の秘書官になっていること、公爵夫人は妹ではあるが私は伯爵家の籍を抜けているので関係がないこと、クレマン様は元上司ではあるがそれだけの関係で、今後も妾《めかけ》になる予定はないこと、公爵夫妻が私の名前を出したとしても一切聞かなくていいことを綴《つづ》った。

そこまで詳しく書かなくてもいいかと思ったが、いかにセリーヌとの関係が希薄だったかまで書いた。姉は妹を助けるもの、なんて言い出されたら嫌だからだ。ちょうど書き終えて一息ついたところでカオが取りに来てくれた。

「早かったわね。今、書き終えたところよ。これをお願いできる？」

「俺からの手紙もギルド長に頼む」

「わかりました！　確実に届けます！　向こうでギルド長に返事を書いてもらう間、エジェンの冒険者からいろいろと聞いてくるつもりです」

「頼んだわ。でも、気をつけて。無理はしないでね」

「はい！　じゃあ、行ってきます！」

馬と魔獣をかけ合わせたという大きな馬に乗ってカオはエジェンへと向かった。自分なら半日というのは、あの馬の脚が速いからということらしい。あっという間にカオが見えなくなっていく。

「大丈夫でしょうか。エジェンで何が起きているのか……心配です」

「遅くても三日もすれば戻ってくるだろう。その前に冬ごもりが始まらなければいいが」

「いつ始まるって決まってないんですか？」

「魔獣の森の中にある谷を抜ける風が冬ごもりの開始を知らせるんだ。冬ごもりが終わるときもね。まぁ、実際に風が吹いたらわかるから」

「風が知らせる……」

初めてのルフォールの冬。ここに来てから冬ごもりという行事を知った。本で調べても出てこないし、誰に聞いても実際に過ごしてみればわかるとしか言われない。ただ楽しみなのか、とても良い笑顔で答えてくれるので私も楽しみではある。

エジェンに行ってもらうのは冬ごもりの後にすれば良かったと思っていたが、カオが戻ってきたのは予想よりもずっと早く、二日後の昼だった。

「もう戻ってきたの!?」

「ええ、どうやらギルド長も姉御《あねご》に問い合わせようとしていたみたいで、姉御《あねご》からの手紙を読んで、すぐに返事を書いてくれました。とりあえず読んでもらえますか？　追加の伝言もありますんで」

「わかったわ」

ギルド長からの手紙を読んで、すぐにシリル様に渡す。あまりのことにめまいがしそう。シリル様も手紙を読んで唖然《あぜん》としている。

「カオ、この内容は知っているのね？」

「だいたいは聞きました。閉山した鉱山を復活させるために冒険者ギルドと商業ギルドに圧力をかけようとしたと。どちらのギルドも相手にしなかったけど、責任者の名が姉御《あねご》になっているのが気になったそうです」

「ありえないわ……」

「姉御《あねご》からの手紙を読んでギルド長は納得してました。どういう圧力をかけられても鉱山は復活させないから安心してほしいとの伝言です」

「それなら良いけど……シリル様、これは王家に報告したほうが良いですよね？」

「ああ。リゼットに対する侮辱《ぶじょく》と一緒に報告しよう。あの鉱山を閉山すると決めたのは前国王だ。王命を覆《くつがえ》すことはできない。クレマン様も元王族だからそれくらいはわかっていると思ったのだが……」

「クレマン様は閉山の処理に一切関わっていないんです。報告書は出しましたけれど、読んでいたのかどうか……まぁ、彼はそういう人なんだと気にしなかったのですけど、領主ともなればそうもいかないですよね」

「王宮は本当に大変なところだな。姉上はどれだけ苦労しているのやら」

なんだか以前にもそんなことを言っていたのを思い出す。

ルフォールは新しい者が定着しにくい分、仲間になった者は死んでも裏切らない。そういうルフォールが心地良いし、仲間になれた今はうれしくもある。だからこそ、シリル様はそういった考えのない王都にいるマリエル様が心配なんだろうと思う。

「マリエル様は楽しんで改革されていましたよ。大変ではあるでしょうけれど、マリエル様には陛下がいらっしゃいますから大丈夫です」

「あぁ、そうだな。義兄上《あにうえ》なら姉上と一緒に戦うだろう」

王宮で戦うってと思ったけれど、間違っていないかもしれない。改革は意見のぶつかり合いだ。マリエル様の意見が受け入れられるまで戦い続けるのだろう。

「カオ、食事はどうしていた？　うちで食べていくか？」

「いや、家に戻ります。そろそろ冬ごもりだと思うので……」

「あぁ、それもそうか。これは報酬だ。助かったよ、ありがとう」

「こちらこそありがとうございます！　またいつでも言ってください！」

シリル様から報酬を受け取ったカオは中身も確認せずに受け取り、そのまま家へと帰っていった。

中身を確認したらきっと驚くだろうな。手紙も入れておいたから大丈夫だと思うけれど、カオは孤児の補助金の申請もせずにエジェンに行ってくれたので、こちらで勝手に申請をして補助金も一緒に入れておいた。あれだけあれば子どもたちの防具をそろえることができるだろう。

「とりあえず、王家に送る抗議文を考えるか。送るのは冬ごもりの後になると思うが」

「さすがに王都は遠いですからね」

ブボオオオボオオオオオオオオオオオオオオオオオ……

「え？」

自分の声が聞こえなくなるほどの大きな音が響き渡った。あまりの音量に窓がびりびりと震えている。思わず耳を押さえてしまったが、シリル様とケルツはにこにこと笑っている。

「今のはなんですか!?」

「あれが冬ごもり開始の合図だ。すごい音だろ？」

「今のが！」

本当にすごい音だった。言葉で説明できなかったのも納得する。今まで聞いたことのない低く大きな風の音。

「どうしてあの音が聞こえるのかわからないけれど、あの風が吹いた夜から冬になるんだ。それから二週間、ずっと家の中にこもって春になるのを待つ。冬ごもりが終わるときはまた別の音が聞こえるんだよ」

「今日の夜から冬なんですね」

どういう仕組みなのかわからないけれど、ルフォールの冬はそういうものだと決まっている。そして冬の二週間は家族で過ごす。そうやって絆《きずな》を深めていくものらしい。

「さぁ、仕事は終わりだ。リゼットも冬ごもりの準備をしたらケルツに案内してもらって」

「私も一緒でいいんですか？」

「何を言っているんだ。リゼットも家族だろう？　暖かい格好で来るんだよ」

「……はい」

冬ごもりの話を聞いてから、ちょっとだけ不安だった。家族で二週間過ごす、じゃあ独り身の私はどうすればいいんだろうって。シリル様なら一緒に過ごそうって言ってくれるかもしれないと思ったけれど、何も言われなかった。だから不安で、二週間一人で過ごすことになったらどうしようかと悩んでいた。

当たり前のように家族だと言われたことで、シリル様にとっては当たり前すぎて誘われなかったのだとわかった。勝手に心配していたのが悪いのだけど、泣きそうになって部屋に戻った。

着替えた後、ケルツに案内されたのは辺境伯の屋敷の裏側にある別棟だった。中に入ってみるといくつかの部屋に分かれている。屋敷よりも壁が厚くて窓が小さいのは冬ごもり用に建てられたからだろう。

「この部屋が辺境伯家の皆様がくつろぐ部屋でございます」

「辺境伯家の？」

「はい。ここは辺境伯とご家族の部屋でして、残りの部屋は使用人たちが使います。毎年、家族のいない使用人たちもこの建物内で冬ごもりすることになります。シリル様とリゼット様が使う部屋に使用人たちも交代で参ります」

私が案内された部屋は辺境伯一家が使うために作られた部屋らしい。

私もこの部屋だと言われたけれど、シリル様と一緒の部屋にいていいのかと迷ってしまう。おそらくケルツが使用人たちも交代で来るとわざわざ教えてくれたのは、だから私がここにいても大丈夫だと安心させるためなんだと思う。その証拠に、ケルツはにっこり笑って言った。

「今日は私がこの部屋でご一緒させていただきます。あぁ、シリル様とリゼット様と冬ごもりできるなんて、楽しみです」

「……そうなの。今日はケルツも一緒なのね？」

「ええ、ですので、部屋の中も案内いたしますね」

敷き詰められた厚い絨毯《じゅうたん》に大きな薪《まき》ストーブ。中央には長方形のテーブルが置かれ、その周りに沿う形でソファが置かれている。三人がゆったりと座れるくらい大きなソファが四つ。その横にはちょうどいい高さの机も四つ。ソファの上には毛布がたたまれて置かれていた。

「もともと冬ごもりは暖房を各部屋に置くのが難しい庶民の慣習でした。居間に薪《まき》ストーブを置いて、家族全員がそこで冬を越します。寝るときもソファに座ったまま毛布にくるまって眠るんです。薪《まき》ストーブには鍋が置かれ、保存食を煮てパンを焼き直して食べます」

「薪《まき》ストーブも薪《まき》もお金がかかるものね。そういう理由で家族が一部屋に集まって過ごすというのはわかるわ」

「ええ、それを知った四代前の辺境伯がこれは良いとおっしゃって、この屋敷にも冬ごもり用の建物を造られました」

「辺境伯家がお金に困っていたわけではないわよね？」

貴族が平民の真似《まね》をするというのはあまり聞いたことがない。それもお金がかからないように始めたことを貴族が良いと言うのもめずらしい。

「そうですね、今の説明だけではわからないかもしれません。この冬ごもりは家族の語り合いの場でもあるのです。ゆっくり話す時間を持つというのは家族だとしても意外と難しいことです。仕事だったり育児だったり勉強だったり、皆忙しいですから。だから、冬ごもりの二週間だけは家族が向き合う時間になるんです」

「そういう意味で良いって言ったのね。……家族で向き合う時間か」

私は忙しいという理由がなくても家族と向き合ったことなんてない。おそらく用事がなければ話をしたこともない。

「ソファに毛布も置いてありますが、リゼット様はソファで寝たことなどないでしょう。奥の衝立《ついたて》の裏には寝台も置いてあります。眠くなったらそちらでお休みになったほうが良いと思います」

「ソファで寝ても大丈夫だとは思うけど、ありがとう」

王都とエジェンを行き来していたときは野宿したり馬車の中で寝たりしたこともあるくらいだか

ら、こんなゆったりしたソファで寝るのは何も問題ない。それでも貴族女性だと思って気遣ってくれたのだと受け取った。

それからすぐに使用人たちが食事の用意を始める。大きな鍋を二つ薪《まき》ストーブの上に載せ、テーブルには酒やパン、保存食が並べられていく。準備をしている使用人たちは笑顔で浮立っている感じがする。準備をしている間から楽しそうだ。

鍋の中を覗いてみたら、何かのワイン煮と香辛料の入ったスープに見える。テーブルの上に置かれた酒はワインだけでなく蒸留酒や果実が漬けられた酒などさまざま。本当にこの部屋だけで二週間過ごすのだろうかと思っていると、使用人が建物内に食糧庫があるのでなくなったら追加しますと教えてくれた。たくさんあるように見えても、これだけで二週間はもたないらしい。

「リゼット、早かったな。その格好で寒くないか？」

「重ね着しているので大丈夫だとは思いますが、寒くなったら毛布に包《くる》まりますね」

「あぁ、毛布はいくらでもあるから足りなかったら言ってくれ」

シリル様は冬ごもり用なのかもこもこした厚手の服を着ていた。初めてのルフォールの冬なのでどのくらい寒いのかわからない。エジェンでは冬ごもりという話を聞いたことがなかったし、ルフォールはエジェンよりも寒いのだと思う。

王都は年中春のように暖かいので厚手の服は売っていなかった。仕方なくいつもの服を重ね着してきたのだが、そんなに寒くなるのなら冬ごもり用の服を買っておけば良かったかもしれない。

「リゼット、ここが一番暖かいから座って。さっそく食事にしようか。ケルツも座ってくれ」

「ありがとうございます」

「シリル様、リゼット様、ワインにしますか？」

薪《まき》ストーブに近いソファに座ると、隣のソファにシリル様が座る。テーブルの向こう側に座ったケルツはワインを開けようとしていた。

お酒かぁ……飲んだことないけど、せっかくだし飲んでみようかな。

「リゼットは酒を飲んだことはあるのか？　一度も見たことがないが」

「飲んだことはありませんが、せっかくなので飲んでみます」

「あぁ、それじゃミルク酒にしておいたほうが良いな。ワインは慣れてからにしよう」

「ミルク酒ですか？」

シリル様から差し出されたのはミルクにしか見えないものだった。嗅《か》いでみると甘い匂いだけじゃなく酒の匂いもする。一口飲んでみたところ蜂蜜の甘さとこっくりとしたミルクの味。後から少しだけのどのあたりが温かくなる気がした。

「美味《おい》しいです」

「それは良かった」

特に宣言もなく、冬ごもりが始まる。廊下からは他の部屋にいる使用人たちが楽しんでいる声が聞こえる。食べたいものを食べ、飲みたいものを飲む。そして目の前にいる家族と語り合う。それが冬ごもり。魔獣の干し肉を根菜と一緒に煮込んだワイン煮が美味《おい》しくて、お代わりしていたらシリル様がうれしそうに笑う。

「気に入ったのか？　それは煮込めば煮込むほどトロッとして美味《おい》しくなるんだ。最終的にはドロドロになったのをパンにつけて食べる」

「ふふふ。楽しみです。今でもこんなに美味《おい》しいのに」

「リゼットは本当にルフォールの民《たみ》と同じ味覚なんだな」

「そうかもしれません。何を食べても美味《おい》しいです」

口いっぱいにして食べている私をシリル様が楽しそうにからかうけど、ついつい食べすぎてしまう。

三杯目のミルク酒を飲んでいたら、少しだけ身体がふわふわする。酔っているわけではないけれど、なんだか楽しくて顔がゆるむ。目の前ではシリル様とケルツが会話していた。シリル様の子どもの頃の話をケルツがして、シリル様は嫌そうな顔をして聞いている。だけど、ケルツの話を止める気はないようで、たまに口を挟むだけだった。

「いや、それは姉上を止めようとしただけで、俺の暴走ではない」

「マリエル様はそんなことおっしゃってなかったですよ？」

「姉上はうまく誤魔化しただけだ！　あの後で父上に叱られていた」

「おや、それは知りませんでした」

すっかり爺《じい》と坊ちゃまの関係に戻っている二人が面白くて笑ってしまう。家族の語り合いってどんな感じなんだろうと思っていたけれど、こういうことだったんだとようやくわかった。

「……いいなぁ」

「ん？　どうかしたか？」

「いえ、家族の語り合いってこういうものなんだって初めてわかって。私は家族とはほとんど話したことがなかったので……」

私の言葉に、シリル様とケルツははっとして顔を見合わせた。二人だけで話しているのを咎《とが》めたわけじゃないのだけど。

「気まずくさせてしまってごめんなさい」

「いや、それは大丈夫。リゼットが家族と合わなかったという話は聞いている。だから家を出て王宮女官になったということも。事情があるというのは最初からわかっていた。嫌でなければ、もう少し詳しく教えてもらえないだろうか」

「嫌じゃないですよ。私はもうなんの未練もないですから」

生まれてからルフォールに来るまでのことを簡単に話すと、シリル様とケルツは黙り込んでしまった。ここまで話したのなら同じだろうと、クレマン様の妻が妹だということも話してしまう。さすがに予想外だったのか、二人が驚いた顔をした。それはそうか。実の姉を侍女や妾《めかけ》にしようだなんて、普通ならありえないものね。

「というわけで、冬ごもりが家族の語り合いの場だって言われても、私にはどんなものなのか想像できなかったんです。家族というのが良いものだっていうのはなんとなくわかるんですけど、実際に何が良いのかはわからなくて」

「そんな家族なら、そうなるだろう。なぁ、リゼット。二週間もずっとここにいるんだから、カツラと眼鏡を外してみないか？　外したほうが楽だと思うんだ」

「え？」

「カツラを外して部屋から出るのが難しいんだろう？　だったら、ずっと部屋の中にいる冬ごもりの間は大丈夫なんじゃないかと思って」

「……それは、そうですね」

言われてみたら冬ごもり中は部屋の外に出ない。

もともとカツラと眼鏡はお母様に連れ戻されるのが嫌でしていただけ。もうすでにアルシェ伯爵家の籍は抜けているし、ルフォールにお母様が来ることもない。咎《とが》められることも、領地に連れ戻されることもないんだ。

「……か」

「か？」

ゆっくりとカツラと眼鏡を外し、髪を結んでいた紐をほどく。ふわりと髪が広がって、胸のあたりに桃色の髪が落ちてくる。それを見ていたシリル様とケルツが息を呑むのがわかった。

か？　髪かな。やっぱりおかしいのかもしれない。シリル様が口ごもることなんて普段はないのに。

「こんな髪色は見慣れないですよね？」

「……いや、そういうわけじゃない。ただ予想以上だっただけだ」

「予想以上？」

なぜか顔を赤くしているシリル様に尋ねると、口を押さえて黙ってしまう。何かまずいことでも

あっただろうか。一方のケルツは真顔で何か考えているように見える。

「ケルツ、どうかした？」

「リゼット様のお母様の名は、シャルロット様で間違いないでしょうか？」

「え？　そうだけど、お母様を知っているの？」

「……直接お会いしたことはありません。ですが、シャルロット様がリゼット様の色を嫌う理由はわかるかもしれません」

「え？」

私の色をお母様が嫌っていた理由を、会ったこともないケルツが知っている？

……知りたい。だけど、聞いてもいいのだろうか。

「ケルツ、それは本当なのか？」

「これはシリル様にも関係する話です。王家も関わる醜聞《しゅうぶん》ゆえに今の社交界で聞くことはないでしょう。リゼット様が知りたいのであれば話しますが……」

王家も関わる醜聞《しゅうぶん》？　だから社交界で話題になることはない？　迷うけれど、今ケルツから聞かなかったら二度とわからないかもしれない。うつむいて考えていたら、すぐ隣にシリル様が座ったのがわかった。重みで身体がシリル様のほうに傾き、優しく抱き寄せられる。

「怖いか……」

「怖いです……でも、知りたい。聞かなければ、ずっとわからないままだと思います」

「わかった。俺が一緒に受け止める。手を出して。震えている」

手を出したら包み込まれるように握られた。シリル様の体温が伝わってきて、震えがおさまっていく。シリル様が一緒に受け止めてくれるというなら、大丈夫。申し訳なさそうな顔をしているケルツに向かってお願いする。

「聞かせてくれる？　どうして私のこの色は嫌われるの？」

「わかりました。長い話になります。でも、冬ごもりですからね……時間はいくらでもあります。ゆっくり話しましょうか。何か疑問があればおっしゃってください」

大きく息を吐いたケルツが話し出した。それは昔々の話だった。

「今から五十年以上前のことです。シリル様のお祖母《ばあ》様、ケーニヒ国第三王女のビアンカ様は、同じ国のバーリ公爵家ヨーセフ様と結婚する予定でした」

「お祖母《ばあ》様が？　……それは初めて聞いたな」

隣国の第三王女だった先々代辺境伯夫人。王女と辺境伯の結婚によって二国の平和同盟が結ばれ、今も同盟は続いている。

「はい。ですが、婚約していたわけではありません。ビアンカ様は火属性で魔力量が多かったため、生まれたときから魔力過多症で成人できるかわからない状態でした。父親の国王は寵妃《ちょうひ》から生まれたビアンカ様を可愛がっていましたので、バーリ公爵家に降嫁《こうか》させたいと考えていたようです」

お気に入りの妃から生まれた王女を国内の有力者に嫁《とつ》がせるというのはよくある話。

本来ならエジェン公爵となったクレマン様の結婚相手も王家が決めるのだが、クレマン様の年齢に近い王女や高位貴族の令嬢がいなかった。だから今まで自由に遊んでいたし、セリーヌと結婚できたのだ。歳の近い王女がいたら間違いなく降嫁《こうか》していただろう。

「ですが、そのバーリ公爵からは反発されました。ビアンカ様が生まれたとき、ヨーセフ様はもう十四歳だったのです。成人するまであと四年、婚約者選びが始まる直前でした。ビアンカ様が降嫁《こうか》できる歳になるまで待てば三十を過ぎますし、結婚しても身体の弱いビアンカ様では子を産めるかどうかもわからない。国王はバーリ公爵家をつぶす気なのかと」

「それは……そうだろうな。お祖母《ばあ》様は身体が弱く、産んだのは父上一人だけ。しかも、父上を産んだ後は起き上がることもできなかったと聞いた。亡くなったのは父上が幼いときではなかったか？　それでも予想よりも長く生きられたと聞いている」

「ええ、そのためバーリ公爵は降嫁《こうか》を断りましたが、国王から条件をつけられました。当時のバーリ公爵は身分の低い女性を娶《めと》ったためにヨーセフ様の魔力が少なく、次期公爵は魔力の多い妻を娶《めと》ることを厳命されたのです。簡単に言えば、火属性でなければ認めないと」

「火属性でなければ認めない？　水属性ではダメなのか？」

シリル様が疑問に思うのも無理はない。私も魔力が多いのは火属性と水属性だと思っていた。火属性と限定するのなら何か理由があるのだろうか。

「これはあまり知られていませんが、水は通常の魔力量の二倍、火は三倍なければ発現しません。水属性の妻では認めないというのは、それだけヨーセフ様の魔力が少なかったということです。そのため、公爵も国王のつけた条件を断ることができませんでした。ヨーセフ様は火属性の令嬢を探しましたが、火属性の未婚女性はビアンカ様だけでした。……これは国王がビアンカ様を降嫁《こうか》させたくて言い出した条件ですので、当然と言えばそうなのですが」

「そこまでしてビアンカ様を公爵家に嫁《とつ》がせたかったのね」

「公爵家の弱体化は国の弱みにもなります。私情だけではなかったと思いますが、ヨーセフ様はビアンカ様を拒絶し続けました。そんなときに我が国ルモニットのオーケソン侯爵領で魔獣の大発生が起き、隣国のバーリ公爵領に流れ込んでしまったのです」

「それは……大変な問題になるだろう。魔獣の大発生は起きた領地で食い止めなければいけない。当然騎士団と冒険者ギルドで対応に当たったのだろうな？　それなのに隣国に流れ込むほど大規模なものだったというのか？」

「いいえ、普通に対処していれば起きないものでした。オーケソン侯爵の重大な過失です。まず、囲い方を間違えて隣国側に逃がしてしまったのが一点。もう一点は隣国側に魔獣の大発生が起きたことを知らせなかったのです」

「知らせなかっただと？　境で発生した場合はすぐに知らせることになっているだろう」

同盟が結ばれていないときだとしても、決め事というのはある。国内の魔獣の大発生は他国に影響を及ぼさないようにするために、いくつか取り決めがされている。それを守らなければ戦争になってもおかしくないほど重要なものだ。まさか、その取り決めを守らなかったというのか。

ケルツの顔は真剣で、当時のことを思い出しているのか時折目を閉じる。きっと、できるだけ真実を伝えようとしてくれているのだと思う。

「本当にありえない失態でした。そのせいでバーリ公爵領では多数の死者が出ました。田畑は踏みつぶされ、家屋はことごとく壊され、人は食い荒らされました。何一つ警戒していなかったところに魔獣が流れ込んできたわけですから、平民たちはなす術《すべ》もなかったそうです」

「……そんなことになって、どうして戦争が起きなかったんだ。報復として攻め込まれたとしても文句は言えないぞ」

「王宮で報告を受けた先々代のルモニット国王は戦争を覚悟しました。退位も考えたそうです。もし勝てたとしても他の国から責められるのは間違いないですから。ですが、被害を受けたバーリ公爵は戦争をする気はないと通告してきました。息子の要望を聞くことを賠償《ばいしょう》の代わりとすると言ったのです。ルモニットの王宮で夜会を開いてくれと。そこで息子の妻となる女性を見つけることができたら賠償《ばいしょう》金はいらない、戦争も起こさないと」

「それは、火属性の令嬢を探すために夜会を？」

「そのようですが、ルモニット側はヨーセフ様が火属性の令嬢を探しているという話は知らなかったのです。そして、夜会を開きヨーセフ様を迎えた先々代国王はこう言われました。この度《たび》は申し訳なかった。我が国の女性であれば誰を妻にしてもかまわない、その責任はルモニット王家が持とうと」

「それは婚約者がいてもルモニット王家が責任をもって解消させるという意味か？」

「ええ、そして、ヨーセフ様が選んだのは……リゼット様のお祖母《ばあ》様フレーズ様でした」

「え？」

「はぁ？」

えっと、公爵家の妻に選ばれたのが私のお祖母《ばあ》様……？　どういうこと？　じゃあ、どうしてお母様が生まれているの？　お母様はこの国の貴族なはず……

「リゼット様のお祖母《ばあ》様、フレーズ様は裕福なマルクニー公爵家の二女でした。自由気ままというか、公爵令嬢として好きに生きてこられた方でした。オーケソン侯爵家に嫁《とつ》ぎシャルロット様を産みましたが、質素な生活を好ましいとする侯爵領の生活は合わず、ドレスや宝石を王都から取り寄せてまで散財していたため、侯爵家だけでなく領民ともうまくいっていませんでした」

「それは公爵令嬢として不自由なく暮らしていたのなら、急に質素な生活をしろと言われても難しいかもしれないわ」

高位貴族、それも裕福な家ともなると、散財することも領民のためになる。その考えのままで嫁《とつ》いだのなら合わなくても仕方ない。

「フレーズ様を妻にと求められ、侯爵家は止めませんでした。自領の問題で戦争を起こしかけているのですから、不満があっても言えなかったのかもしれませんが」

「お祖母《ばあ》様は戦争を起こさないために隣国に嫁《とつ》いだというのですか？」

「そういう見方もできますが、嫁《とつ》ぎ先で嫌われてしまっていたフレーズ様ご自身が、相手が隣国の公爵家嫡男だと知ると喜んで受け入れたそうです。夜中の最中、エスコートしている夫が隣にいるにもかかわらず」

「……それは醜聞《しゅうぶん》になるわね」

さすがに喜んで受け入れるのはまずいでしょう。それを聞いて、なんとなくお祖母《ばあ》様がどういう人間なのかわかった気がする。カミーユとセリーヌはお祖母《ばあ》様に似ているのかもしれない。

「先々代の国王は誰でも許すと言ってしまった手前、既婚者はダメだとは言えませんでした。その夜会が終わった後、フレーズ様はそのまま隣国へと嫁《とつ》ぎました。侯爵家で留守番していたシャルロット様に挨拶もせずに」

「その当時、お母様が何歳だったかわかる？」

「はい、五歳の誕生日が近かったそうです。王都で誕生祝いを買ってくると約束されていたそうですが、それは守られず、フレーズ様と会うことは二度となかったと聞いています。そして妻を奪われた侯爵は愛人がいたようですぐに再婚しました。今のオーケソン侯爵家を継いでいるのはシャルロット様の異母弟です。フレーズ様は領民に嫌われていたこともあり、侯爵家を捨てた裏切り者と呼ばれ、その娘であるシャルロット様は汚れた女から生まれたと蔑《さげす》まれたそうです」

「お母様が……そんな」

そこまで聞いて気がついた。お祖母《ばあ》様はもしかして。

「もしかして、私のお祖母《ばあ》様は桃色の髪で赤い目だったの？」

「そのとおりです。風と火の二属性で元公爵令嬢。隣国の国王も文句を言えなかったそうです。子を持つ既婚者ということも、確実に子が産める証拠だと」

「だからお祖母《ばあ》様はルフォールに嫁《とつ》いできたのか？」

「ビアンカ様はそのとき十四歳でした。二国間で協議をした結果、平和同盟を結び、ビアンカ様をルフォールに嫁《とつ》がせることに決まりました。もうすでに隣国の高位貴族は結婚してしまっていたからです。そして、ルモニットの高位貴族で妻がいなかったのは辺境伯令息だけでした」

「そうだったのか……だからお祖母《ばあ》様は身体が弱かったのにルフォールに。お祖母《ばあ》様はそれで幸せだったのだろうか？　ケルツは確かお祖母《ばあ》様についてきた家令と侍女の息子だったよな？」

「ええ。両親がビアンカ様についてこの国に来たときに私も一緒に。ビアンカ様は真っ赤な髪と目をされていて、華奢《きゃしゃ》で美しく……触れただけで壊れてしまいそうな美術品のような王女でした。ですが、中身は好奇心旺盛《おうせい》で冒険者の物語を好んで読む方でしたから、公爵家ではなく、ルフォールに嫁《とつ》ぐことになったと知ったときは喜んでいました。それはもう大騒ぎで、その後熱を出して寝込んでしまったくらいです」

「そ、そうか。お祖母《ばあ》様が幸せだったのなら良いが、リゼットのお母様は違ったのだな？」

「一度だけ、ビアンカ様とシャルロット様がお会いしたことがありました。ルモニットに嫁《とつ》いできたときに、ビアンカ様はオーケソン侯爵家に謝りたいとおっしゃって……子どもから母親を奪った責任を王家として謝りたかったようです。ですが、ビアンカ様の色を見たシャルロット様は取り乱してしまって……赤は見たくない、ふしだらなものとは関わりたくないと叫ばれたそうです」

赤は嫌い、見たくない、そう叫んでいたお母様を思い出す。あれは私に限った話ではなかったのか。そんな前から……心を病んでしまっていたとは。

「それほどまでにお母様はお祖母《ばあ》様を憎んでいたのね」

「オーケソン侯爵とフレーズ様は政略結婚で、再婚後はシャルロット様を放置されていました。先代国王がそれに気がついたとき、二十七歳だというのにシャルロット様を一度も夜会に出席させず、婚約者を探すこともなく、別邸で過ごさせていたそうです」

「侯爵家として嫁《とつ》がせると持参金が必要になるからだろう。オーケソン侯爵領はあまり裕福な領地ではない。持参金を惜しんで飼い殺すつもりだったのか」

「そんな風になったのも王家の責任だと、王はアルシェ伯爵家の令息と婚約を命じました。仕事熱心で三十になっても結婚せずにいたので選ばれたそうです。アルシェ伯爵家でも結婚せずに仕事ばかりの息子を心配していたので問題なく受け入れたと。そして、シャルロット様には結婚後の夜会への出席義務をなくしたそうです。また赤い髪を見て取り乱されても困りますからね……」

お父様とお母様の結婚が王命によるものだとも知らなかった。よほどのことがなければ王命による結婚はされない。無理に結婚させれば王家が恨まれることになりかねないからだ。それでも、王命がなければお母様は侯爵家で放置されていた。自由にさせるためには仕方なかったのか。

「だからお母様は王都に来ないのね。アルシェ伯爵領地に住んでいる者は土の属性ばかりだもの。領地にいる間は火属性を見なくて済む……はずだったのね。私が火属性でなければ」

「お祖母《ばあ》様が火属性であった以上、リゼット様が火属性でもおかしくありません。それを予測できなかった者たちが悪いのです。リゼット様のせいではありません」

「そっかぁ……じゃあ、やっぱりお母様とはどうにもならないのね。嫌われていても役に立てば認めてくれるかと思っていたけど、努力しても無駄だったのね」

普通に声を出したはずなのに、自分の声じゃないように聞こえた。弱々しくつぶやいた言葉が自分自身を傷つけていく。真実を知って、今まで頑張ってきたことの無意味さを知って、ソファに沈み込むように身体の力が抜けていく。これまで心のどこかで少しだけ希望を持っていた。いつか立派な人になれたら、お母様が笑いかけてくれるかもしれない、あなたのことをもっと大事にすれば良かったわねと後悔してくれるんじゃないかと。そんなこと最初からありえなかったのに。

そういえば母方のお祖母《ばあ》様の話は聞いた覚えがなかった。お母様とまともに話したことがないし、一緒に出かけたこともなかったから、お母様の生家に行ったことがないのも仕方ないのだと思っていたけれど。

アルシェ伯爵領とオーケソン侯爵領は王都を挟んで真逆の位置にある。行くだけで一週間もかかる場所、結婚後は一度も帰っていないのだろう。

「リゼット。言いたいことがあるなら、俺が聞く。我慢しなくていい。文句は言えるときに言っておいたほうが良い」

「……シリル様。文句というか気が抜けてしまって。私の努力は全部無駄だったのかと思ったら」

「無駄？　あぁ、母親に認められたいという願いは叶わないかもしれないが、今までのリゼットの努力はすべてリゼットのためになっているだろう。こうしてルフォールに来てくれて、俺のためにもなっている」

「でも、家族は誰も私を見てくれませんでした。必要ないと蔑《さげす》まれ、侍女として妾《めかけ》として、利用しようとするだけ。なんだかむなしくなってしまって……」

ため息をつく気力も湧かない。なんだか心が空《から》っぽになってしまった感じで、ぼんやりしている。

ふと見ると私の両手がシリル様の左手に包み込まれ、頬に右手を添えられた。少しだけ上を向かされて、見上げたらシリル様がつらそうな顔をしているのがわかった。

「シリル様？」

「リゼットの家族には俺がなる。俺が、姉上が、ケルツが、ルフォールの領民が。他の誰でもなく、リゼットだから受け入れられたんだ。リゼット、俺の家族になってくれないか？」

「私がシリル様の家族に？」

私が辺境伯家に？　シリル様の庇護下に入れということだろうか。いつものように子ども扱いされて、少しだけ悔しい気持ちもある。だけどここに私を必要としてくれる人がいる。

「ずっとここにいてくれ。俺の隣に、ルフォールに。俺にはリゼットが必要なんだ」

「……いいのですか？」

「俺がそうしてほしいと願っているんだ。いいに決まっている」

「はい。シリル様の家族になります」

「良かった……もう離さない。リゼットはリゼット・ルフォールになるんだ」

私がリゼット・ルフォールに。シリル様の養女になるのかしら。

あぁ、ニコラ先生にも言わなきゃ……もう大丈夫ですって。

……どうしてだろう。瞼《まぶた》が重くなっていく。身体がだるくて……でも、温かくて心地良くて……

「リゼット？」

「リゼット様はお疲れなのでは？　お酒も初めてなのにけっこう飲んでいましたしね。このまま休ませたほうが良いと思います」

「そうか……じゃあ、寝台に運ぶか」

寝台に？　……動きたくないな。このままこの温かさの中にいたい……私を離さないでほしい……


パチンと薪《まき》が弾ける音がして目が覚めた。少し薄暗くなっている部屋の中を見て、冬ごもり中だということを思い出す。

あぁ、シリル様と話していて、あのまま寝てしまったんだ。ソファの座り心地が良くて、ぐっすり寝ていた……ん？　私がもたれかかっているのがソファでも毛布でもないことに気がついて、なんだろうと手で撫でたらそれが動いた。

「あぁ？　リゼット起きたのか？」

「え？　シリル様？」

どうやら私はシリル様にもたれかかって寝ていたらしい。撫でたものはシリル様の身体だったと理解して顔が熱くなる。なんてことをしてしまったの！

だけど、寝起きのシリル様はそのことに気がついていないようだった。

「昨日、寝台に運ぼうとしたらこのまま寝たいと言われて、そのままにしたんだ。でも、まだ朝早い。リゼットももう少しゆっくり寝ていてくれ」

「え？　……でも」

「ほら、毛布をかけ直して。……うん、おやすみ」

子どもを寝かしつけるように毛布の上から肩を軽くたたかれる。寝ぼけたシリル様に抱きかかえられたら逃げられない。仕方なく目を閉じて身体の力を抜いた。

シリル様の体温と毛布の柔らかさが心地良くて、また眠りに落ちていく。こんなにも安心して眠れたのは生まれて初めてなんじゃないかと思った。

11

冬ごもりも十日が過ぎ、食料を補充しながらおしゃべりは続く。使用人たちが交代でこの部屋に来るのを笑顔で迎え、交流していく。今までも何かあれば話をしていたけれど、冬ごもりは長い。使用人たちの生い立ちから恋人の話まで、語り合った後は絆《きずな》が生まれていく。領民たちが冬ごもりを楽しみだと言っていた意味がよくわかる。こんな機会でもなければここまでゆっくり語り合うことはできないだろう。

使用人たちも私の素顔を見て、闇属性じゃなかったことに驚いていた。初日にカツラと眼鏡を外してからずっとそのままだったから、素顔で生活するのに慣れて、冬ごもりが終わっても元の姿に戻らないでいようと考えている。

お母様があれだけ私を嫌っていた理由を知ったこともあり、それに囚われている自分を解放してもいいのではないかと思えた。新しく家族になってくれるシリル様やみんながいる。もう私はルフォールで生きていくのだと決めたから。

「使用人たちとはゆっくり話せましたか？」

「ええ、ケルツの言ったとおりだったわ。こんなに冬ごもりが楽しいなんて思わなかった」

「それは良かったです。使用人たちもリゼット様と話せて良かったと言っていました。これまで以上にシリル様とリゼット様に心を込めてお仕えできると」

「知らない人に仕えるのは気を遣うものね。みんなと話せて良かったわ」

使用人たちは一通りこの部屋を訪れたらしく、またケルツがこの部屋に戻ってきた。

あと数日程度で冬ごもりが終わる。その後は、春の種まきの準備が始まって忙しくなるそうだ。魔獣たちも初夏の繁殖期に向けて荒々しくなるため、冒険者たちは訓練を厳しくするらしい。冬ごもりは英気を養うためにも大事な休憩時間だった。

今日も一日この部屋でのんびりと過ごし、シリル様とケルツとおしゃべりして楽しもうと呑気《のんき》なことを考えていたが、いつもとは違うざわついた廊下に胸騒ぎがする。何か起きた？

「シリル様、リゼット様、様子を見てきます。何かあったのかもしれません」

「ああ、頼んだ」

ケルツが廊下に出ていき、少しして戻ってきたが顔色が悪い。そして、ケルツだけでなく、なぜかカオが一緒にいる。

「カオ？　どうしてここに？」

「大変です！　エジェンとの境で魔獣の大発生が起こりました！　俺はギルド長から言われて知ら

せに来ました！」

「魔獣の大発生⁉　こんな時期にか⁉」

「原因はわかりません。ですが、大発生が起きているのは間違いありません。集落が二つ襲われています。生き残りが冒険者ギルドに駆け込んできました。冒険者の手配は済んでいますが、何しろ冬ごもり中でしたので数が足りません！」

「わかった！　俺もすぐに行くと伝えてくれ！」

「はい！」

シリル様に命じられたカオはすぐに部屋から出ていく。伝言を届けに冒険者ギルドに向かうのだろう。立ち上がったシリル様が装備を整《ととの》えるのを見て、私もと叫んだ。

「私も行きます！　ケルツ、装備はどこにある？」

「装備はすぐに用意できますが、リゼット様も行かれるのですか⁉」

「人が足りないと言っていたでしょう！　実力主義なのでしょう？　戦える者が行かなくてどうするの。早く討伐しなきゃ犠牲《ぎせい》が増えるわ！　すぐに装備を用意して！」

「わかりました！」

ケルツが装備を用意する間、髪を一つにまとめて結ぶ。カツラと眼鏡はつけないけれど、ふわふわな髪をそのままにしていたら邪魔になる。結び終わったら、シリル様と目が合った。

「……本当は連れていきたくない。リゼットを危ない目には遭わせたくない」

「でも、私が必要でしょう？」

「そうだ。だけど、無理はしないでくれ。領民の命も大事だが、リゼットのほうが大事なんだ」

「……わかりました。無理はしません」

いつもルフォールの領民を大事にしているシリル様の口から、領民の命よりも私が大事だと言われるとは思わなかった。でも、真剣な目に軽口をたたく気にはなれず、素直に受け取る。

そうしている間にケルツが準備をしてくれた。すぐに着替えて出発する。

「よし、行こう」

「はい！」

「ケルツはエジェンに向けて緊急信号弾を打ち上げてくれ！」

「すぐに！」

ルフォールの領民を守るのと同時に、魔獣をエジェンに逃がさないようにしなくてはいけない。エジェンへ危機を知らせるための緊急信号弾はケルツたちに任せ、私とシリル様は冒険者ギルドに着いた後、カオの案内で魔獣の大発生している場所へと向かった。

馬を走らせてたどり着いた場所は荒れ果てていた。シリル様と私が着いたときにはさらに被害が増え、五つの集落が襲われた後だった。どこにでもある集落だったはずが、家屋はなぎ倒され、田畑は踏み荒らされている。天災と違うのは、武器を手に取って戦った跡が残されていることだ。少しは抗《あらが》えたのか、魔獣の死骸《しがい》も残されていた。亡くなった人はそのまま、怪我人だけが安全な民家に収容されて手当を受けている。冒険者たちは大本の発生場所を捜しながら魔獣を討伐し続けていた。

「……これは予想よりもひどいな。発生場所を早く捜してつぶさないと」

「死んでいる魔獣、すべて土属性の魔獣です。エジェンとの境にある山が発生場所でしょうか」

「そうだとは思うが、広すぎて見当がつかない。魔獣を討伐しつつ捜すしかないな。行こう」

「はい！」

山の中を進みながら魔獣を倒していく。ここで火属性は使えないため、風属性を主に使って倒していく。

空中に水滴を作り出し、それを風に乗せて飛ばす。すると水が細い槍のように魔獣の急所に突き刺さって倒れる。土属性の魔獣は外皮が硬いし、何より数が多い。確実に倒しつつ、魔力を消耗しすぎないように気をつけなくてはいけない。

すぐ隣にいるシリル様は水を刃物のように凍らせてから風で飛ばしていた。もともと水と氷と風属性を持つシリル様はそれほど魔力を消耗しないで済む。あっさりと魔獣の首を落とす威力を見て、さすが辺境伯を継ぐだけあると思った。これほど威力のある魔術は魔術師団員でも難しいだろう。

魔獣が現れる方向に少しずつ進むが、予想よりも魔獣の数が多い。疲れてきたのか負傷した冒険者を後ろに下げ、交代しながら進んでいく。それにしても、こんなに突然現れるというのは異常な事態だ。繁殖期はまだ先だし、これほど増える前に誰かが気がつくはずなのに。

どれくらい時間がたったのか、崖の前に着いた。その崖にぽっかりと穴が開き、そこから大量の魔獣が出てくるのが見える。

「あれが魔獣の発生源か！」

「まだ中にどれだけ残っているの……」

穴の中に大きな空洞が見えるが、奥にどれだけ続いているのかわからない。ふと、ここはエジェンとの境目だったことを思い出す。

「シリル様！　あれ、もしかして鉱山の跡かもしれません！」

「鉱山の！　では、キリがないぞ……」

広大な鉱山の跡の空洞で魔獣が繁殖したとなれば、どれだけ増えているかわからない。土属性の魔獣だけなのも納得した。なんらかの原因で鉱山の跡地に魔獣が入り込み、そこで繁殖してしまった。おそらく中がいっぱいになるまで繁殖した結果、薄かった壁が崩れて溢れ出てきたのだ。

「……シリル様、もう魔獣の素材はいりませんよね？」

「ああ、これだけ倒したらもういらん。何をするんだ？」

「全部、燃やします！」

「は？」

穴の近くにいる冒険者に離れるように叫んで、手のひらにありったけの魔力を集める。何度も小さく打つよりも、一度で仕留めたほうが確実だと思い、全力で投げるように炎を打ち込む。

「っ！　いっけぇぇぇぇぇぇぇぇぇ!!」

特大の炎が渦《うず》を巻きながら穴に吸い込まれていく。穴の中で魔獣がなぎ倒され、火に呑み込まれて消えるのが見えた。打ち込んだ炎は中で何度も爆発し、燃え続ける。打ち終えた後は穴の中がどろどろとした溶岩のように赤く燃えていた。これなら、もし魔獣が生き残っていたとしてもすぐには出てこられない。

「……なるほど。炎姫《えんき》だな」

「シリル様……それは言わないでください」

「いや、想像以上だった。これで魔獣の大発生はおさまるだろう。生き残った魔獣はゆっくり仕留めればいい。あとは、穴から出てしまった魔獣が他にいないか確認しないと」

「そうですね、まだ他にもいると思います。全部仕留めてしまわないと……」

「それは任せてもらってかまわないぞ」

「「え？」」

真上から声がしたと思ったら、人が降りてきた。まっすぐな赤い髪と、黒曜石《こくようせき》にも見える闇色の目。空中から現われるような魔術の使い手は魔術師団長しかいない。

「団長さん！」

「団長？」

現れたのは魔術師団長さんと団員たちだった。

「見てたぞ、リゼット。腕はなまっていないようだな」

「ふふふ。良かったです。なまっていたら叱られるところでした」

「そうだな。訓練をやり直しするところだ」

「それにしても団長さんたちが来るなんて。王宮に連絡が行ったにしては早すぎませんか？」

「エジェンにいたからだ。討伐してたら、ルフォールで緊急信号弾が打ち上がったのが見えた。それでエジェンは団員たちに任せて、俺はルフォールに来たんだ」

「そうだったんですか。予想外でしたけど、来てくれて助かります」

「ああ、頼もしいだろう？」

団長さんと笑い合っていたら、シリル様がおそるおそるといった感じで団長さんに話しかける。

「もしかして、魔術師団長のルノアール殿でしょうか？」

「ああ、そうだ。辺境伯のシリル殿だな？　うちのリゼットがお世話になっている」

「うちの⁉」

そういえばシリル様にはいろんなことを話したのに、私が魔術師団長の後見で王宮女官になっている話をしていなかった。ニコラ先生の養女になっているという話も。表向きは隠しているから、書類にもリゼットと名前しか書いていない。マリエル様から聞いているかもしれないと思っていたけれど、知らなかったようだ。

「なんだ、話してなかったのか。まぁ、リゼットらしいな。俺とニコラ先生の名を出すとビビられそうで嫌なんだろう。シリル殿、リゼットはあのニコラ先生の養女だ。リゼット・リュデク。リュデク侯爵家の一人娘として籍がある。そして、俺の、ルノアール公爵家が後見もしている。これだけの逸材だからな。放っておくわけにはいかない」

「……そうでしたか。たしかにリゼットには後見が必要でしょう」

シリル様にちゃんと説明しておけば良かった。団長さんから説明されて、シリル様の顔色が悪くなっていく。シリル様にまで秘密にしたかったわけじゃないんだけど、どうしよう。

「ん？　……まずい。リゼット！」

「っ!!　リゼット!?」

なんだか二人が慌てたように私を呼ぶけれど、なんで……かな……

急に目の前が暗くなって、何も見えなくなった。


ピョロロロロォォォォォォォロォォォォォ……

……鳥の声？　ずいぶんうるさい鳥だけど……ん？

「リゼット！　目を覚ましたのか？」

「……シリル様？」

目を開けたら心配そうな顔をしたシリル様が私を見ていた。というか、私寝ていた？　ここは辺境伯の屋敷の私の部屋……だよね？

「大丈夫か？　あぁ、無理しなくていい。起き上がるなら手伝おう」

寝台から起き上がろうとしたら、すぐにシリル様が手を貸してくれる。背中の後ろにクッションを入れて座りやすくした後は、コップに水差しから水をついで渡してくれた。そのまま口にしたら、のどがカラカラだったことに気がつく。慌てて飲み干すとシリル様がお代わりをついで、私が三杯飲むまで待っていてくれた。

「……ありがとうございます。さっきのは鳥の鳴き声ですか?」

「さっきの音は冬ごもりが終わる合図だ。あれも風の音だよ」

「あれが……終わるまで二、三日あると思ったんですけど、今年はいつもよりも早く終わったんですね」

冬ごもりは毎年二週間ほどだと聞いていたのに、今年は早く終わったらしい。楽しかった冬ごもりが終わってしまったことにがっかりする。

「リゼット、気を失う前のことを覚えているか?」

「え?」

そういえば、私はどうしてこの部屋に寝ているんだっけ。

冬ごもりの部屋にいたはずなのに……いや、違う。魔獣討伐!

「思い出したか。リゼットは魔力切れで倒れて、丸二日も寝ていたんだ。身体はおかしくないか?」

「丸二日……だから冬ごもりが終わったんですか。身体は少し筋肉痛のような痛みはありますが、問題ないです。魔獣の大発生はどうなりました?」

「ついさっき、魔術師団長から報告が届いた。聞くか?」

「お願いします」

私が倒れた後は団長さんがなんとかしてくれたんだろう。一緒に団員さんたちもいたし、魔術師団が来てくれたなら問題ないと思う。

「魔獣が繁殖していた穴にリゼットが炎を打ち込んでくれたおかげで、ルフォール側に魔獣が出てくることはなくなった。その前に出てきてしまった魔獣はすべて討伐。今は襲われた集落の復旧作業に入っている」

「……良かった。集落の立て直しは大変でしょう。視察に行かなくてはいけませんね……」

あれだけの死者が出てしまったら集落としての存続は難しくなる。それも五つもとなると……人を集めて新しい集落にするか、違う場所に引っ越しさせるか。どちらにしても計画を立てて慎重に動かなくてはいけない。

「その辺はもう少し落ち着いてからだな。今のところは冒険者ギルドが間に入って、要望をまとめてこちらに伝えてくれることになっている。視察は行くが、要望を聞いてからだな」

「わかりました……シリル様、どうかしましたか？」

集落のことを考えたにしても、シリル様が暗い表情になっているのが気になった。

問いかけたら、すぐ隣にシリル様が座って私の手を取った。そっと包み込むように握り、落ち着いて聞いてくれと話し始めた。

「あの三日前からエジェンでも魔獣の大発生が起きていた。そのため魔術師団は俺たちが動く半日前にエジェンに着いていたそうだ。だからルフォールで打ち上げた緊急信号弾に気がついた」

「え？　三日前？　どうしてルフォールに知らせが来ていないんですか!?」

「エジェンは緊急信号弾を打たなかった。それは、打てなかったからだ」

緊急信号弾を打たなかったのではなく、打てなかった？　つまりどういうこと？

魔獣の大発生が境で起きた場合は知らせることが義務づけられている。……緊急信号弾を打つ命令を出せるのは領主と領主代理だけ。もしかして……

「クレマン様に何かあったのですか？」

「クレマン様は……魔獣が大発生した鉱山の近くで倒れているのが発見された。片足を失い、意識不明のままだそうだ」

「っ。なんてこと」

あの魔獣が大発生した近くにいた？　どうしてそんなところに。クレマン様がそんな状態なら、緊急信号弾を打つ命令なんて出せない。冒険者ギルドができるのは王都へ緊急連絡して救援をお願いすることくらい。だから、魔術師団が派遣されてきたのか。

「そして、領主の屋敷には……君の妹はいなかったそうだ」

「……まさか、セリーヌもクレマン様と一緒に？」

「いや、それはないだろう。ただ、行方不明だった冒険者たちと思われる遺体はいくつか見つかったと。それは魔獣によってではなく、落盤事故が原因のようだ。推測だがクレマン様は冒険者を雇い、閉鎖された鉱山の入り口をこじ開けたのだろう。そして、ひそかに採掘を再開させた……数人の鉱員を雇って」

「そんな……鉱山は少人数でなんとかなる場所じゃありません。掘るだけならまだしも、事故の予防をしたり魔獣が入り込んでくるのを防いだり……もしかして、魔獣の大発生が起きた原因って」

「そのせいだろうな。夜は監視も置かずに放置していたんだろう。鉱山の中に魔獣が入り込んで繁殖していることも知らずに。気がついて大ごとになる前に討伐しようとして反撃されたというところか。その影響で中の魔獣たちが暴れて、ルフォール側の壁が崩れたのかもしれない」

「……なんてことを」

その危険性はクレマン様にもきちんと報告していた。だから、閉山するときには念入りに入り口を埋めると。もう二度と中に誰も入れないようにしっかりと閉じたのに。まさか、閉山の責任者だったクレマン様がそんな愚かな真似《まね》をするとは。

仕事嫌いでへらへらしているクレマン様ではあったが、これほど無謀な人だとは思わなかった。意識不明の状態……助かってほしいとは思うけれど、助かったとしても処刑されるかもしれない。

あまりのことにため息が出る。

「詳しいことはまた報告が来ると思う。とりあえず、リゼットは身体の調子を戻そう。お腹は空《す》いていないか？　すぐに用意させるよ」

「……ありがとうございます」

立ち上がったシリル様の手が離れるのがさびしいと感じた。ずっと触れていたような、一体化していたような感覚……握られたのはついさっきのことだったのに。


セリーヌが見つかったのは、それから十日後のことだった。王都へ忍び込もうとしたところを発見され、その場で捕らえられた。セリーヌが乗っていた馬車からはたくさんの宝石が出てきたという。どうやら王都で宝石を売って生活していくつもりだったらしい。

その知らせを受け、セリーヌが無事だったことに一瞬だけほっとしたけれど、セリーヌが事件を知って逃げ出したことがわかり、情けない気持ちになった。

夫であるクレマン様を置いて、公爵夫人としての役割を果たしもせず、魔獣の大発生という重大な過ちを犯し逃げたセリーヌ。捕まった以上、これから待つのは厳しい処罰だ。もちろん、意識は戻っても重体のままのクレマン様も。

この件は死者が多かったことと、エジェンだけではなくルフォールにも被害が出たこと、元王族が関わっていることなどから、王宮の騎士団が調べることが決まった。

私には、二人が反省してすべてを話し、素直に処罰を受けてくれるように祈るしかできない。

ルフォールは冬ごもりが終わり、種まきの準備に入る。被害があった集落は一つの集落にまとめることが決まり、その準備にも忙しい。セリーヌとクレマン様の件は忘れ、秘書官としての仕事に打ち込むことにした。

……はずだったのだが。


王家の紋章が入った少し厚みのある封筒を震えた手で開け、中に書かれていた命令を読むとめまいがしそうになる。あまりのことに怒りをどこにぶつけていいかわからず、大きく息を吸ってゆっくり吐いた。その様子を見ていたシリル様がすぐに私のそばに飛んでくる。

「どうした！　その手紙は王家か？」

「王宮騎士団からです……」

「騎士団がリゼットになんの用が？」

怪訝《けげん》そうな顔をするシリル様にどう説明していいかわからず、書かれていたことをそのまま伝えた。

「はぁ？　王宮の査問会に呼ばれた？」

「……はい。どうやらそのようです」

「査問会だなんて、いったいどういうことなんだ」

「この前のエジェンでの一件、私のせいになっているようです」

「はぁ？」

エジェンの鉱山跡から魔獣が大発生した件で、セリーヌを捕まえた騎士団はずっと捜査を続けていた。魔獣の大発生が起きたと知って領主代理の責任を果たさず、緊急信号弾を打たずに逃亡した罪だそうだ。それだけでなく、魔獣の大発生そのものの原因もセリーヌとクレマン様ではないかと、そう疑って捜査しているらしい。

あのとき、冒険者ギルドは魔獣の大発生に気がつくと、すぐに公爵の屋敷に伝えに走った。そこで知らせを受け取ったのはセリーヌ。その少し前にクレマン様は魔獣が住み着いたことを知り、こじ開けた入り口を閉じて隠そうと鉱山に行ったらしい。クレマン様の失敗に気がついたセリーヌは財産を持ち出し、数人の使用人を連れてそのまま逃げ出してしまったのだという。

そして捕まったセリーヌが言うには、すべては姉のリゼットが指示したことで、自分とクレマン様は従っていただけだと。実際に調べてみたら、冒険者ギルドと商業ギルドに申請されている書類には、責任者としてリゼット・アルシェの名前が記されている。そのため、王宮で行われる査問会に出席してほしいとのことだった。

「なんだ！　それは！　ふざけているのか！」

「騎士団としても、確認のため私から話を聞かなくてはいけないのでしょう。といっても、騎士団のほうもリゼット・アルシェが、もうすでに使われていない名前なのはわかっているようですし、セリーヌを処罰するために証言をしてほしいということだと思います」

「そういうことか……そうだったな。リゼットはもうアルシェ伯爵家ではなく、リュデク侯爵家の人間だったな。それなら査問会に呼ぶなんてニコラ先生が聞いたら黙っていないのではないか？」

「あー。それは怒るかもしれません。王都に行く前に先生と団長さんに手紙で知らせておきます」

　事情を聞かれるだけだとしても、査問会に呼ばれるなんて不名誉なことだ。リュデク侯爵家とルノアール公爵家に迷惑がかかってしまうかもしれない。呼ばれたからには出席しなくてはいけないけれど、その前に伝えておいたほうが良い。終わったら謝りに行かないとなぁ。

「ちょうどいい機会だ。俺も王都に行く」

「え？」

「リゼットだけ査問会に立たせるわけにはいかない。リゼットはもうルフォールの人間だ。俺も一緒に立つ」

「シリル様……いいのですか？」

「かまわないよ。久しぶりに姉上にも会いたいし。そのくらいの留守ならなんとかなるだろう。だから、何も心配しなくていい。俺がずっとそばにいる、そんな不安そうな顔するな」

「あ、ありがとうございます」

頬をするりと撫でられ、そんなに不安そうな顔をしていたのかと思う。多分、査問会に立つことも不安だったけれど、ルフォールから、シリル様から離れるのが怖かった。もうここに戻ってこられないんじゃないかと考えてしまって。シリル様がそばにいてくれるとわかったら、もう不安は消えていた。ニコラ先生と団長さんに手紙を書いて、ケルツに留守の間をお願いする。

王都に向けて出発したのは、それから二日後のことだった。

12

最初に見たときは危なっかしい子だなと思った。

姉上に用事があって内宮に行った帰り、外宮へ戻ったところで貴族に絡まれている王宮女官がいた。酔っているのか、その令息は声をかけるだけでは飽き足らず、女官の手首を掴んでいる。さすがにこれはまずいだろうと急いで止めに入った。

声をかけたら、令息たちの動きが止まる。俺の大きさを見て焦っているのか、顔が青ざめていく。さっきまでは良い気になって女官を虐《いじ》めていたくせに、途端に虐《いじ》められている側のような態度になる。王宮の、王都の人間はこんなのばかりだなとため息をつきそうになったら、助けた女官が口を開けて俺を見上げているのに気づいた。

「……え？　おおきぃ」

うん、言われなくてもわかってるけど、久しぶりに素直に驚いた人を見た。王都の人間は他と違っているることを嫌うのか、俺と話すのを嫌がる者が多い。なのに、この少しぼさぼさの黒髪を一つに結んで眼鏡をかけた地味な女官、目が輝いている。そんなに大きい人を見るのが楽しいのだろうか。

とりあえず女官は置いておいて、令息たちを片付ける。こんなやつらを王宮内でのさばらせていたら、姉上の苦労が増えてしまう。二度とこんな真似《まね》をしないように、俺を送るためについてきた文官に視線を送る。俺は貴族令息の顔を知らないが、文官にはわかるだろうから、姉上に報告してもらおう。

助けた女官はほっとして俺にお礼を言ってくれたけれど、手首が痛そうにしている。こんな細い手首をあんなに強く掴むなんて、なんてことをするんだ。女の子には優しくするようにと習わなかったのだろうか。

女官が怒らないものだから、つい代わりに怒ってしまう。嫌なことをされたならば、もっと怒るべきだ。この女官だって、あの貴族令息たちと変わらない身分だろうに。酔っていたからといって無礼を働いていいわけじゃない。

なのに、女官は傷つき慣れたように笑う。自分の背が高いのが悪いと思っているようだ。

冗談じゃない。こんなちっちゃいのに、大きいのが悪い？　だったら、彼女よりはるかに大きい俺は生きているだけで責められてしまうだろう。

少なくとも、俺はこの女官が悪いとは思わない。俺の前ではもう少し自然に笑ってくれたらいいのに。一度助けただけでこんなことを思うのは気持ち悪いかと思い、内宮のところまで送って別れた。

「さっきの令息たち、誰だかわかるよな？」

「ええ、わかります」

「じゃあ、姉上に報告しておいてくれ。場所が外宮だったとはいえ、あの服は内宮の女官が着るもの。姉上の管理下の女官なはずだ」

「そうだと思います。女官についてもあの黒髪ならすぐに特定できるでしょう」

「……黒髪はそんなに少ないのか？」

地方なら黒髪はそこまでめずらしくないし、他国の者も多いルフォールではそこそこ見かける。だが、ここは王都の中でも一番貴族らしい人間が集まる場所だったと思い出す。

「背の高さも気にしていたようだし、苦労しているんだな」

「そうかもしれません。ですが、マリエル様はそれを変えようとしています。あの女官が採用されたのも、その結果でしょう。昔なら、採用されることはなかったと思いますので」

「そうか」

同じルフォールで育った姉上には、この王宮内は考えが偏《かたよ》りすぎて窮屈だろう。義兄上《あにうえ》も姉上の考えに賛成してくれているはずだから、二人がこの国の王位を継ぐ頃には変われるかもしれない。

それから半年後、また姉上に用事があって内宮に行ったとき、俺はあの女官のことは忘れかけていた。

だが姉上から言われ、彼女のきらきらと輝いた目を思い出した。相変わらず背の高さを気にしているのだろうか。あんなにちっちゃくて可愛いのにもったいない。

「あの子、リゼットというのだけど、すごく優秀なのよ」

「優秀？」

「学園を首席で出ているし、攻撃魔術まで使えるのよ」

「それはすごいな」

「それだけじゃなくて、シャルルがあなたと同じで計算が苦手なのだけど、リゼットに先生になってもらったの。そうしたら一度目から楽しそうに授業をしていてね、すっかり計算が得意になったのよ。あなたもリゼットに教えてもらう？」

「……さすがに教えてもらうのは」

「ふふ。冗談よ。で、さっき面接した中で気に入った文官はいたの？」

ここに来たのは、秘書官として来てもらう文官を探すためだった。正式に秘書官を雇えればいいのだが、ルフォールは厳しい土地だ。文官として王宮に勤めていた者には耐えられない。以前紹介してもらった文官は、ルフォールに着くなり寝込んでしまった。ようやく働けるようになったのは十日後。そして、その二週間後には泣きながら辞めさせてくださいとお願いされてしまった。

「誰でもいいとは言えないんだよな。ルフォールの財政を任せるわけだし。それに、ルフォールの厳しさに耐えられる強さも持っていてもらわないと困る。せめて半年。いや、三か月でもいいから働いてくれれば……」

「そうね。とりあえずは派遣しないとまずいわよね。わかったわ。面接してから派遣するから」

「ああ、頼んだ」

リゼットのことが気にならないと言えば嘘になるが、それどころじゃなかった。ルフォールが機能しなくなれば、この国も終わってしまう。辺境伯を継いだからには、それだけは避けなくてはいけない。

新しい文官の派遣を姉上に要請し、またルフォールに戻る。冬ごもりの前までに文官が来てくれればいいけれど、これからルフォールは難しい季節になる。少しでも長く秘書官でいてくれればいいが。

結局、新しく文官が来たのは冬ごもりの後だった。まだ若い文官はやる気があったが、ひと月を過ぎた頃から元気がなくなっていく。どうしたのかと思えば、周りの女性が自分よりも背が高いことに自信がなくなっていったらしい。

たしかに小さな文官だとは思っていた。王都では平均の身長だったというが、ルフォールでは女性の平均よりも小さい。

背が低いからといって扱いが変わるわけではないが、まだ結婚していなかった文官は新しい恋人を探すこともルフォールに来た目的の一つだったらしい。なんでも王宮女官の恋人と別れ、顔を合わせたくなかったから手を挙げたと。

ルフォールは実力主義だから背は関係ないぞと言ってみたものの、文官は自分よりも背が高い恋人は嫌だということだった。それでもなんとか三か月は働いてくれたが、やはり引き留められず王都へ戻ってしまった。

またそのうち王宮に行って姉上にお願いしなくてはと思いながらも、領主の仕事が忙しく、それどころではない。その日もルフォールの冒険者ギルドだけでは魔獣を討伐しきれなかったため、エジェンの冒険者ギルドにも立ち寄っていた。もう少し出稼ぎに来てくれる冒険者がいないか聞いてみるつもりで。

そこには、あのときとは違う印象ではあったが、リゼットがいた。女官服ではなく、旅装束のような格好で、ぼさぼさの黒髪をぎゅっと一つにまとめた眼鏡姿。ちょっとだけ猫背なのも変わっていなかった。

冒険者ギルド長に食ってかかっているのを見て、笑いそうになる。令息たちに絡まれただけで困っていたのに、仕事だと思えば強くなれるらしい。困った顔のギルド長に鉱山に話し合いに行きたいから冒険者になると言い切っていた。

ギルド長から見たら、まだ少女にしか見えないリゼットに戦わせるなんて怖くてできないんだろう。だけど、姉上が言っていたな。リゼットは攻撃魔術が使えると。だったら、冒険者登録させてあげてもいいんじゃないだろうか。

声をかけるとリゼットが振り返る。あぁ、また目を見開いて驚いている。この顔を見るのは楽しい。ギルド長に登録させるように言うと、渋い顔をしながらもうなずいた。これは、過保護なギルド長のことだから、しばらくは監視をつけるんだろうな。まぁ、王宮女官だというのは知っているだろうし、下手に怪我をされても困るのはわかる。

とりあえず用事は済んだから、ルフォールに戻るけれど、後でエジェンの冒険者ギルド長には謝らないと。そう思っていたが、次に会ったときにはギルド長は怒っていなかった。

「あの嬢ちゃん、すごいんですよ」

「リゼットが？」

「親しい相手だったんですか？」

「親しいというほどじゃないが、姉上から話を聞いていた」

「あぁ、だから冒険者登録させてみろと。そういうことは先に教えてくださいよ」

「悪かったよ。でも、その分なら大丈夫そうだな」

「ええ。商業ギルドでも鉱山でもみんなに馴染《なじ》んで、このままエジェンに住んでもらいたいくらいです。A級になって引っ越してきてほしいと言っているんですけどね。女官の仕事を辞めることはできないって断られました」

「そんなにか……」

おそらく冒険者になっても大丈夫だとは思っていたが、エジェンに馴染《なじ》むとまでは思っていなかった。ここもルフォールと同じで厳しい土地だ。実力がなければ受け入れられることはない。

もしかしたらルフォールに来ても馴染《なじ》んでくれるだろうか。そう考えたら、リゼットが秘書官として来てくれるのが一番良いような気がしてきた。冒険者にもなれる強さ、シャルルの先生になれるほどの計算力。どちらも欲しい能力だ。

今は鉱山を閉める部署にいるのはわかっているが、閉山すれば異動になるはずだ。そのときを狙って姉上から声をかけてもらえば……ルフォールに来てくれるかもしれない。

そこで新しい文官を探してもらうのはやめ、リゼットが異動になる時期になったら声をかけてもらうようにお願いした。姉上が無理に勧めないように、リゼットが嫌がらなければという条件で。

リゼットが本当に来てくれるかどうかは賭けだった。優秀だと聞いていたし、姉上が気に入っているのもわかっていた。王宮が手放してくれないかもと思ったけれど、どうやらそれよりもルフォールが崩壊するかもしれない危険性が重要視されたらしい。

リゼットが請求書を計算し直して冒険者ギルドに突きつけなければ、遠くないうちに崩壊していた。まさかあんなにも誤差があるなんて思っていなかった。

ギルド長にも真摯《しんし》に謝られたが、ここで気づけて良かった。これからは問題なく支払えるし、減っていた資産も少しずつだが戻ってきている。さらに、あっという間に商業ギルドの頭の固い連中に気に入られ、冒険者ギルドのさぼっていた受付たちを排除してしまったリゼットの手腕を見て、ルフォールの者たちは喜んで仲間に迎え入れた。

ここは実力主義のルフォール。仲間だと認められなければ、すぐに追い出される。

エジェンでもミルク茶を好んで飲んでいたというリゼットは、どこに行っても出されたお茶を美《お》味《い》しそうに飲む。それがまた可愛くて、いつもなら嫌みを言う女性たちも笑って迎え入れる。

「もう、どこにいっても秘書官のリゼットだな」

「はい！　みなさん優しくて、ちゃんと話を聞いてくれるんです。こんなにやりがいがある仕事を紹介してもらって、マリエル様には感謝しかないです」

俺がお願いしたと言うのは恥ずかしかったから、姉上の推薦《すいせん》だということにしている。姉上から話を聞いたのだから、間違いでもないけれど。

なんとなく、下心があって秘書官に任命したのだと思われたら、リゼットに軽蔑されるような気がした。下心といっても、そんなにやましいことを考えていたわけじゃない。リゼットともっと話したかったし、リゼットが秘書官ならうまくいく気がした。だから、働いてもらいたかった。

ルフォールに来た日、つい抱きしめてしまってから、リゼットを女性として好ましいと感じていたことに気がついた。抱きしめたリゼットは小さくて柔らかくて、でもしなやかな強さもあって。

そこからはもう止められなかった。

リゼットが好きだ。こんな風に女性を好きになったことなんてない。冬ごもりを一緒に迎え、もっと好きになった。黒髪じゃなくて桃色の髪でも、黒目じゃなく赤目でも。リゼットはリゼットだ。俺を見て、ふわりと笑う恥ずかしそうなリゼットがたまらなくて、ずっと抱きしめていたくなる。

大事に大事に守ろうと思っていたけれど、彼女は守られているだけの令嬢ではなかった。ルフォールの村が魔獣に襲われたと聞いて、リゼットは迷わず一緒に行くと言った。一瞬迷ったけれど、彼女が戦えることを思い出した。一人でも多くの冒険者の手を借りなければいけない状況に、リゼットを連れていくと決めた。

想像していたよりもはるかにリゼットは戦えた。火と風は森の中では不利になるはずなのに、水の魔術まで使えることに驚いた。生まれつき持っている属性以外を使うためには訓練を重ねなくてはいけない。王宮女官のリゼットがどれほどの訓練を受けたのか聞きたかったけれど、それどころではなかった。必死で魔獣を討伐して、発生源へとたどり着く。彼女の最後の一撃を見て、なるほど炎姫《えんき》と呼ばれるはずだと誰もが思った。

これでもう大丈夫だとほっとしていたら、空から人が降りてきた。エヴェリスト・ルノアール。公爵家の三男で強い火と闇の二属性。光属性のニコラ先生と共にルモニット国の二大魔術師と言われている。会うのは初めてだが、どれだけすごい人なのかは知っている。その人がリゼットにまるで恋人のように甘い顔を見せた。

俺は知らなかった。リゼットがニコラ先生の養女で、ルノアール家の後見まで受けているとは。今まで秘書官として来てくれていた文官たちにも身分は聞かなかった。もしルフォールが嫌になって秘書官をやめてしまったときに、後見の家を知っていれば今後の社交界で気まずくなりかねない。だから、俺はあえて聞かなかった。

そのことを少しだけ後悔している。気を失ったリゼットを抱きかかえたら、ルノアール殿ににらまれた気がする。

「……あぁ、もう限界に近かったのに、確実に魔獣の大発生を止めるためにあれを打ったのか。シリル殿、大丈夫だ。リゼットは魔力切れを起こしているだけだ。早く連れて帰って休ませてやってくれ。二日も寝ていたら治るだろう」

「魔力切れ、ですか？」

「ああ。あのリゼットの最後の炎は大量の魔力を消費する。わかっていて、最後に打ったのだろう。

残っている魔獣の討伐は魔術師団が受け持つ。シリル殿の魔力も限界に近いんじゃないのか。あとは任せてくれ」

「……ありがとうございます」

たしかにリゼットが最後に打ち込んだ火球はすごかった。魔力切れになるのも仕方がない。ルノアール殿に言われたように俺ももう限界だ。あとはありがたくお任せしようと思ったけれど、彼がリゼットを見る目が優しすぎて……少しだけ面白くない。

「ん？　何か不満そうだな。どうかしたか？」

「いえ、あの……ルノアール殿はリゼットがこの姿でもすぐにわかるんですね」

俺だって、完全な素顔を見せてもらえたのは冬ごもりを迎えてからだったのに。たまに眼鏡を外すことはあっても、カツラは外そうとしなかったから。冬ごもりでもなければ見られなかったと思う。

「あぁ、そういえば今日はカツラも眼鏡もしていないんだな。リゼットに魔術を教えたのは俺だ。それまで攻撃魔術は苦手だと思い込んでいたからな。これだけの才能があるのにもったいなくて、つい鍛えてしまった。訓練中に暴発して眼鏡とカツラを吹っ飛ばすことが何度もあった。そのせいで俺とニコラ先生はどちらの姿でもリゼットだとわかるんだよ」

「そういう……理由でしたか」

リゼットが攻撃魔術は苦手だったというのもなんとなくわかる。両親や妹たちから虐《しいた》げられても反撃していないリゼットらしい気がする。

そうか、リゼットが戦えるのはルノアール殿から訓練を受けたからなのか。魔術師団長自ら訓練をするって、よほどのことだよな。それだけリゼットを気に入っているということか。面白くないと思っていたのが顔に出たのか、ルノアール殿はくくっと笑った。

「心配しなくても、俺にとってリゼットは娘のようなものだ」

「娘ですか？　十歳くらいしか離れていないのでは？」

「十四だ。それだけ離れていたら妹よりも娘のほうが近いだろう？　まぁ、どっちでもいい。家族として大事なんだとわかってくれればいい」

「なるほど……」

「わかったら早く連れて帰って休ませてやれ」

「わかりました。あとはよろしくお願いいたします」

お礼を言って屋敷へリゼットを連れて帰ろうとしたとき、ルノアール殿がぼそりとつぶやいた。

「シリル殿、俺とニコラ先生の許可なくリゼットに手を出したら、どうなるかわかっているな？」

「……もちろんです。落ち着いたら、きちんと挨拶をしに行きます。俺は許可なくリゼットに手を出すような真似《まね》はしません。本気ですから」

「……ふん！　ならばよい！　早めに挨拶に来いよ」

「わかりました」

ルノアール殿から溢れた魔力が刺さりそうだった。答えを間違えていたら、殴られていたかもしれない。一応は合格点をもらえたのか、刺々《とげとげ》しかった魔力は柔らかく消えた。

ここでリゼットの身内を知ることができて良かったかもしれない。かなりギリギリのところだった。結婚前に手を出す気はないけど、頬や額に口づけるくらいなら良いかと思っていた。今はまだ怒られるような真似《まね》はしていない。

だけど腕の中ですやすや眠るリゼットを見て、少しだけ残念な気持ちになる。知らなかったら、頬に口づけるくらいできたのにと。

だからこそ、リゼットが王宮に呼ばれたと聞いて、挨拶に行くいい機会だと思った。こんなことでもなければルフォールを離れるのは難しい。ニコラ先生とルノアール殿に会ってもらえるように手紙を送った。リゼットをリゼット・ルフォールにしたいとお願いするために。

13

王都へ向けて出発する少し前、準備を終えたところでケルツから思わぬ注意をされた。それは、アルシェ伯爵家には気をつけたほうが良いということだった。シリル様とケルツには妹のカミーユに婚約者を奪われたという話をしてある。その結果、伯爵家から籍を抜いて王宮女官になったのだと。その経緯自体は王宮女官になったときにも人によく聞かれて答えていた。

もっとも妹に奪われたと言えばアルシェ伯爵家だけではなく、ダミアン様の生家のバルビゼ家にもにらまれてしまう。そのため人に話すときは、三姉妹のうち、婿《むこ》に入る令息が選んだのが真ん中の妹だったと説明している。小姑になるのが嫌だったので王宮女官として自立することにしたと言えば、同情されるよりも共感されることが多かった。姉妹の誰かを選んで婿入《むこい》りするということはめずらしくないからだ。王宮女官の同僚たちにも何人かそういう者はいた。ただ、私が領主代理としてすでに働いていたという点をのぞけば、だけど。

シリル様とケルツにはその件も話した。もともと私が領主の仕事に詳しすぎることに疑問を持っていたらしい。もしかしてリゼットが領主になる教育を受けていたのではないか？　そう聞かれ、二人には隠さなくてもいいかと素直に答えた。

十歳のときから王都の屋敷で暮らして教育を受け、十二歳からは領主の仕事を手伝っていた。婚約者とは一度話したきりで関わることもなく、向こうは令嬢たちと遊んでいた。結婚したら少しは寄り添えるかと思っていたが、婚約者が選んだのは妹だった。卒業パーティーの席で婚約者の交代を告げられ、必要ないと言われた。伯爵家の籍を抜けたのは、二度と家に戻りたくなかったからだと話したら、シリル様がそんな家はとんでもない！　とぷりぷり怒っていた。ケルツも静かに怒っていたが、それからいろいろと調査してくれていたらしい。

「王都に行けば会うかもしれません。そのときに注意しておいたほうが良いと思いまして」

「注意？」

「ええ、アルシェ伯爵家の次期当主問題に巻き込まれるのではないかと」

「ええ？　次期当主問題？　どうして？　もうすでにアルシェ伯爵家はカミーユとダミアン様が継いでいるはずだけど、もしかしてうまくいっていないとか？」

「それならばそういう報告をするのですが……ご当主が何を考えているのかわからないので、注意したほうが良いかと」

「何を考えているかわからない？」

「アルシェ伯爵家のカミーユ様は結婚されていません」

「え？」

あの卒業パーティーのときに婚約したのなら、カミーユが卒業した年には結婚したはず。あれから四年近くたっている。結婚してないというのはおかしい。

「ダミアン様というのは、ダミアン・バルビゼ。バルビゼ家の二男ですよね？」

「ええ、そうよ。カミーユは卒業しているし、もう結婚していてもおかしくないんだけど」

「ダミアン様は三年前に文官の試験を受け、落ちています。そして二年前には騎士団の試験にも落ちているようですね。そのどちらもダミアン・バルビゼの名前で受けていることから、バルビゼ家から出ていないと思われます」

三年前に文官の試験……卒業して一年後ってこと？　どう考えてもダミアン様のあの成績では受からないと思うけれど……それに、落ちたから騎士団の試験って。ダミアン様、剣技の授業も魔術の授業もさぼっていたのに。騎士団を目指す人っていうのは幼い頃からずっと修業をしている。急に目指して入れるような簡単なものではない。そのくらい受ける前にわかるはず……ダミアン様だからなぁ。俺なら受かるとか思っていそうで怖い。

「文官や騎士団の試験を受けるって……アルシェ伯爵家の領主の仕事はどうしているの？　カミーユ一人では到底無理だと思うんだけど」

「だから、おかしいと思ったのです。カミーユ様は学園を退学して領地に帰っていると噂《うわさ》になっていました。ダミアン様の婿入《むこい》りの話はなくなったと推測できます。ですが、もう一人のセリーヌ様は嫁《とつ》がれている……では、誰が跡を継ぐのでしょう？」

カミーユが学園を退学した？　それでは当主にはなれない。その場合、セリーヌかその結婚相手が継ぐことになるけれど、セリーヌはクレマン様に嫁《とつ》いでしまった。いや、元王族に望まれて断れなかったのかもしれないけれど……本当だわ。誰がアルシェ伯爵家を継ぐんだろう。親戚づき合いがない家だし分家もない。養子をもらうにしてももう遅い気がする……

「ケルツ、教えてくれてありがとう。たしかにお父様が何を考えているのかわからないわ。注意しておいたほうが良さそうね」

「ええ。リゼット様が帰る場所はここルフォールですから。シリル様とお二人そろって帰ってこられるのを待っていますね」

「ありがとう。私も帰る場所はルフォールだと思っているわ」

「大丈夫だよ。リゼットは俺が連れて帰るから」

そんな風にシリル様に言われ、安心する。そして、少しだけちくりと胸が痛い。なんでだろう。こんなにも大事にされているのに、どうして痛むのかな。

辺境伯家の馬車は王家ほどじゃないけれど、とても立派なものだ。身体が大きいシリル様に合わせて作られていて、中も広くて椅子も大きい。これなら王都への旅も快適に過ごせそうだ。シリル様に手を借りて馬車に乗ると、窓を開けてみんなへ手を振る。ケルツや使用人たち、なぜかカオにまで見送られて馬車は動き出した。

久しぶりの王都へ。ルフォールへ来たときとは違う姿で向かった。シリル様との初めての旅は大変だったこともあったものの、楽しいことのほうが多かった。野営も星を眺めながら肩を寄せ合い、寒くないかと心配するシリル様に毛布をぐるぐる巻かれ、笑いつつ眠った。このまま旅が終わらなくてもいいかもと思ったけれど、あっさりと王都に着いてしまった。

今回呼ばれたのは、仕事をしていた内宮ではなく、外宮。

そこで働いているのはほとんど知らない文官と女官たちだったので、私が桃色の髪と赤い目でも何一つ疑問に思われることなく通される。そのことを少し面白く感じながら、すました顔で中に入る。

呼び出し状を渡し案内を頼むと、連れていかれたのは上級客室だった。案内してくれた女官は、ここでお待ちくださいと言うと、すぐにどこかに行ってしまう。なんとなく怯えていた様子だったけれど、どうしてだろう。

「さっきの女官、なんだか変な感じでしたね？」

「ああ。俺が大きいからかと思ったが、気にしていたのはリゼットのほうだった気がするな。知り合いではないのだろう？」

「ええ。私が働いていた場所はもっと奥のほうなんです。王族の下で働いていましたから」

最初に配属された部署から、最後のクレマン様の部署まで、ずっと責任者は王族だったから部署があるのも内宮だった。外宮に来ることはめったになかったし、ましてやこの姿でわかるはずもない。

シリル様と首をかしげて待っていたら、その理由がわかった。外宮なのにもかかわらず、部屋に来たのは内宮の女官長だったからだ。

「え？　女官長？」

「あら、今日はその姿なのね。元気だったかしら、リゼット。そしてお久しぶりですわね、シリル様」

「久しぶりだな、女官長。それで、どうして女官長が？　王妃付きじゃなかったか？」

「はい。マリエル様より指示がありまして」

「姉上が？」

「ええ。シリル様とリゼットのお世話は内宮の女官がいたします。外宮の者では信用がどうにも、ねぇ。ふふふ」

以前のまま、穏やかにゆったりと話す女官長が楽しそうに教えてくれる。辺境伯のシリル様はともかく、秘書官の私まで上級客室なのはおかしいと思ったら、マリエル様が用意してくれたらしい。さっきの女官が怯えていたのは、私の後ろにマリエル様がいると思っていたからだろう。シリル様とはいったん別れ、私の部屋で女官長とお茶を飲むことにした。女官長は何か話があって内宮から来てくれたようだ。

「マリエル様のご厚意はうれしいのですが、いいのでしょうか。私までこのような部屋に……」

「いいのよ。せっかく用意したのに使わなかったらもったいないでしょう？　それに遠慮したらマリエル様が悲しむと思うわよ～」

「あ、はい。そうですね。わかりました」

そういえばそうだった。王宮にいたときも贈り物を受け取ることが何度かあった。私だけじゃなく、マリエル様は周りの女官たちみんなにそうだったから、その贈り物は遠慮なく受け取っていた。高価すぎてお礼をどうしようかと悩むこともあったが、マリエル様はありがとうって笑ってくれたらいいのよといつも言っていた。

「ふふふ。昨日は大変だったのよ。ニコラ先生と魔術師団長がマリエル様を訪ねてきたと思ったら、マリエル様が激怒して騎士団長を呼び出して、私たちのリゼットに何をするつもりなの⁉ って。マリエル様が怒ると怖いの、知っていた？」

「えぇぇ？ マリエル様が怒るんですか？ いつもにこやかなのに。……あぁ、でも、マリエル様が怒ったら怖いでしょうね」

ただでさえ迫力ある美女なのに、怒らせてしまったらと思うだけでも怖い。ニコラ先生と団長さんが何を言ったのかはわからないけれど、マリエル様が騎士団長に怒った結果がこれらしい。

「そうなのよ。騎士団長はなんのことか知らなかったみたいよ。リゼットを呼び出したのは事件の担当者で、リゼットを伯爵家の籍を抜けた平民だと勘違いしてたの」

「それで査問会に呼び出されたのですね。説明文は丁寧でしたし、疑っているわけではないとも書かれていたのですが、普通は呼び出されただけで評判に傷がつきますからね。行き遅れの女官だと侮《あなど》られて呼び出されたのかと思っていました」

「マリエル様が怒って、騎士団長も事実を知って怒ったみたいよ。明日は査問会じゃなく、取り調べに立ち会ってもらうだけにするって。まったく、呼び出される側の立場を考えないからこうなるのよ」

「良かった。ほっとしました。私だけじゃなく、ニコラ先生や団長さん、雇ってくれているシリル様にも迷惑をかけてしまいますから」

私自身の評判に傷がつくことはそれほど気にならない。ただ、私を助けてくれている人にまで影響してしまうのは嫌だ。こんなときでも私は無力で、助けてもらったことが情けないけれど、ニコラ先生と団長さんとは明日の用件が終わったら会う約束をしている。そのときにお礼を言おう。

夕食を終え、部屋に戻ってきて湯あみをした後、一人で考え込んでいた。手には黒いカツラと眼鏡。決心したはずなのに、どこかに迷いが残る。

トントンとノックの音がした。まだそれほど遅い時間ではないけれど、誰だろうか。

「はい」

「俺だ、シリルだよ」

「シリル様?」

急いでドアを開けると、シリル様が立っていた。近くの部屋を使っているとはいえ、こんな時間になんの用だろうか。

「なんだか、夕食のときに元気がなかった気がして。少し話そうと思ったんだ」

「そうでしたか……お茶を淹《い》れますね。入ってください」

「ああ」

シリル様が部屋に入ってソファに座るのを見てからお茶の用意をする。眠れなくならないようにハーブを選んで、少し時間をかけて淹《い》れる。シリル様は何も言わず、私がお茶を淹《い》れるのを見ていた。

「どうぞ」

「ありがとう……うん、優しい味がする。ゆっくり眠れそうだな」

「私は上級客室に慣れていないので、緊張をほぐすようなものにしました」

「そうか。なぁ、どうしてカツラと眼鏡が出してあるんだ？」

シリル様が座っている場所から寝台が見えたのか、その上に置いたままのカツラと眼鏡に気がついた。もう素顔で過ごすのに慣れて、王宮にもそのままで来ているのに、どうしてまだカツラを手放さないのかと思っているのだろう。

「明日、セリーヌの取り調べに立ち会うじゃないですか。そのとき、カツラをつけようと思っていて」

「カツラをつけないとリゼットだと認識されないからか？」

「それもあります」

私がセリーヌと初めて会ったとき、私はもうすでにカツラと眼鏡をしていた。まともに話したことがほぼないし、色で闇属性だと誤解しているに違いない。カツラと眼鏡がなかったら、私だと認識しないと思う。

「それも、ってことは、違う理由があるんだね？　どちらかと言えば、そっちのほうが大事な理由？」

「はい……私はずっと黒い髪、黒い目で闇属性だと思われていました。たいていの人はこの色だけで目を背けます。差別しない人でも、同情しているのがわかります。特に妹たちはずっと私を見下していました。自分たちよりも劣る姉を好きに扱っていいと考えているんです」

「素顔を見せたらそんな考えはなくなると思うけれど？」

「ええ……それはそうなんでしょう。今まで私の素顔を知った人たちに同じことを言われました。二属性持ちで火なんて素晴らしいのだから見返してやればいいと」

ニコラ先生や団長さん、マリエル様や女官長。仲が良かった女官たちにも言われた。隠さなければいいじゃない、誰よりも素晴らしい才能があるのだからと。それは、たしかにそうなのだと思う。働き始め、たくさんの人に出会ってから、火属性も二属性も貴重なものだと知った。公表したら行き遅れだと言われる年齢でも見合いの話が殺到するだろうとも。

「でも、二属性だから、火属性だから、そういう理由で見返すのは嫌です。それは闇属性だから見下していいという考え方と何も変わりません。私自身は何も変わらないのに、その事実だけで扱われ方が変わるなんて」

「……そういうことか。たしかに、属性だけで判断する人は多い。見返してやればいいとは思っているんだが、属性を知ったから評価が変わったのでは、本当の意味でやり返したことにはならないな」

当たり前のように私の意見に寄り添ってくれるシリル様に、やっぱりこの人は属性を個性の一つくらいにしか思っていないのだと気づく。

「私は……私が努力してきたことで評価されたいのです。行動や結果は何一つ変わらないのに、属性で見られ方が変わるのは嫌です」

「リゼットが頑張ってきたことを評価している人は多いよ。きっと姉上がリゼットを気に入ったのは、そういうところだと思う。普通は属性が良かったら驕《おご》ってしまうものだから」

「属性が良かったら驕《おご》る？」

「ほら、リゼットはそんなこと考えもしないだろう？　……あまり人の悪口は言いたくないが、クレマン様がそういう人だと聞いている。彼は王族であることと二属性であることが誇りだった。だが、彼は属性を持ってるだけで魔術はほとんど使えない。訓練なんて泥臭くて嫌だと言ってたそうだよ。だから、こんなにも簡単に王族から出されたんだと思う」

「そうだったのですか。陛下にお子が二人生まれたからという理由では少し違和感があると思っていましたが、それが本当の理由だったのですね。……才能はあるのに、もったいないです」

　陛下に子が二人生まれたからといっても、一人は王女。降嫁《こうか》することになれば王族に残るのはシャルル様一人になってしまう。もう一人生まれてからでも遅くはないと思っていた。

「だから、リゼットが言っている理由もわかる。リゼットはこれまで頑張ってきたリゼットとして見返してやりたいのだろう？　だったら、応援するよ。カツラと眼鏡をつけて、アルシェ伯爵家を見返してやろう」

「いいのですか？」

「もちろん。俺にとっては今のリゼットも黒髪のリゼットも変わらない。努力家で前向きで、人のために働くことが好きで、誰の前でも屈することなく正しいことを言う。そんなリゼットを誇らしく思っているんだ」

「シリル様……ありがとうございます」

　うれしくて笑ったら気が抜けたのかポロリと涙がこぼれた。

　シリル様と出会ってから、無理をしても見抜かれてしまうことが多い。そのままでいいと言われると、どうしてか涙腺がゆるくなってしまう。

「ちょっぴり怖がりで泣き虫だけどね。これは俺の前だけにしてほしいな」

「……はい」

涙で濡れた頬を撫でられ、そっと手を握られる。大きな手から伝わる温かさがうれしくて、ずっとこうしていてほしいと思ってしまう。もう寝ようか、と言ったシリル様が離れるのがさびしくて、でも言い出せずに部屋から出ていくのを見送った。


次の日、約束の時間の少し前、久しぶりに黒いカツラをつけて整《ととの》える。魔術具の眼鏡をつけると、真っ赤な目は黒に変わった。

迎えに来たシリル様と顔を合わせると、「戦う準備はできたようだね」と微笑まれた。

「きっと……セリーヌと会うのは最後になると思います。悔いのないように話したいです」

「うん。何があっても俺はリゼットの味方だ。だから、思いっきり言ってやれ」

「はい！」

案内された部屋は普通の応接室のように見えたが、奥に隠し部屋があった。案内してくれた騎士が隠し部屋の鍵を開ける。

「ここから取り調べの様子が見えるようになっています。向こう側からは見えないので安心してください」

応接室の壁にかけられた鏡は裏から見ると透明で、向こうが見える仕組みになっていた。ソファやテーブルの模様までしっかり見える。ここに隠れてセリーヌの取り調べに立ち会うことになるらしい。

「向こう側の会話はこちらに聞こえますが、この部屋での会話は聞こえないようになっています」

「へぇ。そんなことができるのね」

「取調官が途中でリゼット様をお呼びします。そうしたら部屋から出てきてもらえますか？」

「わかりました」

了承すると騎士は敬礼をして部屋から出ていった。隠し部屋に置かれたソファにシリル様と座って待つと、それほど待たずに人が部屋に入ってくる。

先頭は騎士。その次に女性騎士二人に連れられたセリーヌ。セリーヌはめずらしく質素なワンピースを着ていた。牢に入るときに着替えさせられたのかもしれない。いつも綺麗に結わえられていた髪はそのまま下ろされ、薄汚れているのかこげ茶色に見えた。

セリーヌがソファに座らされると、さらに騎士たちが数人部屋に入ってくる。その中の一人は取調官なのか、服装が少し違っていた。見た目はお父様と同じくらいの歳だが、その表情は険しい。

セリーヌを見て少し嫌そうに顔をゆがめたのを見て、王宮女官たちの噂《うわさ》を思い出した。

貴族を取り締まる部署にいる取調官たちは優秀だが気難しい。女性を取り調べる場合は、必ず厳しいと評判の取調官が担当する。なぜなら、普通の取調官だと女性の涙に誤魔化されてしまうから。

そんな話だった。本当にそうなのかもしれない。なんとなく、セリーヌへのあたりが強い。水色の髪をきつく一つに結び銀縁《ぎんぶち》の眼鏡をかけた取調官は、まるでセリーヌを憎んでいるかのようにによらみつけている。

セリーヌは取調官とは目を合わせず、うつむきながら涙をこらえている。儚《はかな》げ、純粋、何もしていないのに連れてこられた少女、そんな風に見えなくもない。もともと王族が見初《みそ》めるほどの美少女なのだが、やつれた感じが同情を誘う。なのに、取調官は挨拶もせずに取り調べを開始した。

「それで、前回の話を確認するが、鉱山の入り口をこじ開けて採掘を再開したのは誰の指示だと？」

「お姉様ですわ」

「お姉様とは誰のことだ？　きちんと名前で答えろ」

「リゼット・アルシェ。私の生家アルシェ伯爵家の長女です」

本当に私のせいにしている。話に聞いてはいたが、目の前で嘘をつかれるとため息が出る。

シリル様が心配そうに背中を撫でてくれた。大丈夫、一人じゃないし、私のせいだと思われてもいない。ゆっくりと息を吐いて、セリーヌを見つめる。

「どうして、その姉がお前に指示を？」

「ご存じないかもしれませんが、お姉様は優秀なんです。学園でもあのニコラ先生の助手を務め、令嬢で初めて首席で卒業しましたのよ」

「ほう。それはたしかに優秀だな」

「卒業後はアルシェ伯爵家を継ぐ予定でしたが、婚約者の男性にふられたようです。しかも、その男性は二番目の姉、カミーユお姉様を選びました。リゼットお姉様は悲しみで家を出てしまい、王宮女官となったのです」

「その姉が優秀だというのはわかった。たとえ婚約解消となっても、簡単には王宮女官にはなれん。だが、それでどうしてその姉がお前の嫁《とつ》ぎ先で問題を起こすんだ？」

なぜか私を褒め始めたセリーヌに、取調官も首をかしげている。私も意味がわからなくて困っている。カミーユにもセリーヌにも嫌われて見下されていたのに、どうしてそんな話を。私が優秀だなんて実際は思っていないだろうに。

「お姉様はクレマン様が責任者だった部署で一年半も働いていました。エジェンの鉱山を閉めるための部署で、有力者との交渉役だったそうです」

「王宮女官なのにか？」

「ええ。優秀だと説明したでしょう？　お姉様がいたからエジェンの有力者も話し合いに応じてくれたそうです。エジェンでの仕事には、いいえ、クレマン様の仕事にはお姉様が必要でした」

「それほどまで優秀とはね……」

「本当はお姉様もエジェンに一緒に行くことになっていたのです。クレマン様の部下として」

え？　その話は断ったよね。というか、セリーヌの侍女として連れていってやろうとしか言われていないけど。そもそも私がクレマン様の下で働いていたのは王宮女官としてであって、陛下と王妃様の許可なくついていくことなんてできない。……まさか、仕事を辞めさせて連れていくつもりだったのかな。ありえる。しかも無償で雇える便利な女くらいに思っていそうだ。

「実際にはエジェンについていっていないだろう？　調べてみたら辺境伯の秘書官を務めているそうじゃないか。秘書官として派遣されるのなら、それだけ優秀な女官だということだな。わざわざ仕事を辞めてクレマン様についていく理由なんてないだろう？」

「いいえ。お姉様はクレマン様を慕っておりました」

「はぁ？」と思わず声を上げてしまった。

シリル様が驚いて私を見るから、ぶんぶんと首を横に振る。

「そんな事実はありません！」

「わ、わかったから、落ち着こう。話を聞こう？」

シリル様がわかってくれたようなので、少しだけ落ち着く。

「クレマン様の部下として一年半も一緒に働いている間に、お姉様はクレマン様を好きになってしまったそうです。クレマン様は素敵な方ですもの。それは仕方ないと思います。でも、婚約者として紹介されたのは妹の私でした。私もクレマン様も、当時はお姉様の気持ちがわからなかったのです」

……いったいなんの話なんだろう。いつ、私がクレマン様を好きになったと？　そりゃあ、婚約者としてセリーヌを紹介されたときには驚いたけれど、それよりも女のくせにと見下されたことのほうが驚きだった。あの一年半、私に仕事を任せっきりだったくせにと。

「クレマン様ねぇ。人気があるのは知っているが」

「行き遅れとなってしまったお姉様はクレマン様に思いを告げることもなく、仕事で役に立つことでそばにいようと思っていたのですわ。ですが、エジェンに行く直前で、私という婚約者がいることを知ったお姉様は、悲しみのあまりクレマン様の前から逃げ出してしまいました。エジェンに行く約束もなかったことにして、他の領地の仕事を引き受けて……」

ここで悲しそうな顔をしたセリーヌの頬を涙が伝う。はらはらと声も出さずに泣く姿は可愛らしいが、言っていることが腹立たしい。いったい誰のことなのかと怒鳴りたくなるのをぐっとこらえる。

「それなのに、なぜ鉱山でのことで指示が？」

「それなのです！　エジェンでの仕事はお姉様がいなくては回らなかったのです。クレマン様だけでは有力者は会ってくれず、会いたいのならお姉様を連れてこいと冷たく追い返されました。これが……優秀なお姉様の策略でした。自分がいなくてはエジェンでの仕事は何一つできないように手を回していたのです！」

……たしかに、話を聞いてもらいたかったら私を連れてこいと言われていたわね。冒険者ギルドと商業ギルドだけでなく、集落の代表とかもそうじゃないかな。だって、クレマン様は一度もエジェンに行ったことがないんだもの。急に来て領主だなんて言われても信頼してもらえないだろう。

でもねぇ、クレマン様には言ったんだよね。このままでは領主だと認めてもらえなくなりますよって。せめて閉山する前にエジェンに行って私と一緒に挨拶しておいたほうが良いって、何度か説得したけど聞かなかったのは、どう考えても自業自得だよねぇ。ルフォールに来た後でも、ちゃんと頼まれたなら顔つなぎくらいしたのに。

「困ったクレマン様はお姉様に手紙を送りました。エジェンに来てくれ、助けてくれと。でも、お姉様は条件をつけてきました。クレマン様の妾《めかけ》にしてくれるのなら行きます、と」

「妾《めかけ》？　妹の夫なのにか？」

「それだけクレマン様を好いていたのでしょう。あきらめきれなかったのだと思います。私も夫の妾《めかけ》にお姉様がなるなんて嫌だったのですが、あまりにもクレマン様が仕事で困っているようだったから、私のことを一番好きでいてくれるのならと許すことにしたのです」

うん、許さなくていい。というか、馬鹿にしすぎている。いくら私に罪を押しつけたいからといって、妹の夫の妾《めかけ》になりたいだなんて。言うわけがない。というか、思うわけがない。

「その後、お姉様から届いたのは鉱山を再開するようにという指示でした。秘書官の仕事をすぐに辞めることはできないから、手紙で指示を送ると。落ち着いたらお姉様もエジェンに来て、有力者に直接お願いするという話だったのです」

「手紙で指示を？　まぁ、秘書官をすぐに辞めることはできないだろうが。それでは、その姉は一度もエジェンには行かずに指示を？」

「ええ。私もクレマン様も領主としての仕事はできません。ですが、お姉様はアルシェ伯爵家の領主代理を五年していました。エジェンの領民のためにもお姉様の言うことを聞くのが一番だと……エジェンは人も店も少なく新しい事業がどうしても必要でした。エジェンを救うためにはお姉様の言うことを聞かなければいけないと必死だったのです！　それがまさかあんな結果になるなんて！」

顔を手で覆って泣き崩れるセリーヌだが、両脇にいる女性騎士も取調官もまったく動じていない。女性の取り調べは特別厳しい取調官がという噂《うわさ》が本当かはわからないが、少なくとも動揺するような人では務まらないんだとわかった。

ここじゃなかったらセリーヌの演技に騙されて同情する人はたくさんいただろう。だけど、取調官がセリーヌを見る目は変わっていない。恨みでもあるかのようににらんだままだ。さすがだと思う。

それにしても……何かの物語を聞かされているみたいだ。私がクレマン様に恋をして、そのために一生懸命働いて、なのに婚約者は妹で……傷ついて逃げ出して。うん、王都の演劇でありそう。

はぁぁぁ。セリーヌってこういう子だったんだ。まともに話したことはなかったけれど、頭は悪くないのかもしれない。こういうのは悪知恵というのだろうけれど、一応は理解できる内容だった。

もちろん、理解できるだけで、誰も納得しない。取調官はもうこれ以上セリーヌの話を聞く気はないのか、まとめに入った。

「あくまで、鉱山を再開させることを決めたのはリゼット・アルシェという女性で、自分たちは従っただけだと言うのだな？」

「はい、こんなことなら妾《めかけ》になることを許すのではありませんでした」

いや、許されてないし、許してくれなくていいのだけど。最後までそれを言い続けるセリーヌだが、うまい手だなぁと感心すらする。これなら好きな男性を巡って争った結果、陥《おとし》れられたように見える。

「ふむ。では、このくらいでいいか。お二方、こちらに来てもらえますか？」

取調官の視線がこちらに向けられる。セリーヌはどこを見ているの？　と不思議そうな顔をした。

「よし、行こうか」

「はい」

シリル様の手を借りて、立ち上がる。少しだけ自分の手が震えている。そのことにシリル様も気がついたのか、ふわりと抱きしめられた。

「大丈夫、俺がついている。何があっても守るから」

「……はい」

「ん、行けるね？」

優しい声と笑顔に、大丈夫だと思ったら手の震えが止まった。隠し部屋のドアを開けて、応接室に入るとセリーヌが小さく悲鳴を上げた。

「お待たせしましてすみません。話は聞こえていたでしょうか？」

「はい。すべて聞いていました」

セリーヌと話していたときとはまったく違う取調官の対応に、少し驚く。

「私が座っていたソファで申し訳ないのですが、どうぞお座りください」

「はい」

取調官はソファから立ち上がると、隣の一人がけソファに座る。私とシリル様がセリーヌの対面の二人がけソファに座る。取り調べのための部屋だからか、向こう側とは少し間が開いている。その上、大きなテーブルが真ん中に置いてあるので、私とセリーヌとは距離があった。そのことに少しほっとしていると、セリーヌがこちらをにらんでいるのがわかった。

「まずは、お聞きします。リゼット様はセリーヌに指示を出しましたか？」

あら。私には様をつけて、セリーヌは呼び捨て？　もしかして、公爵夫人の身分はもうない？

「いいえ」

それを聞いたセリーヌが立ち上がろうとして、女性騎士に止められる。無理やり座らされ、悔しそうに顔をゆがめた。

「まず、クレマン様からの手紙はすべて辺境伯の家令ケルツが目を通しています。私に来る手紙は一度開封して目を通してから持ってきてくれているのです。そうじゃないと、寄付を求める手紙やお茶会のお誘いなど、対応しきれませんから」

「あぁ、そうでしょうね。秘書官という仕事をしている以上、よくわからない誘いが増えるものです。すべて自分で対応するようなことは誰もしていないでしょう」

「ええ、クレマン様からエジェンに来てほしいという手紙が来ていたのは事実ですが、それは毎回丁重にお断りしていました。なぜなら、エジェンにセリーヌの侍女として来いという内容でしたので」

「妹の侍女として？　エジェンの秘書官や自分の部下としてではなく？」

「そのような話はありません。以前、クレマン様には女の私では秘書官などできるわけがないと言われていますし、クレマン様からエジェンで秘書官をという誘いを受けたことはありません」

「なるほど。では、証拠はありますか？」

「あります」

この取調官はおそらく証拠をすべて手に入れていると思う。私を呼び出した取調官とは違う人のようだけど、疑っているわけではないと呼び出し状に書かれていた。エジェンで少しでも捜査したのであれば、すぐに証拠は見つかっただろうし。

「エジェンの冒険者ギルドで妹が私の名前を出していたと聞きまして、ギルド長に手紙を送ってあります。妹が私の名前を出したとしても私は関係ありませんと。私がクレマン様の妾《めかけ》になるという

「ありませんし、私がクレマン様をお慕いしていた事実もありません。クレマン様が女性と遊んでいたのは知っていましたし、行き遅れだとしても遊ばれる気はありません。もし、誘われたとしてもお断りしています」

「なるほど……」

ふんふんと手元の書類を見ながらうなずいているので、あらかじめ手に入れていた証拠と同じか確認しているのかもしれない。ここで隣にいたシリル様が手を挙げた。

「発言してもいいだろうか。辺境伯、シリル・ルフォールだ」

「ええ、シリル様も発言されてかまいません」

「私はリゼットが何度もクレマン様に断りの手紙を書いているのを見ている。何せ、書いているときに同じ部屋にいたし、愚痴《ぐち》も聞いている。何度断っても誘いの手紙を送ってくるので困っていると」

「シリル様から見てもリゼット様はエジェンとは関係ないと思われますか？」

「ああ、エジェンの冒険者ギルド長からの話で、公爵夫人が鉱山を再開するように命令しに来たと聞いたとき、リゼットは驚いていた。鉱山についてクレマン様に報告書を出していたのに、読んでいなかったのかと。リゼットは鉱山が閉山された理由も魔獣が住み着く危険性もわかっていた。そんなリゼットが指示をするわけがない」

「そうでしょうね。再開できるわけがないのは、閉山に関わった者なら知っているはずですしね」

取調官もうなずいている。これでもうセリーヌはあきらめて認めるかと思ったが、そうではなかった。

「ひどいわ！　お姉様！　私とクレマン様を騙したのね！」

「「は？」」

「こっそり手紙を送ってきたじゃない！　私の言うことを聞きなさいって」

「……」

「クレマン様にふられたからって、こんなひどいことをするなんて！」

思わず、私とシリル様、取調官は目で会話してしまう。これ、まだ続くのかしら。

「そんなに私のことが嫌いだったんですか!?」

「嫌いよ？　当たり前じゃない」

「え？」

私がこんな風に認めるとは思っていなかったのか、自分で言っておきながらセリーヌはきょとんとした顔になる。どうしてそんな表情をするんだろう。嫌われて当たり前のことしかしてこなかったくせに。

「これまでセリーヌと話したことなんてほとんどなかったわよね？　幼い頃はいつもカミーユと二人で私を見下して笑っていた。領地を出るときにはみっともない私を見なくて済むって喜んでたでしょ？　私が十歳で領地を出てからは、ちゃんと話すのはこれで二回目。それなのにこんなわけのわからないことに巻き込まれて。嫌いにならないわけないじゃない」

「お、お姉様？」

演技だとしても傷ついた顔をされるのは嫌だわ。いつも楽しそうに私を見下していたのに。

「だけど、セリーヌの発言を認めるわけじゃないわ。嫌って陥《おとし》れようだなんて、そんな真似《まね》はしない。ねぇ、私があなたに指示を出したって、証拠はどこに？」

「だ、だから、こっそり」

「こっそりって？」

「こっそり私に手紙を届けていたじゃない！」

「こっそりあなたに手紙を届けるなんてできるわけないじゃない。エジェンとルフォールの境にある山と森を越えられるのは冒険者だけよ。冒険者ギルドに頼んだらその時点で記録がつけられるわ。どうやってこっそり届けられるのよ。しかも、エジェン領主の屋敷にいるセリーヌに、辺境伯の屋敷にいる私が？　護衛がうろうろしている屋敷にこっそり入り込めるような者がいるとでも？」

「方法はわからないけど、でも！」

「届いたその手紙は？　私からの指示なのだとしたら、取っておくでしょう？　だって、クレマン様は一度読んでも覚えないもの。私の指示どおりに動いたのなら、持っていたはずよ？」

「……えっと、捨てちゃったのだと思うわ……」

もう言い訳は思いつかないのか、目をそらされる。そんなあいまいなことで認められるわけはないのに。

「証拠がなければその言い分は認められないわよ。もういい加減にしたらいいと思うけど……査問会にかけられるような罪は、有罪となれば処罰は三つだけ。長期間の苦役、生涯の幽閉、処刑、この三つよ。誤魔化せば誤魔化すだけ罰は重くなるわ」

「……いや、嫌よ！　お姉様はどうして私を助けてくれないの⁉」

「どうして助けなくちゃいけないの？」

「姉でしょう！　姉なら妹を助けるのが当然でしょう⁉」

そんな理由で？　身代わりになれば私が処刑されるかもしれないというのに、姉なら妹を助けるのが当然だと？　冗談じゃない。

「いいえ？　たとえ、あなたがそう思っていたとしても私は違うわ。それに、もう妹じゃないもの」

「え？」

「私、もうリゼット・アルシェじゃないの。だから、あなたがエジェンでリゼット・アルシェの名前を出した時点で、妹だとは誰も信じていなかったのよ」

「どういうこと？」

「アルシェ伯爵家の籍は四年前に抜けているの。その名前で署名するわけがないし、エジェンの有力者はそのことを知っているわ。だから、あなたたちは誰にも信用されなかったのよ？」

「嘘でしょう……」

「今の私はリゼット・リュデク。リュデク侯爵家の一人娘よ。アルシェ伯爵家ともセリーヌとも無関係なの。助ける義理なんてないわ」

真っ青な顔をして崩れ落ちそうになったセリーヌを女性騎士たちが押さえつける。きっと、今日

の会話もすべて証拠として記録され提出される。処罰を決めるための資料として、取調官たちが確認するだろう。エジェンだけでなく、ルフォールでも死者が多数出た。許せるわけがない。

「なんでよ……」

「え？」

「お姉様なんて、誰からも嫌われる闇属性で！　みっともなくて、お母様からも婚約者からも嫌われて！　行き遅れで誰からも愛されてないくせに!!」

「だから？」

「え？」

それを言えば私が黙るとでも思ったのだろうか。本当に子どもの頃と何も変わっていないのね。

「そんなことはもうどうでもいいの。私は王宮女官で辺境伯の秘書官なの。努力して、認められて、自分の力で手に入れた場所よ。それで、あなたには何が残ったの？」

「何が……」

「女の子らしく可愛く笑っていればなんとかなると思って、人を利用して搾取《さくしゅ》することしか考えないあなたに価値はあったの？　今のこの状況が望んだ結果なの？」

「違うわ！　私が望んだのはこんな結果じゃない!!」

「会うのはこれが最後ね。公爵夫人として、ちゃんと責任をとりなさい」

「いやぁぁぁ……」

泣き叫んだセリーヌはそのまま女性騎士たちに引きずられるように退出していく。それを見送った後、取調官に深く頭を下げられた。

「リゼット様、今回の件は同僚が失礼いたしました。リュデク侯爵令嬢だと気がつかずに、なんと失礼なお呼び出しを……」

「その同僚の方は？」

「処罰が決まるまで謹慎《きんしん》となっています」

処罰か。たしかに何も確認せずに私を呼び出したのはいけない。ましてや、ルフォールの秘書官だというのはわかっていただろうし、後見人がいるかも確認していなかった。セリーヌを早く罰したくて焦ってしまったのかもしれないけれど。

「その取調官に厳しい罰は望みませんが、もう少し呼び出される側への配慮を学んでほしいと思います」

「わかりました。ありがとうございます。同僚にもしっかりとその言葉を伝えます」

仲のいい同僚なのか、取調官がほっとした顔で微笑んだ。そして深く礼をされて、見送られながら部屋を出る。

少し疲れたけれど、これから別の応接室でニコラ先生と団長さんに会う約束がある。意外と時間がたっていて、約束の時間まであと少し。時間に正確なお二人なら、もうすでに待っているかもしれない。

「大丈夫か？　疲れていない？」

「大丈夫です。でも、部屋に戻る時間はないですね。カツラを外してから会いに行く予定だったのですけど」

「あのお二人ならどちらでも気にしないさ」

「まぁ、そうですね」

そう言われてみたらそうだった。あの二人はそんなことを気にしない。たまに暑くないのか？と聞かれることはあっても、外すことを強要したりせず、大変だなぁと笑っていた。久しぶりに会えると思うとうれしい。団長さんにはこの前会えたけど、すぐに私が倒れてしまったから話せなかったし。

取り調べの部屋から客人用の応接室へ向かうために通路を歩いていく。じろじろと刺さるような視線も久しぶりだ。……闇属性の人って、本当に大変なんだな。エジェンもルフォールもそういうのは気にしていないみたいだから、こういう偏見は王都特有なのかもしれない。

あと少しで応接室というところで、向こうから歩いてくる人に声をかけられた。

「……その髪、リゼットなのか？」

低い男性の声に顔を向けると、薄茶色の髪……ひょろりとした身体。

「……お父様？」

「やはり、リゼットなのか。闇属性で眼鏡の女性がいると聞いて、リゼットかもしれないと捜しに来たんだ」

「私を探しに？」

「あぁ、探したんだよ、リゼット」

もう一人の声に驚いた。短くした紺色の髪と青い目。卒業式パーティー以来だから四年ぶりに見る顔。学生のときより少しやつれた感じもするが、大人びたということだろうか。

「ダミアン様が、なぜここに？」

突然会うことになった二人に、思わず後ろに下がりそうになる。それを止めるようにシリル様が私の肩に手を置いた。大丈夫だと言わんばかりのシリル様の目に少しだけ落ち着きを取り戻す。そうだった。今は一人じゃない。シリル様がいてくれる。

「申し訳ないのだが、こちらは約束があって急いでいる。そこをどいてもらえるか？」

「約束……？　いえ、あなたに用はないので、リゼットだけ置いていってもらえればいいです」

「どうしてリゼットを置いていけると？　リゼットも同じく約束があるんだが？」

「リゼットの約束なんてものはどうでもいいことです。リゼット、話があるから来なさい！」

シリル様には丁寧なのに、私へは命令口調のお父様に苦笑する。相変わらずというか、私とは会話が成り立たない。いつも命令されるのを聞くだけだったけど、もう言うことを聞く必要はない。

「申し訳ないですが、これから大事な用事があります。話があるのなら後にしてください」

「なんだと！　来いと言っているだろう！　私は忙しいんだ。後で時間をとっていられるか！」

私が拒否したことが気に入らないのか、声を荒らげるお父様にため息が出る。

こんな外宮の、身分の高い方たちが出入りするような場所で大声を出すなんて。予想どおりというか、声に驚いたのかいくつかの部屋のドアが開いて、何ごとかと注目を浴びる。

「私も忙しいのです。無理を言うのなら話は聞きません！　そこを通してください」

「ダメだ！　今すぐ私の話を聞け！　大事な話なんだ！」

あぁ、もう。お父様の大事な話なんてどうでもいい。このまま無視して行ってしまおうか。無理に止めるようならば、向こうが悪いことになる。そう思って一歩足を踏み出したところで、慌てたように小走りで来た女官に声をかけられた。

「リゼット様！」

「え？」

「あの……お待ちの方々が、アルシェ伯爵様もご一緒に連れてくるようにと」

「ええ？　一緒に？」

ニコラ先生と団長さんの前にお父様とダミアン様を……？　それなら無茶なことを言われなくて済むかもしれない。案外良い手かも。

「そういうことでしたら。一緒に参りましょう。そこでなら話を聞きます」

「なんだと？」

「最初に言っておきますが、お待ちになっているのは身分の高い方です。その方たちに呼ばれたのですから、素直に行くしかありません」

「身分の高い？　……そうか。わかった」

少なくとも侯爵家以上の方が呼んでいるとわかったのか、お父様は従うことに決めたようだ。渋々といった顔だけど。ダミアン様は何が起きているのかわからないのか、首をかしげている。……文官の試験も、騎士団の試験も落ちたダミアン様が、どうして外宮でお父様と一緒にいるんだろう。

女官に案内してもらって応接室に入ると、中にはニコラ先生と団長さん。そして、もう一人。

「リゼット〜おかえりなさい！　久しぶりねぇ」

いつもながら迫力のある笑顔で迎えてくれたのはマリエル様だった。どこに隠れていたのか、私が部屋に入った途端に抱き着かれた。

「え？　マリエル様!?」

「ふふふ。予定がなくなったから来ちゃった。ちょっとでも早く会いたくて。驚いた？」

「ええ、驚きましたけど、お会いできてうれしいです」

「リゼットは少し大きくなったかしら？　成長期？」

「あーそうかもしれません」

そういえば、ルフォールに行ってから身長について気にしなくなっていた。王都ではいつも人よりも高いことを気にして、少し背中を丸めるくせがついていた。女のくせにひょろ長くてみっともない、そう思われたくなくて。ルフォールだと、むしろ小さい私は子ども扱いされることも多くて、背伸びするような気持ちでいた。姿勢が良くなった分、身長が伸びたように見えるのかもしれない。

「また伸びたのか……」

ぼそりとダミアン様が嫌そうにつぶやいたのが聞こえた。そういえば連れてきていたんだった。昔ならダミアン様のその言葉に傷ついたと思うけれど、今は何も気にならない。

「それで、何か話があるって揉《も》めていたようだけど？　アルシェ伯爵」

「え、ええ。そうです。まさか王妃様がいらっしゃる場だとは思わず、失礼いたしました。娘のリゼットに少し話があっただけなのですが……」

「リゼットに？　ここで話していいわよ？」

「え？　ここで、ですか？」

お父様はマリエル様だけでなく、奥に座っているニコラ先生と団長さんのことも気にして、様子をうかがっているが、お二人はお父様と挨拶をする気はないらしい。どちらも顔をそむけるようにしてお茶を飲んでいる。

「話す気がないなら帰ってくれる？」

「わ、わかりました」

マリエル様に急《せ》かされるようにして、ようやくお父様は話し始めた。私へと向き直ると、昔と同じ高圧的な態度に変わる。

「リゼット、もういい加減気が済んだだろう。帰ってきなさい」

「え？」

「お前が勝手に家を出ていったおかげで迷惑している。いつまでもわがままを言っていないで、反省して帰ってくるんだ」

「は？」

どういうこと？　と思って、ダミアン様を見たら目をそらされた。何かおかしい。どうして私が勝手に家を出ていったことになっているの？

「お父様、どうして私が家を出たのかわかっていないのですか？」

「どうしてって、家を継ぐのが嫌になったんだろう？　その気持ちはわかる。私も家を継ぐのは嫌で仕方なかった。したくもない結婚をさせられて、領主の仕事を押しつけられる。私だって、逃げられるのなら逃げていた」

「お父様が逃げたかった？」

「そうだ。本当は継ぐはずだった兄が逃げてしまった。仕方なく私が継いだんだ……王命で結婚を決められて、逃げ出せなかった。逃げていいのなら私だって逃げたかった。だが、責任から逃げるな。お前を領主にするために教育させていたんだからな」

「ですが！」

「言い訳するな！　お前のわがままで伯爵家をつぶす気か？」

「どうして……カミーユはどうしたのですか!?」

カミーユがダミアン様と結婚して継ぐから、私はいらないって。お父様も婚約者の変更を認めたって……もしかして二人の嘘だったの？

「カミーユはお前のせいで死ぬところだった」

「私のせいで？」

「お前がいなくなり、家令も契約切れで去り、領主としての仕事が滞《とどこお》った結果、給金が払えなくなって使用人が去った。王都の屋敷にいたカミーユは一人残されて、餓死《がし》寸前で倒れていた」

「餓死《がし》!?」

「領地の屋敷の家令が王都から金が送られてこないことをおかしいと思い確認に来て、カミーユが倒れているのを発見した。使用人がいなくなり、金もなくなって、食べるものもなく、誰かに助けを求めることもできなかったようだ。カミーユがそんなことになったのも、お前が仕事を放り出して逃げたせいだ！」

「そ、そんな……」

私を責めるお父様の言葉に、驚きすぎて何も言い返せなかった。頭の中でいろんな反論がぐるぐると回り、どこから説明していいかわからない。すべてを知っているはずのダミアン様は黙り込んで私を見ている。……この、卑怯者。

「幸い、カミーユの命は助かった。だが、起き上がることもできず、療養中だ。領地の屋敷で寝たきりのまま暮らしている。元に戻れるかもわからないし、結婚も無理だろう。わかったら、すぐに帰ってきなさい。これだけ迷惑をかけたんだ……もういいだろう」

「い、嫌です！　私のせいではありません！」

どうしても納得できない。全部私のせいにされて、おとなしく帰るわけにはいかない。そう思って叫んだら、お父様の怒りを買ったようだ。

「この！　愚か者が！」

お父様の振り上げた手が勢い良く下ろされる。ぶたれる……そう思って目を閉じたが、何も衝撃はなかった。

「いい加減にしろ！」

代わりに聞こえたのはシリル様の低い声。目を開けたら、シリル様がお父様の腕を掴んで、持ち上げていた……え？　持ち上げて？

お父様は右腕を掴まれて、軽々と持ち上げられて苦しそうな顔をしている。

「何をっ……放してくれ！」

「リゼットに暴力を振るわないと約束するのであれば」

「わ、わかったから、下ろせ！」

シリル様がゆっくりとお父様を床に下ろし、手を放す。お父様は腕が痛かったのか、さすりながらシリル様をにらみつけた。

「どこのどいつだ！　この失礼な男は！」

「私の弟だけど？」

「え？　……王妃様の弟様……と言いますと、辺境伯様ですか？」

「そういえば、名乗っていなかったな。私は辺境伯のシリル・ルフォールだ。リゼットは私の秘書官をしている。勝手に帰ってこいだの言われても困るのだが？」

「ええ？　リゼットが秘書官!?　女なのに？　そんな馬鹿な」

ああ。お父様もクレマン様と同じ考えだったのか。領主の仕事を私に任せるような人だから、違うのかと思っていたけれど。

「女だとか、そういうのは関係ないだろう。リゼットはルフォールにいてくれないと困るんだ。秘書官に推薦《すいせん》したのは姉上だし、今さら辞めさせたりはさせないよ？」

「ですが、私はそんな許可を出しておりません！　リゼットが働くには私の許可がいるはずです！」

貴族令嬢が貴族の籍のまま働くには当主の許可がいる。それは派閥の争いに巻き込まれないためであり、令嬢の安全のためでもある。そのこと自体はよく知っている。だけど、私にはお父様の許可は必要ない。

「リゼットは私の娘だ。だから、私が許可を出している」

「へ?」

「そこにいるのは、私の娘。リゼット・リュデクだ。そうだな? リゼット」

いつの間にかニコラ先生と団長さんが立ち上がって近くに来ていた。ニコラ先生から呼びかけられ、にっこりと笑って答える。

「ええ、お義父様。私はリゼット・リュデク。リュデク侯爵家の一人娘ですわ」

「リゼット! どういうことだ!」

「どういうことも何も、そのままの意味だよ。アルシェ伯爵はリゼットが籍を抜いたことになぜ気がつかないんだ。ちゃんと正式な通知が来ていたはずだろう。もう四年も前の話だぞ?」

怒鳴り始めたお父様に、呆れたように団長さんが言った。お父様は私が籍を抜いたのを初めて知ったのか動揺している。団長さんが呆れるのも無理はない。

貴族が籍を抜いたら、確認の通知が当主のところに届けられる。その通知には異議があれば半年のうちに申し立てるように書かれている。申し立てがなければ、そのまま承認されたものと見なされる。つまり、私がアルシェ伯爵家に戻ることはもうありえないことなのだ。

「ど、どうして、そんなことに」

すると、団長さんが口を開いた。

「俺が説明しようか？　全部、そこのダミアンという男とお前の娘カミーユのせいだ」

「ダミアンとカミーユの？」

「ああ。ダミアンはリゼットと婚約したことを公表しなかった。学園にも王宮にも届け出ていなかったんだ。それだけじゃない。リゼットは学園に入ったとき、ダミアンに話しかけるなと言われた。学園にいる間、ダミアンはずっと他の令嬢たちと遊び呆《ほう》けていたんだ」

「は？」

「それでも、リゼットはアルシェ伯爵家を継ぐのだと頑張っていた。卒業したら、ダミアンと少しは話せる関係になれるかもしれないと。領主としての仕事をしながら、首席で卒業するほどだった。なのに、ダミアンはカミーユを連れて卒業パーティーに現れた」

「カミーユを連れて？　どういうことだ？」

「いや……あの……」

ダミアン様は団長さんがお父様に説明するのを止めようと、何度か話しかけていたが、完全に無視されていた。ダミアン様とカミーユが何をしたのか知ってもらわないと、私がどうして家を出たのかわかってもらえない。

「二人は驚くリゼットにこう言ったんだ。結婚するのは三姉妹の誰でもいいのだから、結婚はカミーユとする。このことは伯爵にも認めてもらったので問題ない。リゼットは仕方ないから仕事を手伝うのなら家に置いてやろう、と」

「私はそんなこと認めてないぞ！」

「そんなことはどうでもいい。ダミアンはカミーユを伴い、卒業パーティーの会場で自分たちが伯爵家を継ぐと挨拶回りもしていた。あの会場にいた者なら、誰でも証言してくれるはずだ。アルシェ伯爵家は二女が婿《むこ》をとって継ぐことにしたのだと。だから、リゼットは家を出たんだ。逃げ出したんじゃない。ダミアンとカミーユに追い出されたんだ」

「……なんてことだ。そんなことをしたら領主の仕事は誰がするんだ」

「リゼットもそう思って確認した。領主の仕事はどうするんだと。だが、ダミアンとカミーユはそれを聞いてリゼットを馬鹿にした。領主の仕事なんて自分たちでできる、リゼットは必要ないと」

「ダミアンとカミーユに領主の仕事なんてできるわけがないだろう」

自分たちのしたことを知られて、ダミアン様はうつむいている。それを見て、お父様も真実だとわかったようだ。声に怒りがにじんでいた。

「だからなんじゃないか？　カミーユが一人で倒れていたのは。仕事をやろうとしたが無理で、金がなくなって使用人が逃げた。そこにダミアンがいなかったのは……その前に一人で逃げたんじゃないのか？」

「や……俺は、カミーユがまだ学生だったから、卒業してから結婚してもいいかなって思って……自分の家に帰っただけで」

「卒業してすぐにアルシェ伯爵家に婿入《むこい》りするはずだったんだろう？　会場で同級生にそう話していたと聞いているが？」

「いや、あの……」

「逃げたんだな？」

「……はい」

小さな声でダミアン様が答えたところで、お父様がダミアン様を殴りつけた。今度は誰も止めず、ダミアン様が床に倒れる。

「全部、お前のせいか！　お前がちゃんとリゼットと結婚していたら、仕事は全部リゼットがやるはずだったんだぞ！」

「すみません！　すみません！」

「お前のせいで、どれだけ私に迷惑がかかったと思っているんだ！　簡単なことすらできずに毎回王宮まで聞きに来るから、どれだけ仕事の邪魔をされているか！」

「すみません、すみません……」

うずくまるダミアン様をお父様が何度も蹴りつける。誰のために怒っているのかと思えば、自分のことで怒っているらしい。ダミアン様に領主の仕事を教えようとしてうまくいっていないのか。当然だけど。きっと、領主の仕事を私に押しつけられなくて苛立っているんだろう。ダミアン様ができるようにはならないだろうし、カミーユは寝たきりじゃ……これからどうするのかな。領地返上するしかないかも。

「はぁ。はぁ。……事情はわかった。リゼット、帰ってこい。ダミアンが嫌なら、他の婿《むこ》を探してもいい。お前しか継ぐ者がいないのだ」

「え？　帰りませんよ？」

「なんだと？」

「だから、私はもう伯爵家とは関係ありません。リュデク侯爵家の一人娘ですから」

ニコラ先生から、先生が亡くなったらリュデク侯爵家を継ぐように言われている。領地はないが、爵位と王都の屋敷、そしていつかニコラ先生が眠る墓を見守ってほしいと頼まれ、墓守になる約束をしている。今さらアルシェ伯爵家に戻る気なんてない。

「リゼット……アルシェ伯爵家を見捨てる気なのか？」

「見捨てるも何も……誰も私のことなんて見ていなかったでしょう。ちょうどいい長女。領主の仕事もできる、都合のいい娘。用がなければ会いに来ない、手紙を出しても読まない。卒業パーティーでの話は一応、確認のためにお父様に手紙を出しました。ダミアン様に婚約破棄されたこと、カミーユが継ぐと言っていたこと、伯爵家から籍を抜くことも……なのに、返事はなかった。私はお父様もお母様も、カミーユもセリーヌも家族だと思ったことはありません」

「……リゼット」

「私の家族は、アルシェ伯爵家じゃありません。二度と、会うことはないでしょう……お父様、その分じゃセリーヌがどうなっているのかも知らないのでは？」

「セリーヌがどうしたのだ？　結婚したのだろう？」

「……きっと、処刑されることになります」

「はぁ？」

「ご自分でお調べください。それが、父親としてのせめてもの責任だと思います」

きっと、セリーヌの件はお父様にも手紙が届いていると思う。リゼット・アルシェの名前が出た時点で確認する手紙が。私を査問会に呼んだ取調官はお父様から返事がないからアルシェ伯爵家の籍を確認して、私が抜けていると知ったのだと思う。

「お父様にとって、望んでいない結婚、望んでいない家族、望んでいない伯爵家だったのでしょう。もう、終わりにしたらどうですか？」

「お前に何がわかる」

「わかりませんし、わかりたくありません。私にはもう関係のないことですから」

「……」

黙り込んでしまったお父様は、ダミアン様の服の首あたりを掴み、無理やり連れて部屋から出ていった。……終わった？　終わったよね？　ふらりとしたら、後ろから抱きしめられる。衝撃で眼鏡がずれて落ちた。でも、拾う気にはならない。

「頑張ったな。もう力を抜いていいんだよ。ちゃんと、リゼットは戦った。よくやった」

「シリル様……」

そうか。もうしっかりしよう、立ち向かおうって頑張らなくていいんだ。ほっとしたら、身体の力が抜けてシリル様に支えられる。ずるりとカツラを外すと、急に涼しくなった。桃色の髪を一つにまとめていた紐をほどくと、ふわりと広がって、やっと自分に戻れた気がした。

シリル様に抱き上げられて奥にあったソファに連れていかれ、ゆっくりと下ろされた。シリル様が隣に座り、向かい側にはニコラ先生と団長さんが座る。マリエル様は一人がけのソファにゆったりと座り、女官にお茶の準備を申しつけた。

「はぁー、大変だったわね、リゼット」

「はい……セリーヌと話すのはわかっていましたけど、まさかお父様やダミアン様にこんな風に会うことになるとは思わなくて」

「ダミアンねぇ。ちょっと外宮では有名になっていたのよね。今ね、アルシェ伯爵が法務室長になっているんだけど、そこに文官でも婿《むこ》でもないダミアンが毎日のように訪ねてくるって。だけど、ダミアンは前法務室長の息子でしょ？　法務室の文官たちも事情を聞けなかったようなのよね」

「そうだったのですか……ダミアン様はこの後どうするんでしょうか。カミーユが寝たきりなのでは、結婚するのは難しいでしょうし。領主としての仕事を覚えるのも無理だと思います。領地を返上したほうが良いと思いますが……」

それほど大きい領地ではないけれど、ちゃんと領民はいる。領主が仕事をしないということは、災害対策もできていない。今のところ問題なくても、いつか必ず問題が起きる。そのときでは遅いのだ。

「ねぇ、もういいと思うのよ。リゼットはアルシェ伯爵家のことを忘れてもいいのよ？」

「はい……そうですよね。忘れたほうが良いんですよね。でも、それでいいのかなって思う自分もどこかにいて……」

もう伯爵家の長女ではない、気にする必要はないんだってわかっている。だけど、本当にこれで良かったのかとも思ってしまう。心を病んでいるお母様、家族に興味のないお父様。寝たきりになっているカミーユと処刑されるかもしれないセリーヌ。仕事もなく婿《むこ》にもなれないダミアン様。どうしようもない人たちだけど、何か違えばうまくいったのかもしれない。

「可愛らしく笑って、男性より劣ることを認めて、それでいて誰かを利用してうまく生きてやろうという令嬢は多いわ」

ため息交じりにそう話すマリエル様は、そういう令嬢をたくさん相手にしてきたのだろう。自立している女官にそんな考えの者はいなくても、夜会に行くことを楽しみにしている令嬢の多くはそんな感じがする。

「そういう生き方自体を否定するつもりはないの。そうやって必死で生きている令嬢だっているのだから」

「はい。それも令嬢としての生き方の一つなんだと思います」

「でもね、だからといって、真面目に努力してきた人を、リゼットを見下すようなことはあってはならないのよ。リゼットがこれまで努力して手に入れたものを、簡単に奪えると思うような人を許さなくていいの」

「マリエル様……」

「リゼットのことだから、もっと何か手があったんじゃないかって考えるかもしれない。こうなる前に助けられたのかもしれないって。でもね、こうなったのはリゼットのせいじゃない。妹の罪を背負うことはしないで。それは、リゼットを大事に思う人を傷つけることになるのだから」

そこまで言われてハッとした。私がカミーユやセリーヌを、アルシェ伯爵家を助けようとしたら、これまで一緒になって怒ってくれた人を傷つけることになる。

ニコラ先生や団長さん、そしてシリル様を。

私を大事にしてくれた人を傷つけてまで助ける価値がある？　いいえ、そんなわけない。私は、私のことを大事だと言ってくれた人のために生きたい。

「……マリエル様、ありがとうございます。迷いはなくなりました。もう大丈夫です。私はリゼット・リュデクですから」

「ええ、そうね。私が王宮女官として認めたのは、リゼット・リュデクですもの」

よくできましたとばかりににっこり笑ったマリエル様は、きっと全部わかっていたのだと思う。

王宮女官は王妃様の管轄《かんかつ》になる。採用するときにはそれなりに調べられたはずだ。ましてや、生家の籍から抜けてニコラ先生の養女になっていたのだから……何事かと思って、しっかり調べられたに違いない。

「ん、んん！　と、ところでだ」

「はい？」

話が落ち着いたと思ったら、急にニコラ先生が咳をして話を変えようとした。いつもより眉間のしわが多い。どうしたのかと思ったら先生の視線はシリル様に向けられていた。

「今日はリゼットに会うために来たのだが、何やら辺境伯からも話があると手紙を送ってこられたのだが」

「え？　シリル様が？」

私は王都に来る前にニコラ先生と団長さんに手紙を送ったけれど、シリル様も手紙を送ったなんて聞いていない。しかも話がある？　ニコラ先生に言われたシリル様は座り直して姿勢を正した。

「お久しぶりです、ニコラ先生。覚えておいでてでしょうか。シリル・ルフォールです」

「忘れるわけないだろう、こんな大男。私の教え子の中で一番の大男だったからな。そのくせ、魔術の腕は繊細《せんさい》で面白かったが」

「ありがとうございます。王都は何もかもが小さかったので、的《まと》以外にぶつけてしまわないように気をつけていましたから。先生の厳しい指導のおかげですね」

たしかにシリル様の魔術をそのまま披露《ひろう》していたとしたら、学園の演習場が吹き飛んでしまいかねない。だけど、威力を抑えて小さな的に当てるのはかなり難しい。先生が繊細《せんさい》だって褒めるのだからすごいんだろうな。見てみたい。

「それで、私に話とはなんだ」

「はい。もうおわかりだと思いますが、ニコラ先生と魔術師団長に許可をいただきたいのです」

「許可だと？」

「ええ、リゼット・リュデクと結婚する許可を」

「え？　私と結婚⁉」

「「「え？」」」

どういうことだと思って声を上げたら、その場にいた全員に「え？」と聞き返された。

え？　本当にどういうこと？　私とシリル様が結婚って、どういうこと？

「ちょっと待ちなさい、シリル！　リゼット、私とお話ししましょうか？　ニコラ先生、団長、申し訳ないけれど、シリルをお願いできるかしら？」

「あぁ、もちろんだ。シリル・ルフォール！　私と一緒に来なさい！」

「え？」

「ほら、行くぞ！」

「ええ？」

呆然としたシリル様がニコラ先生と団長さんに引きずられて部屋から出ていった。

残されたのは私とマリエル様。

と、いつからいたのか、女官長が壁際で笑いをこらえている。いや、こらえきれずに笑っていた。

「女官長、ちょうどいいわ。一緒にリゼットの話を聞きましょう？　他は人払いしてくれる？」

「はい、マリエル様。リゼット、私にも話を聞かせてね」

「えっと、はい。あの……？」

他の女官たちは私たちの前に新しいお茶を置くと、ぺこりと礼をして部屋から出ていった。とりあえずお茶を飲むように言われ、口にしたら蜂蜜の良い匂いがした。とろりと甘くて美味《おい》しい。

「……最初に聞きたいのだけど、リゼットとシリルは恋人よね？」

「いえ！　そんなことはありません！」

「そうなの？　冬ごもりは一緒にしたのよね？」

「はい、それは一緒でしたけど、家族としてと言われました」

たしかに冬ごもりはずっと一緒の部屋で過ごした。そのまま一緒のソファで寝てしまったこともある。だけど、それは家族としてであって、恋人としてではない。そんなことを説明していくと、マリエル様は頭を抱えてしまった。そして、女官長はまた笑い転げている。

「あの……女官長？」

「ふふふ。ごめんなさいね。マリエル様が嫁《とつ》いでこられた頃を思い出したわ」

「マリエル様が嫁《とつ》いできた頃？」

「ええ。ほら、陛下がマリエル様にずっと片想いしていたのは知っているでしょう？　しつこくてね……本当に陛下ってば、あきらめが悪くって」

「え」

そういえば女官長は侯爵家のご令嬢で、陛下の幼馴染《おさなな じ》みでもあったことを思い出した。本当なら女官長が妃として選ばれるはずだったという話も。

「学園でマリエル様に出会って、もうこれは運命だって騒いで。マリエル様は辺境伯を継ぐから妃候補にはなれませんってはっきり断ったんだけど。まぁ、誰から見ても陛下はマリエル様しか受け入れなそうでね。マリエル様は私が妃になればいいって言うけど、そう言われてもねぇ。私が妃候補だったのって、他にいなかったからなのよね。二歳も年下の陛下の妃になりたいなんて思っていなかったし、マリエル様に妃になってほしいって逆に私からもお願いしたのよ」

「……あれはひどかったわ。私はルフォールに帰るって言っているのに、誰も聞いてくれないし」

「あれだけマリエル様にべた惚れだった陛下を見ていればねぇ。誰も止められませんもの」

ふふふ～と楽しそうに笑う女官長と苦笑いのマリエル様。仲が良いのは知っていたけれど、ここまで砕けて話しているのは初めて聞く。

「結局はルフォールに帰ったマリエル様を陛下が迎えに行って、妃として連れて帰ってきちゃったんだけど、それからも大変だったの」

「妃になられてからですか？」

確か王太子妃になって、一年後にはシャルル様が、三年後にはアレット様が生まれた。今も陛下とマリエル様の仲は良いと思うのに、何か問題があったのだろうか？

「マリエル様が愛していると言ってくれないと陛下が悩んでいたの。無理に妃にしてしまったから、もしかして嫌われているのだろうかと」

「ええ？」

思わずマリエル様を見ると、さっと視線を外された。いつもまっすぐに見つめ返されるのに、こんなマリエル様を見るのは初めてだ。

「どうして愛しているって言わなかったんですか？　マリエル様と陛下は愛し合っているように見えるのですが」

「それがね。ルフォールではそんなこと言わないんですって」

「え？」

「愛しているとか好きって言わなくても通じるんだと思っていたそうよ」

「ええ？」

言わなくても通じる？　え？　どうやって？　ルフォールの人って、そんな特殊能力でもあるの？

「ほら、マリエル様。リゼットに教えなくては話が進みませんよ？　きっとリゼットの件も同じことでしょうから」

「もう！　あなたが私のことなんて言い出すからでしょう！」

「ふふふ。つい思い出してしまって」

「……後で覚えておきなさいよ。で、リゼット。心当たりはまったくないの？」

「心当たりですか？」

恋人になってほしいだとか言われていないし、口説《くど》かれた覚えもない。もちろん身体の関係だとかそういうこともあるわけがない。どうして急に結婚だなんて言われたんだろう。

「じゃあ、シリルからリゼットの身体に触れることはなかったかしら？」

「身体に触れる？」

「抱きしめたり、頭を撫でたり、手を握ってきたり」

「あぁ、ありましたよ？」

「やっぱり！」

興奮し出したマリエル様には悪いけれど、それって。

「シリル様は私のことを子どもだと思っていたみたいで。ルフォールにいるとこの身長でも小さいと言われて、ずっと子ども扱いされていただけなんです」

「え？　子ども扱い？」

「馬車の中では、はねて危ないからとひざの上に座らされたり、仕事が大変だったときによく頑張ったって頭を撫でられたり、つらいことがあったりすると両手を包み込むように握って励ましてくれたり」

家族として、子どものように扱われていた。うれしかったけれど、なんだか少しさびしくて……って、あれ？　おかしいな。子ども扱いなのだとしたら、求婚されるだろうか？

「じゃあ、どうしてシリルはリゼットと結婚するって言ったのよ」

「……そうですね。おかしいですね。でも、ずっと子ども扱いされているんだと思っていて。家族になろうって言われたのも養女になるんだとばかり思っていて」

「ん？　シリルに家族になろうって言われたの？」

「はい。それはルフォールにずっといてねという意味なのかと。王宮女官の派遣は二年の契約でしたから。ルフォールの一族になって、ずっと秘書官でいてほしいということかと」

辺境伯の秘書官が王宮女官としての派遣だった理由は、今まで耐えきれなくて王都へ戻る者が多かったから。無理だったら戻ってきていいよという契約じゃないと、今までの文官たちは行かなかったらしい。その気持ちはわからないでもない。まったく知らないところに行くのに文官を辞めてまで行こうとは普通思わない。契約が切れても続けるようだったら新しい契約に変えるようにと言われていた。

「あーうん。そうだったわね。秘書官の問題もあったんだわ。リゼットが誤解するのも仕方ないか。あのね、ルフォールって独特の文化があるでしょう？　他人の身体に、特に異性の身体に触れることはあまりしないのよ。たとえ子どもでも、十歳を過ぎた異性を抱き上げたりはしないわ」

「え？」

「相手の髪を撫でるのは求愛なのよ。それ以外で撫でることはしないの」

「求愛？」

「両手を握るっていうのは、あなたを守らせてくださいっていう意味なの。ルフォールは危険な領地でしょう？　両手を封じられたら戦えなくなるじゃない？　だから、両手を使えなくするというのは、あなたの代わりに私が戦います、私に守らせてくださいっていう求愛の意味なのよ？」

「……うそ……です、よね？」

「本当よ？」

ええええ？　両手を握る？　よくされていた。しょっちゅうされていましたけど！　そんな意味だなんて思うわけないでしょう……あれ、ちょっと待って！

「私……ルフォールに着いた初日に抱きしめられましたけど？」

「は？　初日から求愛してたの⁉　やるじゃない」

「とても求愛には思えませんでした……秘書官を引き受けると言ったら、うれしくて思わずという感じで。ケルツには叱られてましたし」

「思わず抱き着くようなことはしないわ。だって、物心ついてから人に抱き着くような習慣はないのだから。ルフォールは求愛する以外で家族以外の人に触れることはしないの。握手だって、よっぽどの事情がなければしないのよ？」

あ、と思った。冒険者ギルドで握手しようとしたら、ギルド長がおかしかった。あれは握手の習慣がなかったからなんだ。それでも握手してくれたのは、王都から来た私に歩み寄ろうとしてくれた結果なのか。本当に他人の身体に、異性に触れることはしないんだ……

「……じゃあ、私はずっとシリル様から求愛されていたんですか？」

「そのようね。その結果、家族になろうって言葉が出たんじゃないかしら。で、受け入れてもらったと思って、先生たちに許可をもらおうとしたのね。ルフォールに行く前にリゼットに話しておけば良かったわね……考え方が違うんだって」

申し訳なさそうな顔のマリエル様だけど、それは少し違うんじゃないかと思う。

「いえ、私は秘書官として派遣されたのですから、そういう話を前もってされたとしたら行かなかったかもしれません。嫁として求められているのなら、違う方にしてくださいと」

「あぁ、それもそうね。でも、言っておきたいのは本当に秘書官として推薦《すいせん》したのよ。リゼットなら仕事はできるし、戦えるし、エジェンにも行き慣れていたから大丈夫だと思って。エジェンとルフォールでも違うことが多いのを忘れていたのよ」

「そうですね。私もエジェンとルフォールは似ていると思ったんですけど、違うことも多くて、違いを知るのは面白かったです。まさか、求愛の仕方が違うとは思いませんでしたけど……」

思い出せば、あれもこれも求愛だったんだと思うと恥ずかしい。本気で子ども扱いされているんだと信じて、困った顔をしていた気がする。そんな私を見てシリル様はどう感じていたんだろう。

「多分、あっちはあっちで話が長くなると思うわ。私の部屋に移動しましょうか。渡したいものもあるのよ」

「え？　マリエル様の私室にですか？」

「ええ。ほら、行くわよ」

「リゼット、王妃様のご命令ですよ。行きましょう？」

楽しそうなマリエル様と女官長に促されて、マリエル様の私室へと向かう。シリル様には伝えておいてくれると言われたものの、内宮まで行ってしまって大丈夫なのだろうか。

マリエル様の私室に着くと、王妃付きの女官たちに囲まれ奥へと引きずり込まれた。

「えええ？」

「大丈夫よ、綺麗になっていらっしゃい？」

「マリエル様ぁ!?」

何をされるのかと思ったら湯あみをするように言われ、終わるとドレスに着替えさせられた。

触っただけでわかる高級な布で仕立てられたベージュのドレス。細かなレースがたくさん使われているドレスは、高位貴族でもめったに仕立てられないものだ。

着替えた後は化粧を施され、髪の上半分を編み込まれて下はゆるく巻かれた。胸のあたりで桃色の髪がくるんとしている。鏡に映った自分は別人のように見えた。

「マリエル様……こ、こんな高級なドレスをなぜ……」

「似合うわぁ。ね、アマンダ。似合うと思わない？」

「そうですね。ここまで似合うとは思いませんでした。マリエル様より似合うかもしれません」

「言うわね～。たしかに私より似合うわ」

マリエル様と女官長は相変わらず楽しそうに言い合っているけれど、私の疑問に答えてくれない。

「……どういうことですか？」

「ん？　これね、私が新婚当時に着ていたドレスなの。リゼットの寸法に合わせて仕立て直したのよ」

「え！」

王太子妃のドレス！　高級なはずだわ。それを私の寸法で仕立て直した？　たしかに腕の長さも丈もぴったりだけど。王宮女官の中では長身とはいえ、マリエル様のほうがはるかに背が高い。仕立て直していなければ裾を引きずってしまったに違いない。

「ルフォールは服の仕立て職人が少ないでしょう？　だから、一度仕立てた服は大事に着るし、着られなくなったら身内にあげるの。義理の姉妹に服を渡すというのは、家族として認めるということでもあるのよ」

「え？　家族として認める？」

「そう。シリルと結婚するなら、リゼットは私の義妹になるわ。だから、お祝いとして渡そうと思って、私が若い頃に着ていたドレスを仕立て直したの。時間がなかったから今はこの一枚だけだけど、後からまた渡すわ。あー楽しみ。ずっと妹が欲しかったのよね」

「マリエル様……」

「あら、お義姉様って呼んでいいのよ？　いいえ、違うわね。まずはシリルと話をしてからだわ。シリル、もう入ってきていいわよ」

部屋の外で待たされていたのか、シリル様が入ってくる。なんだか気まずそうな顔をしているのは、シリル様も話を聞いたからか。

近づいてくるシリル様は私を見ると大きく目を見開いた。あぁ、私がこんな豪華なドレスを着ているからかも。いつも質素なワンピースしか着ていない私がこんな格好していたら驚くよね。

シリル様は少し立ち止まったけれど、また歩き出して私のそばまで来る。その間もシリル様はずっと私を見つめたまま。私の目の前に来ると、すっと手が差し出され自然に手を取られた。

「姉上、リゼットを連れていってもいいか？」

「中庭に入る許可を出してあげる。二人で散歩していらっしゃい？」

「ありがとう。じゃあリゼット、行こうか」

「はい」

めったにないドレス姿だから歩きにくい。だけど、シリル様が支えてくれているから転ぶことはない。大きな手としっかりした腕。頼りがいのあるシリル様。ただエスコートされているだけだとわかっていても、求愛以外で異性に触れることはないと聞いた後だと、どうしてもシリル様を意識してしまう。

見上げたら、シリル様はなぜかすれ違う人を威嚇《いかく》するようににらんでいる。ん？　と思ったら、すれ違う文官や女官に見られている気がする。私がこんなドレスなんて着ているから似合わないと思われている？　それとも、シリル様が大きいから驚かれている？　いや、これは両方かもしれない。

そんなことを考えていたら中庭の入り口に着いた。入り口には騎士が両側に立って警備している。中庭には代々の王妃が管理している薔薇《ばら》園があり、王族と王族に許可された者しか立ち入ることができない。もちろん、女官の私でも入ったことはないが、シリル様が名前を告げると騎士たちはすぐに通してくれた。

「思った以上に広いな」

「はい、すごく広いですね。ここに入るのは初めてです」

「奥に行けば薔薇《ばら》園に着くと言っていた。行ってみようか」

「はい」

マリエル様が管理している薔薇《ばら》は王家主催のお茶会の準備中に見たことがある。一輪でも見事な大きな薔薇《ばら》だった。その薔薇《ばら》が咲いているのを見られるなんて。

中庭の奥に行くにつれて薔薇《ばら》の匂いがしてきた。ふわりと豊かな香りがする。薔薇《ばら》園の中に入ると、いたるところで咲いていて囲まれているように感じた。

「すごいな」

「はい！　こんなにたくさん咲いているとは思いませんでした」

目が合ったら、なぜかシリル様はまぶしそうに目を細めた。昼下がりの薔薇園《ばら》の中、それほど日の光は強くないけれど？

「リゼット、このドレスはどうしたんだ？」

「マリエル様からいただきました。王太子妃時代のドレスだそうです。……こんなに素敵なドレス、私には似合わないですよね？」

「そんなことはない！」

「え？」

ものすごい勢いで反論されて、驚いて見上げたらシリル様が真っ赤な顔をしていた。

「さっきリゼットを見たとき、あまりに綺麗で何も言えなかった。いや、こういう機会がなかったから、どうしていいかわからなくて。でも、それは言い訳だよな。俺が何も伝えていなかったのが悪いんだ」

「シリル様？」

「リゼットは綺麗だ。ドレスも綺麗だけど、リゼットが綺麗なんだ。綺麗すぎて、他の男に見せるのが嫌になるくらい。どうしても自分のものにしたくて、焦って、自分の想いを言葉で伝えることを忘れていた」

シリル様が私を見つめたまま手を伸ばしてくる。その手が私の頬を撫で、親指が唇に触れた。

「初めてルフォールに来てもらったとき、リゼットが真面目で優秀だってわかっていたから、俺は自分が計算できないことを話すのが怖かった。馬鹿にされるんじゃないか、呆れられるんじゃないかって。でも、リゼットはにっこり笑って計算は自分がすればいいと言ってくれた」

「私は女なのに秘書官として受け入れてもらえたのがうれしくて……」

「いや、リゼットはそれまで女だというだけで傷つけられてきたのに、人を見下したりするようなことはしなかった。自分は馬鹿にされたとしても、同じように人を傷つけたりはしない、優しい子なんだと思った」

だって、見下されるのは嫌なことだ。自分ではどうにもならないことで馬鹿にされるのも。

何も言い返さないとわかっていて、あえて傷つけるのは卑怯だと思う。だから、私は良いように利用されてきたのかもしれないけれど。

「つい抱きしめてしまって、後からケルツに叱られた。結婚するつもりがないのであればおやめくださいと。そこで初めて俺はリゼットに好意を持っているんだって気がついた。ただ素直にリゼットに触れたいと思った。なら、結婚する気があれば触れるのをやめなくてもいいだろうと。あのとき、胸を張って笑ったリゼットを可愛いと思ったとき、想いが芽生えたんだ」

「そんな頃から？」

「初めて出会った頃からだけど、それからもっと好きになった。真面目に仕事をしている横顔が綺麗だとか、お茶を飲んだときの気の抜けた笑顔が可愛いとか、怖がりなくせに無理しがちなところに気がついたときにはもう抑えられなかった」

「その頃はまだ黒髪黒目でしたよね？」

ぼさぼさの黒いカツラで魔術具の眼鏡をつけて、嫌われる要素しかないのに。あんな状態の私を見て想いが芽生えた？

「今のリゼットのほうが綺麗なのは間違いないけど、黒髪黒目のリゼットも綺麗だったよ。顔立ちは変わらないんだから当然だろう？」

「え？」

顔立ちは変わらない？　言われてみれば、髪の色が違って眼鏡をしているだけ。顔そのものは変えていないわけだけど……え？

「多分、王都の人たちは黒を怖いものだと思っているんだろう。だから、色を見ただけで目をそむけてしまう。ちゃんと見たらリゼットが綺麗だってわかるはずなのに、その前に色だけで嫌うからわからないんだ」

「色で目をそむける？」

それはそうかもしれない。黒髪だというだけで誰も近づいてこなかったし、話すことも少なかった。だけど、ちゃんと話してくれる相手から容姿を馬鹿にされたことはない。闇属性は嫌われていると知っていたけれど、そこまで？

「そのおかげでリゼットがルフォールに来てくれたのかもしれないけれど、俺には黒だからって否定する気持ちはわからない。リゼットはリゼットだ。いつも前向きで人のことにばかり頑張って、怖がりで泣き虫なのに無理して……そんなところがとても愛しくて」

「シリル様……」

この人は私が黒でも赤でもちゃんと見てくれていた。

私自身を見て、好きだと思ってくれていたんだ。

「リゼットは強いけれど、俺は守りたいと思う。俺の隣にずっといてほしい。俺の妻として一緒に生きてくれないか？」

「妻としてだけですか？」

「え？」

「秘書官としてはくびですか？」

シリル様の妻になれるのならうれしいけれど、これだけは聞きたかった。

「……できれば秘書官としての仕事は続けてほしい。リゼットが秘書官だから求婚するわけじゃないけれど、辞められてしまったら困る。……でも、嫌だというのなら辞めてくれてもいい」

「え？　辞めませんよ？」

「え？」

「ふふふ。試すようなことを言ってごめんなさい。でも、私にとって秘書官の仕事は大事なんです。妻になったら仕事を辞めてほしいという男性も多いので……」

「あぁ、そういうことか。俺はリゼットが続けたい限り秘書官でいてほしいと思う。もう俺の仕事にはリゼットがいてくれないと困るんだ。王宮女官として続けさせることは無理だが、秘書官の給料はそのまま支払う。リゼットの個人資産として持っていてほしい」

「え？」

さすがに給料をもらうつもりはなかった。辺境伯夫人の仕事として秘書官の仕事もすればいいかと思ったのに。

「妻になったからといって給料を払わないなんてことになったら、そのために妻にしたみたいに思われるじゃないか。もし……俺に愛想を尽かして別れることになったら、退職金も払う」

「ええ!?」

そこまで考えて給料を払うと言っていたなんて。あぁ、そうか。シリル様はもう私が妻になるものだと思っていた。当然、秘書官としての仕事をどうするかまで考えていたはずだ。

シリル様はちゃんと私の立場や仕事の大事さもわかっていてくれた。

「返事を聞かせてもらっていいか？　リゼット、俺の妻になってくれるだろうか？」

「はい。シリル様。私を妻として、秘書官として、一生離さないでくださいね」

「もちろんだ！」

返事をするのとほぼ同時に抱きしめられる。そのまま抱き上げられるとシリル様と目線が近くなる。ずっとこんな目で私を見ていたんだ。愛しい……そう言われているみたいだ。

「愛している……リゼット。こうして触れていると幸せだって思うんだ」

「はい……私もです」

私からもシリル様に抱き着くと、包み込まれているように感じる。安心すると共に、愛しさが溢れてくるようだ。

「あぁ、良かった。断られたらどうしようかと冷や冷やした……ニコラ先生と魔術師団長にこれでもかと叱られたからね」

「え？　叱られたんですか？」

「あぁ。言わなくてもわかるなんて、お前は特殊能力でもあるのか！　と」

「……」

さすがお義父様《とう》。私と考えることが同じだわ。怒る姿が想像できて、つい笑ってしまった。

「ごめんな。求婚に気がついていないとは思っていなくて。もっとリゼットの気持ちを聞いていれば良かった。触れても怒らないから受け入れられているのだとばかり思っていて」

「ふふ。それも間違いじゃないと思いますよ。嫌だったら殴り倒していると思いますから」

抱きしめられたり頭を撫でられたりしても怒らなかったのは、相手がシリル様だったから。それを考えたら、私も最初の頃からシリル様のことが好きだったのかもしれない。

「そういうところはルフォールの考え方だな」

「もしかして怒らないからというのは、殴られないからということでした？」

「うん、そういうこと。ルフォールの女性は嫌な男に手を握られたら半殺しにしかねない」

「なるほど……わかりました。私も他の男性に触れられることがあったらそうすることにします」

「そうしてくれると俺は助かるな。さぁ、そろそろ戻ろうか。姉上たちに報告しに行こう」

「はい！」

名残惜《なごり》しそうに最後にもう一度ぎゅっと抱きしめ、そっと下に降ろされる。つないだままの手は離すことなく、マリエル様の私室へと戻る。

たまに隣を歩くシリル様を見上げると、シリル様は私を見ていて、目が合うとうれしそうに笑う。

私も多分同じように、うれしそうに笑っているんだと思う。


マリエル様の私室に戻ったら、中にはニコラ先生と団長さんもいた。三人がソファに座ってお茶を飲んでいたところに戻ると、ニコラ先生が面白くなさそうにつぶやいた。

「ふん。ちゃんと話し合ってきたようだな」

「はい。求婚を受け入れてもらえました」

「そうか……リゼット」

「はい」

「結婚してもリゼットが私の娘だということは変わらない。何かあればいつでも帰ってきなさい」

「っ！　……はい！」

こんな風に送り出してもらえるとは思っていなくて、泣きそうになる。もしダメだったら帰っておいでと言ってくれる家族がいることがこんなにうれしいなんて知らなかった。涙ぐんでいたら、負けじと団長さんが叫んだ。

「俺だって！　いつでも戻ってきて良いんだ。ニコラ先生がいなくなったら俺の娘になればいい」

「ふふ。ありがとうございます」

「私がいなくなったらとはどういうことだ！」

「だって先生だって死なないわけじゃない。もし先生がいなくなっても俺が守るなら、先生も安心できるでしょう？」

「まぁ、それはそうだな。当分、死ぬ気はないが。というわけで、シリル・ルフォール。リゼットはリュデク家の大事な一人娘だ。泣かすようなことはするなよ」

「肝に銘じます。ルフォール家の名にかけて、リゼットを大事にすると誓います」

「なら、良い」

まだ不機嫌そうに見えるけれど、ニコラ先生の口の端が少しだけ上がる。こういうときは実は機嫌が良かったりする。ニコラ先生、意外とシリル様のことが気に入っているのかもしれない。

「話はついたわね？　じゃあ、シリル、リゼットも座って。早いうちに書類を作ってしまいましょう」

マリエル様に言われ、私とシリル様もソファに座る。

テーブルには二枚の書類が置かれていた。一枚は婚約届。もう一枚は……婚姻届？

「姉上、婚約届はわかるんだが、どうして婚姻届も？」

「ええ、どちらにするのか聞こうと思って。だって、あなたたち同じ屋敷に住んじゃっているでしょう？　婚約して同じ家に住んでいたら、もう結婚したも同然と見なされるわよね？　だったら婚姻届を出してしまったほうが良い気がするのだけど」

そういえば私は貴族令嬢だった。普段はリゼットとしか名乗っていないから気にしていなかったけれど。婚約者の家に住むということは、すでにそういう関係だと示すことになる。結婚前に一緒に住むというのは、あまり良くないことだ。

もちろん私が辺境伯の屋敷に住んでいるのは王宮女官として派遣されたからだし、秘書官という立場もある。だが、これが婚約してしまうと、同じ屋敷に住むことだけでも問題になってしまう。

「そうか。そういう風に見られてしまうのか。今までと同じように扱うわけにはいかないんだな……リゼットはどうしたい？」

どうしたいと言われても。

婚約者になるのなら、どこかルフォールの街で住むところを探さないといけない。毎日馬車で送り迎えしてもらうことになるのは申し訳ない。それに、婚約者になったら……

「婚約したら……婚約破棄されるかもしれないんですよね……」

「「「は？」」」

「……あ。すみません、つい。婚約者って言葉に良い思い出がなくて。婚約しなかったら、婚約破棄もされないかなって思ってしまって」

思っていたよりも婚約に良い思い出がなかった。三年間蔑《ないがし》ろにされた上、妹に奪われ、二人から馬鹿にされて捨てられた。あのときの、自分なんていなくてもいいんだと絶望した気分が忘れられない。今、こうして自立して、シリル様に愛されているとわかっていても、婚約と聞くと嫌な気持ちになってしまう。

「よし、わかった。リゼット、婚姻届にしよう」

「え？」

「もう一緒に住んでいるんだし、リゼット以外と結婚する気もない。婚約期間が必要だとは思えない。今すぐ俺と結婚してくれる？」

「シリル……さすがにそれは」

「わかりました。私と結婚してください」

「え？　いいの⁉」

婚姻届を用意したはずのマリエル様が驚いていたけれど、結婚してしまえば、婚約破棄されるかもしれないと不安になることもない。何よりも、シリル様と離れて暮らすなんて想像できなかった。

「うん、ありがとう」

照れたように笑うシリル様に、お礼を言うのは私のほうだと思った。婚約期間なしの結婚なんて、ケルツに怒られないといいな。

いつもどおり、丁寧な字でシリル様がルフォール辺境伯家当主として署名をする。次にニコラ先生がリュデク侯爵家当主として署名をする。もう一度シリル様が夫の欄《らん》に署名した後、最後に妻の欄《らん》に私が署名する。手が震えないように押さえながらゆっくりと書いた。リゼット・リュデク。リュデクの名で署名するのはこれが最後。この届出が受理されたら、リゼット・ルフォールになる。

「さぁ、すぐに受理させるわ。今日はお祝いね！　料理長に晩餐会《ばんさん》で出すメニューと同じものを作らせているわ。パーッとお祝いしましょう！」

「姉上、ありがとう」

「マリエル様、ありがとうございます」

「あら、リゼット。その呼び方は違うでしょう？」

「あ、はい。お義姉様、ありがとうございます」

「ふふっ。どういたしまして！」

その後すぐに婚姻届は受理され、にぎやかな食事会が開かれた。マリエル様、ニコラ先生、団長さんだけではなく、陛下とシャルル王子、アレット王女まで加わってくれる。二家の家族が勢ぞろいし、私とシリル様の結婚を祝ってくれた。

夜も更《ふ》けた頃、ようやくお祝いの食事会が終わり上級客室に戻る。湯あみをして水差しの水を飲んで一息ついたら、部屋のドアがノックされた。

「リゼット、俺だよ」

「シリル様？」

ドアを開けたらシリル様がガウン姿で立っていた。銀髪が少し濡れている。シリル様も湯あみをして寝る準備をした後のようだ。驚いたけれど、部屋の中に入ってもらうとシリル様はうれしそうに笑った。

「ごめんね。寝る前にどうしても抱きしめておやすみって言いたくて」

「シリル様……」

ぎゅうっと抱きしめられるとシリル様の胸のあたりに私の額が当たる。シリル様の腕の中に閉じ込められるような感じになって、そのままずっと閉じ込めていてほしくなる。

「寝る前なのに邪魔してごめん。すぐに自分の部屋に戻るから」

「すぐに戻っちゃうんですか？」

「え？」

昨日、シリル様が部屋から出ていったときのことを思い出して引き留めてしまう。上級客室は豪華で、とても広い。レースの天蓋《てんがい》がつけられた寝台も大きいから、いつもよりさびしかった。だから、また一人にされるのが怖くて、行かないでほしいと思う。

「リゼット、もしかして、一人で寝るのが怖かった？」

「……はい。ちょっと私にはこの部屋が広すぎて……」

「そっか。……うん、夫になったんだからいてもいいか。リゼット、この部屋で一緒に寝てもいい？」

「一緒にいてくれるんですか？」

「うん、ただ一緒に寝るだけね。初夜は帰ってからにしよう？」

「……しょ……や？」

あ。そうだった。もう結婚したのだから、初夜があるんだった。シリル様と……そういうことを!?

ガウンの胸元から素肌が見えて、すぐに目をそらしてしまう。

「あぁ、うん。心配しなくていい。一緒に寝るだけ。今日は何もしないよ。だから、そんなに真っ赤にならないで」

困ったように言ったシリル様に抱き上げられて、寝台まで連れていかれる。お互いに寝台にもぐり込んだら、またシリル様に抱きしめられる。

「今日はいろいろありすぎて疲れただろう。リゼットはよく頑張ったね。もうゆっくり休んでいい。

ほら、目を閉じて」

「……はい」

そんな風に言われたら疲れているのを自覚してしまって、限界だった。

セリーヌの取り調べに立ち会うからと昨日の夜はよく眠れなかった。セリーヌと、お父様とダミアン様。言いたいことを言ってすっきりしても、気力が削られていくようだった。最後はみんなからお祝いされてうれしかったけれど、体力はとっくになくなっている。

背中や髪をゆっくり撫でられていると、ぽかぽかと温かくなって、水に深く沈んでいくように身体が重くなっていく。眠りに落ちる寸前、額に少し硬めの感触とシリル様の息遣いを感じた。

「おやすみ、リゼット」

おやすみなさいと返事をしたかったけれど、もう無理だった。口を動かすこともできずに、そのまま夢も見ずに眠った。


日の光を感じて目を開けたら、なぜか枕が硬かった。

寝心地は悪くないけど？　なんて思っていたら、シリル様の腕だったことに気がつく。寝返りを打ったのか、後ろからシリル様に抱きしめられた状態で寝ていたらしい。私が動いたらシリル様が起きてしまうかも。

そう思ったけれど、好奇心に負けて寝返りを打った。

「おはよう」

「え？　起きていたんですか？」

「うん」

「いつから？」

「少し前かな。リゼットのつむじを眺めてた。なんだか幸せだなぁと思って」

つむじ？　私の頭の？　いや、反対側を向いていたからつむじしか見えなかったんだろうけど。

ただでさえ寝起きでぼんやりしているのに、シリル様が変なことを言うから頭の中が疑問でいっぱいになる。

「ごめん、変なことを言った。おはよう、リゼット」

挨拶のついでのように自然に額に口づけられて、一瞬で顔が熱くなる。

「な、なんですかぁ」

「朝の挨拶。できればリゼットからもしてほしいな。頬に」

もしかして、これはルフォールでの朝の挨拶？　お互いに口づけするの？　……これも妻としての仕事だと思い、目を閉じてシリル様の頬に口づけしようとする。

「ズレたね。鼻だった」

「ごめんなさい」

「いや、うれしい。初めてリゼットから口づけされた」

くるんと身体を持ち上げられ、シリル様の身体の上に乗る体勢になる。大きなシリル様は私が乗っていても平気な顔をしているけれど、身体の全部をシリル様に密着させた私は恥ずかしくてたまらない。

「お、下ろしてくださいぃ」

「もうちょっとだけ、ね。今日はルフォールに帰る日だから、起きたら準備しなきゃいけない。あとちょっとだけこうしていて」

「……あとちょっとだけですよ」

シリル様にお願いされると弱い。なんだか大きな犬に甘えられているような気がして、断ったらしょんぼりするんだろうなって思うと断りにくい。

結局、私が恥ずかしさに耐えきれなくなるまでこの状態は続いて、シリル様の願いを聞くのはほどほどにしようと決めた。

15

今日は他国の大使を迎える式典があるために、マリエル様は朝から最終準備だと聞いた。その式典にはニコラ先生と団長さんも出席するそうなので二人も忙しい。昨日の食事会のときに見送りできないことを謝っていたけれど、また今度ゆっくり会えばいい。

馬車に乗って王宮を出て、王都内をゆっくり走る。街の中は人が多いから、速く走らせるわけにはいかない。窓の外に見える街はにぎやかで、でもルフォールの街を見慣れてしまうと、違うなって思ってしまう。

「王都は人がいっぱいだけど、他国の者が少ないな」

「そうですね、王都はルフォールのようにどんな人種でも受け入れるという感じではないです。でも、お義姉様が変えようとしていますから、今度来るときは違うかもしれません」

「そうだな。姉上なら変えていけるだろう」

王都は裕福な者しか住んでいないし、ルモニット王国に昔からいる人種しかいない。

闇属性が嫌われるのも、もとはこの国には光と闇はいなかったかららしい。それなのに光が嫌われていない理由は、ニコラ先生の祖先が王家を助けたことがきっかけだそうだ。

光も闇も他国の王族が嫁《とつ》いできたことで生まれるようになった属性なので、今でも光と闇は高位貴族に多いと聞く。闇属性で生まれた者は、たいていは孤児院に預けられてしまうそうだけど。

「ニコラ先生があと数年もしたら学園を辞めるって言っていたよ。そうしたらゆっくり会いに来ると。気に入ったら、ルフォールに引っ越ししてくるかもしれないな」

「あぁ、お義父様ならルフォールに興味を持ちそうです。会いに来てくれるのが楽しみですね」

幼馴染《おさななじ》みだった奥様を早くに亡くされ、それからニコラ先生は後妻を迎えることなく研究を続けてきた。子どもはなく親戚もいないと聞いて、ニコラ先生の養女になると決めた。ニコラ先生も家族がいないとわかったからだ。

「魔術師団長も仕事で近くまで来たら寄るって言っていたし、これから騒がしくなりそうだな」

「そうですね、お義兄《にい》様もルフォールは好きだと思います。お義兄《にい》様は王都の雰囲気が好きじゃないそうですから」

「ん？　あ、ああ。そういえば魔術師団長は闇属性でもあるんだっけ」

「はい。火属性もあるので、それほど目立たないですが、それでもいろいろあったみたいです」

「そうか。じゃあ、ルフォールでゆっくりしていってほしいな」

「ええ」

団長さんは公爵家出身で魔術師団長を務めているが、家とは少し距離を置いている。理由は闇属性で目が黒いから。ただそれだけのことで、他の兄弟とは愛情に差があったという。捨てられなかったのは強い火属性があったからだと教えてくれたとき、捨てられても良かったけどなと言っていたのは本気だったと思う。

家に帰りたくないから学園で魔術の訓練ばかりしていた団長さんに、ニコラ先生が声をかけてお茶に誘ったのがきっかけで、それからずっとニコラ先生の研究室に入り浸《いびた》り、卒業してからも時間があれば研究室に遊びに来ていた。きっと団長さんにとっての家族は公爵家じゃなく、ニコラ先生だ。その気持ちは私と同じだったんじゃないかと思う。「私のことは兄と呼べ！」と昨日言われたので、これからはお義兄《にい》様と呼ぶことにした。

「そういえば、どうしてリゼットは王宮女官になったんだ？　魔術師団長に誘われなかったのか？　リゼットなら魔術師団に入れるほどの実力があるだろうに」

「誘われましたよ。女官とどちらにするか聞かれました」

「どうして女官を選んだんだ？」

「……高いところが苦手なんです」

「ん？」

「お義兄《にい》様、面倒くさくなると空を飛んで移動するんです。一緒にいる人も持ち上げて運ぶんですけど、それを何度かされて、私には無理だと思いました……」

あれは思い出すだけで鳥肌が立つ。団長さんは動きが速いというか、一応は飛ぶぞと言ってくれるのだけど、言うとすぐに飛んでしまうので身構える前に空に上げられる。急に足場のない高いところに放り投げられ、気を失いそうになった。あれに耐えられなければ団員になれないと聞いて、私には無理だと思った。

「リゼット、高いところが怖いの？」

「……はい」

「そうか。じゃあ、高いところに行くときは気をつけるね」

笑われるかと思ったけれど、真面目な顔で心配された。そうか、こういうことか。シリル様が計算ができないと話してくれたときの気持ち。笑わないで真剣に受け止めてもらえることがこんなにうれしいなんて。

喜びのあまり隣に座るシリル様の腕に抱き着いたら、するりと抱き上げられてひざの上に座らされた。

「え？」

「いや、せっかく甘えてくれたみたいだから、もっと甘やかしたくて。ほら、ちゃんと寄りかかって。まだルフォールまでは長いからね。休みながら帰ろう」

「はい」

シリル様の胸に頭を寄せて、抱きしめられながら外の風景を見る。

王都からルフォールに向かうのはこれで二度。でも、今日はルフォールに行くのではなく、帰る。

ケルツや使用人のみんな、カオたちに早く会いたい。会って、報告したい。ゆっくり進む馬車がもどかしくて、でもこのままでいたい気持ちもあって。おかしくて笑ってしまったら、シリル様も不思議と笑っていた。


三日後、久しぶりに赤い街壁を見て、やっとルフォールに帰ってきたと感じる。あぁ、みんなに早く会いたいな。あれ……なんだろう？　赤い旗？

「シリル様、街壁の入り口に大きな赤い旗が掲《かか》げられてます。あれってなんですか？」

「ん？　あぁ、本当だ」

「あんなの、いつもありませんでしたよね？」

いつもはそんな旗は掲《かか》げてないのに、何があったんだろう。不思議に思って聞いたら、シリル様がふふって楽しそうに笑う。

「え？　何かあるんですか？」

「きっと、中に入ったら驚くよ」

「驚く？」

街壁の入り口に近づくと、馬車を見た領民たちから声をかけられる。なぜかみんな赤いものを身につけている。

「領主様！　おかえりなさいませ！」

「おめでとうございます！」

ん？　おかえりはわかるけど、おめでとうございます？

馬車に乗ったまま入り口を通り街の中に入ると、その声はもっと増えていった。声だけではなく、赤い帽子、赤い服、赤い鞄、赤い花。街中に赤いものが溢れている。

「領主様！　炎姫《えんき》様！　おめでとうございます！」

「おかえりなさい！　領主様！　炎姫《えんき》様も！」

「ご結婚、おめでとうございます！　きゃあ！　炎姫《えんき》様が見えたわ！」

え？　炎姫《えんき》様って、私？　どういうこと？　どうしてお店の売り子の女性が私を見て騒いでいるの？

「あの赤い旗は慶事のときに掲《かか》げるものだ。ルフォールは街壁も屋敷も赤いだろう？　赤はこのルフォールを守ってくれる象徴の色なんだ。だから、お祝いがあるときはみんな赤いものを身につけてお祝いする。きっと姉上か誰かが先に知らせたんだと思うよ。ほら、俺とリゼットの結婚を祝福してくれる声が聞こえるだろう？」

「お祝いはわかりましたけど、どうして炎姫《えんき》なんですか!?」

結婚のことを知ってお祝いしてくれるのはうれしいけれど、炎姫《えんき》って。冒険者でもなさそうなお嬢さんが私のことを炎姫《えんき》様って呼ぶのはおかしくない？

「ほら、この前の魔獣の大発生。被害を抑えられたのはリゼットのおかげだっただろう？　冒険者の連中がそれを飲みながら話したみたいでね、炎姫《えんき》の名はルフォール中に知られているんだ」

「ええ？　……炎姫《えんき》って呼ばれるのは恥ずかしいんですけど」

いくらなんでも炎姫《えんき》様は恥ずかしすぎる。エジェンで呼ばれ始めたときも嫌だって言ったのに。できれば普通にリゼットと呼んでもらえないだろうか。

「きっと、その炎姫《えんき》が領主の妻になったのがうれしいんだと思うよ。しばらくしたら落ち着いて辺境伯夫人って呼ぶようになるんじゃないかな」

「そうですか……落ち着いたら」

私がシリル様の妻になったことを嫌がられなくて良かったと思うべきかな。早く落ち着いてほしいとは思うけど。窓の外を見ると騒がれるから隠れようとシリル様のほうに寄ったら、甘えたわけじゃないのにシリル様に抱きしめられた。

「シリル様、もう屋敷に着きます！」

「うん、知ってる」

「放してください～」

「ダメ。これも大事なことだから」

辺境伯の屋敷に着いたら、玄関前にケルツやカオ、使用人のみんなが勢ぞろいしていた。馬車のドアが開くと、シリル様は私を抱きかかえながら降りて、そのまま歩き出した。

「シリル様！　降ろしてください！」

「ダメだよ。このまま部屋まで連れていく。リゼットはもう俺の妻だからね」

「ええ？」

ジタバタしてもシリル様は軽々と私を運んでいく。それを見たみんなはにこにこと笑っている。

え？　これが普通なの？

「シリル様、リゼット様、おかえりなさいませ。そして、ご結婚おめでとうございます！」

「おめでとうございます！　姉御《あねご》！」

「あ、ありがとう……」

「ケルツ、部屋の用意はできているか？」

「ええ、できております」

「うん、ありがとう」

シリル様がケルツに部屋を確認すると、そのまま私を連れて屋敷に入り二階へと上がっていく。

本館の二階はシリル様の私室があるから、私は行ったことがない。驚いているうちに、大きなドアを開けて中へと入る。シリル様の私室かと思ったけれど、鏡台がある。女性の部屋？

「ここは？」

「ここはリゼットの部屋だよ。領主夫人のね」

「え？」

「もう妻なんだから、使用人部屋に戻すわけないだろう？　とりあえず、湯あみしておいで。クローゼットにはリゼットの服を入れてあるから」

「ええ？」

「それじゃあ、また後で。侍女たちはすぐに来るから」

私をそっと床に下ろして立たせると、シリル様は部屋から出ていった。シリル様の言うとおり、すぐに侍女が二人部屋に入ってくる。

「「おかえりなさいませ、リゼット様」」

「うん、ただいま。えっと、リールとミマよね」

「はい、本日より、リゼット様の専属侍女になりました」

「覚えていただいてうれしいです。リゼット様、これからよろしくお願いいたします」

「え？　専属侍女？」

「はい。リゼット様は辺境伯夫人ですから」

「あぁ、辺境伯夫人……なるほど」

秘書官だったときも侍女はつけてもらっていた。ただし、専属ではなかった。部屋の掃除をしてもらったりお茶を淹《い》れてもらったりすることはあっても、基本的には用があるときだけ仕事を頼んでいた。王宮女官だったときは全部自分でやっていたから、侍女に頼むのは気が引けてしまう。領主夫人になったら専属侍女がつくのは当たり前なのだけど、しばらくは慣れそうにないな。

「では、湯あみのお手伝いをいたしますね」

「え？」

「はい、湯の準備はできております。さぁ！」

「えええ？」

たしかに馬車の旅で薄汚れているかもしれないけれど、湯あみの手伝いはいらない。大丈夫、一人で洗えるから！　そう言ったのに、二人の迫力に負けて全身を磨かれた。

終わったら軽食を出され、ぐったりしながらサンドイッチをつまむ。なんでだろう……馬車の旅よりも疲れた気がする。レモン水をもらって飲んでいたら、ようやく落ち着いてきた。もうすぐ夜になる。このまま寝てしまおうかなと思っていると、どこからかシリル様の声が聞こえた。

「リゼット、湯あみは終わった？」

「シリル様？　はい、終わりました」

「じゃあ、こっちの部屋においで」

「ん？」

こっちの部屋？　と首をかしげていたら、飾り棚だと思っていたものが動いて、向こう側にシリル様がいた。

「え？」

驚いている間に、シリル様に抱き上げられて連れていかれる。隣の部屋は私の部屋の倍くらいあり、真ん中に大きな寝台が一つ置かれていた。寝台まで行くと、ゆっくりと降ろされて寝台の端に座らされた。

「ここが寝室だよ」

「え？　でも、部屋に寝室ありましたよ？」

私の部屋だと言われた部屋は奥に寝室がついていた。そこに浴室や支度部屋などもつながっていて、さすが領主夫人の部屋だと思っていた。それなのに、私の寝室？　二つも寝室がある理由がわからない。

「うん、普段はあっちの寝室で寝るものらしい。ここは領主が夫人を呼ぶときに使う寝室なんだ」

「え？」

「領主の部屋にも寝室はあるけど、まぁ、簡単に言えばここは夫婦で過ごすための寝室？」

「夫婦の寝室……え？」

それって、そういうこと？　そういえば初夜はルフォールに帰ってからって言われていた。だけど、旅をしている間にすっかり忘れてしまっていたし、ルフォールに帰ってきたら炎姫《えんき》様って言われて動揺して……

「昔の貴族夫妻は、伺いを立てて会っていたらしい。妻の使用人に手紙を渡して、今日はどうだろうか、よろしいですわ、と。それに不満を持った仲が良い領主夫妻が、使用人を通さなくても会えるように部屋を作り、この隠し扉をつけた。ここから直接妻のところに会いに行って、この部屋に連れてこられるように」

「だから、飾り棚が扉になっているんですか……」

妻と会うのにお伺いって。まぁ、政略結婚だったのならそういうこともあるのかも。仲が良い貴族夫妻のほうがめずらしいだろうし。

「本当はルフォールに帰ってきて、ケルツたちに報告して、リゼットの部屋を用意させて……それからあらためてこの部屋に連れてくるつもりだったんだ。だけど、どうやら俺たちが結婚した次の日には連絡が来ていたらしい。魔術師団長が鳥を飛ばして手紙を送ってくれたようだ」

「お義兄《にい》様が？　ここまで鳥を飛ばせるなんてさすがだわ」

連絡用の魔術の鳥を飛ばすだけなら私にもできるが、私はここからエジェンにも届けられない。しかも、術が安定しないのでよっぽどのことがなければ使わない。この長距離を確実に飛ばせるのは団長さんくらいなものだ。

「おかげで旅から帰ってすぐに儀式をしなくてはいけなくなった。リゼットを抱き上げて屋敷に入り、領主夫人の部屋に連れていき、こうして初夜の準備まで整《ととの》えられてしまった」

「やっぱり儀式だったんですか。やらなきゃいけないって感じはしてましたけど」

抱き上げたまま馬車から降りたとき、大事なことだって言っていた気がする。きっとルフォールならではの何かがあるんだろうとは思っていた。あれかな。妻になった者を初めて屋敷に入れるときの儀式なのかな。言っておいてほしかったけれど、まさか結婚したと連絡されているとは思わなかったし、シリル様にとっても想定外だったんだろう。なんとなくシリル様がシュンとしているのがわかる。

「というわけで、驚かせてごめん。初夜だけど、気にしなくていい。ただ、一緒に寝ようとは思ってた。きっと、リゼットは一人で寝るのは嫌なんじゃないかと思ってたから。ケルツに怒られないように、俺の部屋にどうやって連れてこようか悩んでいたんだけど、こうして夫妻の寝室で一緒に寝ることになるとはね」

「……一人で寝るのは嫌だなって思っていましたけど、どうしてわかったんですか？」

「ん？　昨日の夜、明日の夜はルフォールで寝れるねと言ったら、さびしそうな顔をしたから。もしかしたら屋敷に帰ったら一緒に寝られないとか思ってないかなって。当たった？」

「……はい。お披露目《ひろめ》があるまでは、使用人部屋に戻って寝ることになると思っていたので……」

結婚したとはいえ、きちんと領民に知らせてからじゃないと、妻として認めてもらえないんじゃないかと思っていた。どれだけ時間がかかるかわからないけれど、それまで一人なのかなって。

「お披露目《ひろめ》？　そういうのはないよ？　というか、街中で赤いものを身につけてお祝いしていただろう？　あれがお披露目《ひろめ》みたいなものだけど。街壁の入り口と冒険者ギルドと商業ギルドで赤い旗を掲《かか》げる。それだけなんだよ、領主の結婚のお披露目《ひろめ》って」

「え？　そうなんですか？」

「うん、報せがあると領民は赤いものを身につけて酒を飲み始める。こっちが何かするわけじゃなく、領民が自主的にお祝いしてくれるんだ。もうすでにリゼットは俺の妻だってみんな知っているよ」

「そう、なんですね？」

王都で一般的な結婚披露《ひろう》の夜会を想像していたから、準備とか大変で時間がかかると思っていた。あっさりとお披露目《ひろめ》が終わったことに驚きながらもほっとする。……やっぱり下手に目立つのも着飾るのも苦手だもの。

「だから、もう安心していいよ。これからずっとリゼットと一緒に寝られるから。どうしても一人になりたいときには仕方ないけど、俺だってリゼットがいないのはさびしいよ」

「ふふ。シリル様もさびしいって思うんですね」

「思うに決まっているだろう。ずっと、出会った頃から夜はさびしいと思っていた。早く朝になってリゼットに会いたいと思いながら寝ていたんだ」

私の頬を撫でながら見つめてくるシリル様が、その頃を思い出したのか少しさびしそうな顔をする。知らなかったけれど、そんな思いをさせてしまったことが嫌で、シリル様の手に自分の手を重ねる。

「もう、ずっと一緒です。おやすみなさいって言っても、そばにいます」

「うん、うれしい」

ほっとしたように笑ったシリル様の顔が近づいてくる。

え？　と思っているうちに唇が重なった。

ゆっくり押しつけられて、シリル様の熱を感じる。

「ごめん、我慢できなかった」

「……我慢してたんですか？」

初めての口づけだった。額や頬にされるのは何度かあったけれど、こうして唇にされたのは初めてで、胸が苦しい。

「少しでも手を出してしまったら止められなくなると思って」

「……止めなくてもいいんですよ？」

「え？　……いや、でも」

「もう、私は妻なんでしょう？」

「リゼット……」

「私はシリル様の妻です。そうでしょう？」

「うん……ありがとう」

もう一度、両頬を手で包み込まれて口づけをする。何度も何度も、何かを確かめるように唇が重なる。そのまま夜着にかけられた手は止めなかった。


カーテンの隙間から光が射し込んでくる。

厚手のカーテンだから、朝になってもそれほどまぶしくはないけれど、思ったよりも日が高くなっているようだ。部屋の中が明るい。

「起きた？」

「シリル様？」

「今日は一日ゆっくりしていよう？　もう少し寝てていいよ」

「……じゃあ、シリル様も一緒です」

「うん、そうだね」

起き上がろうとしていたシリル様を引き留めたら、ぽすんともう一度寝台に倒れ込んだ。

そのまま私のほうに身体を向けて、抱きしめてくれる。その腕の中が気持ち良くて、また目を閉じた。ここはなんて落ち着く場所なんだろう。ここにいたら、もう二度と傷つかないって安心できる。

ふわふわとただようような幸せに、このまま起きなくてもいいと思えた。

16

ルフォールに来て、五回目の春になった。

穏やかな気候は眠くなってしまって困るけれど、もうすぐ初夏の魔獣繁殖期が来る。やることをやらないと落ち着かない。

執務室のドアを開けると、奥で仕事をしていたシリル様が飛んでくる。

「リゼット？　大丈夫なのか？」

「ええ、大丈夫です」

「無理しないで休んでいて良いんだぞ？」

「眠かっただけなので、もう大丈夫です。それよりも早く予算案を冒険者ギルドに渡さないと！」

「あ、ああ。……絶対に、絶対に無理しないように！」

「わかりました。無理はしません」

ちょっと眠くて朝起きられなかっただけなのに、まだ心配なのか納得していない顔のシリル様を押して奥の部屋に戻す。シリル様が自分の机に向かうのを見て、私も自分の席に座る。

初夏の魔獣繁殖期を前に、冒険者ギルドに予算案を作って渡さなくてはいけない。繁殖期を迎えるより早く魔獣を間引きして減らしておく必要があるのだが、以前は特に討伐数を指定せずに冒険者に任せていた。

それを辺境伯からの依頼という形で予算案を作り、予算案を基に冒険者ギルド長が冒険者に振り分ける形式に変えた。こうすることで、魔獣の数を把握して対処することができる。

「シリル様、リゼット様、もうすぐカオが来る時間です」

「もうそんな時間か。来たら応接室に案内しておいてくれ」

「かしこまりました」

カオからケルツに相談があったのは先週のことだった。引き取って育てている子どもたちの件でケルツに相談したらしいが、それを聞いたシリル様が話を聞きたいとカオを呼び出していた。

それから間もなくカオが来たと告げられ、一階の応接室へと向かう。私を抱き上げて運ぼうとするシリル様を落ち着かせ、腕に掴まって歩く。もともと心配性な人ではあるが、最近は過保護すぎて落ち着かせるのが大変だ。

応接室に入ると、カオと三人の少年がソファに座っていた。なんとなく見覚えがあると思ったら、エジェンから最後に連れてきた三人だ。平民は十五歳で成人になるから、三人も成人する頃だと思う。

「シリル様、姉御《あねご》、すみません。忙しいときだっていうのに時間をとっていただいて」

「いや、領民のことだからね。これも大事な仕事だ。それで、その三人の養子先を探しているって？」

「はい。そうなんです。この子たちは面倒を見ているうちでも一番年下で小さかった三人です。エジェンから連れてくるのも最後になったのですが、やっぱり冒険者として独り立ちするのは難しくて……薬草採取にしても、魔獣と戦える力がないと街壁の外には行けませんし」

あぁ、この三人は冒険者に向いていなかったのか。攻撃魔術が使えるか、武器を扱えるか。どちらかできればいいのだが。もともと身体が小さいということもあるのかもしれないが、おとなしそうに見える。荒々しい冒険者たちに交ざって戦うのは難しいのかもしれない。

「だから、養子か」

「そうです。三人は冒険者には向いていないかもしれませんが、リオは賢くて冒険者ギルドの魔獣ゲームでは負けなしです。読み書きもできるし、商人向きだと思うんです。双子のランとムウは木属性だからか、植物を育てるのが得意です。農家の養子を探しているのですが、二人は離れるのを嫌がっていて。一人ずつだったら養子先もあったのですが……」

「なるほどな。で、どうだった？　ケルツ」

「はい。リオにいくつか作業させてみましたが、たしかに優秀ですね。理解するのが早いし、作業も丁寧です。商人向きというのは間違いないでしょう」

どうやらもうすでにケルツはリオに会って確認していたらしい。ケルツが優秀だと言うのなら本当にできる子なんだろう。土属性らしい短い茶髪のリオは褒められたためか頬を赤らめた。

「では、こうしよう。カオ、リオはケルツが預かる」

「え？」

「ケルツも高齢だから、家令の跡継ぎを探している。リオがそうなれるかどうかはやってみなければわからないが、家令は無理でもうちの使用人にはなれる。養子ではないが、どうだ？」

「いいのですか！　辺境伯様の屋敷で働けるならこれ以上の話はありません！」

「そうか。リオはどうだ？　うちで勉強するか？」

「……僕が辺境伯様のお屋敷で？　本当ですか？」

「リオにやる気があるなら、ここで受け入れる。どうする？」

「よ、よろしくお願いします！　僕、頑張ります！」

「よし、じゃあ、荷物を持って屋敷に来なさい。使用人部屋を用意しよう。それで、その双子だが」

リオの行き先が決まり、声をかけられたランとムウがびくりとする。二人で手をつないで、離れたくないという強い意思を感じる。二人一緒に養子になるなんて、かなり大きな農家でもなければ無理だ。それをわかっているから不安になっているのかもしれない。

「植物を育てるのは好きか？」

「？　……はい」

「好きです」

「二人、一緒がいいんだな？」

「っ！　はい！　一緒がいいんです！」

「一緒にいられるならなんでもします！」

「よし、わかった。二人もこの屋敷においで」

「「え？」」

「庭師を増やそうと思っているんだ。手が足りなくて奥庭が放置されている。庭師のカルムも高齢だし、若い子を入れようと思っていたんだ。二人で庭師の仕事を覚えてみないか？」

「「やります！」」

離れなくて済むとわかったからか、元気良く返事をした後、二人で笑い合っている。

この辺境伯の屋敷はシリル様が継いでから使用人が増えていなかった。今いる若い使用人は、昔からいる使用人の子どもたちだ。よそから雇いたくないのかと思っていたら、シリル様が忙しすぎて、そこまで手が回らなかっただけらしい。ようやく仕事も落ち着いてきて、使用人の高齢化問題をどうにかしなくてはいけないという話になっている。

「良かった……三人とも。こんないい話はありません。シリル様、姉御《あねご》、ケルツさん、ありがとうございます。三人をよろしくお願いします」

深々と頭を下げるカオに、それだけカオが愛情を持って子どもたちの面倒を見ていたのがわかる。

「なぁ、カオ。面倒を見ている孤児はこの三人で終わりか？」

「あぁ、そうですね。他の子はみんな独り立ちしましたから」

「じゃあ、そろそろ結婚するか？　ミマと恋仲なのだろう？」

「え？　あの……知っていたんですね……」

カオは一年前から私の専属侍女のミマとつきあい始めた。そのことはすぐにミマから報告されていたが、カオには言わなかった。からかうみたいで嫌かなと思って黙っていたのだけど。

「でも、ミマは辺境伯夫人の専属侍女です。ただの冒険者である俺と結婚したら苦労させてしまいます……なのに、離れることもできなくて、ずるずると……すみません」

「それは、一緒に住めないから結婚できないってこと？」

「さすがに街壁の外に住んでいる俺のところに来れば、ミマが仕事を続けるのは難しくなります。専属侍女として頑張っているのはわかっていますから、辞めさせたくはないんです」

ルフォールに限らず、平民は婚姻届を必要としない。一緒に住むことで周りに結婚したと認められる。冒険者として生活しているカオは街壁の外に家を持っている。孤児たちを育てていたこともあって広い家が必要だったため、街壁から少し離れた場所にある家を安く借りているのだ。

さすがにミマがあの家に住んでこの屋敷に通うのは無理だとわかる。基本的に専属侍女は主人の屋敷に住むのが原則になっている仕事だし。

お互いに真剣につきあっているのはわかるけれど、結婚となると難しかったのだろう。

「そこで、だ。カオ、お前もこの屋敷で働かないか？」

「は？」

「お前もこの屋敷で働けば使用人部屋で一緒に住めるだろう？　それならミマと結婚できるんじゃないか？　住むところの問題がなくなれば結婚したいのだろう？」

「そ、それはもちろんそうですけど！　でも、俺を専属として雇うんですか？」

領主は冒険者と長期契約して、屋敷お抱えの冒険者にすることもよくある。ただ、この屋敷には専属の冒険者はいないし、歴代の領主も専属を雇ったことはない。だからカオが驚くのも無理はないけれど、シリル様は冒険者として雇うとは言っていない。

「カオには護衛になってほしいんだ。リゼットの」

「ええ？　姉御《あねご》のですか？　俺のほうが弱いんですよ!?」

「ははっ。それはそうだな」

「姉御《あねご》に護衛は必要ないと思うんですけど。俺とミマのためにそんな無理しなくても……」

どうやらカオは、シリル様がミマと結婚させるために言い出したと思ったらしい。まぁ、それもなくはないのだけど。

「カオ、本当に私の護衛が必要なのよ」

「え？　なんでですか？」

「ふふ。これから動けなくなるの。この子が大きくなってくるから」

「ふえぇ？」

私がお腹を撫でながら言うと、意味を理解してくれたのか、カオは興奮して立ち上がった。

「姉御《あねご》！　お腹に赤ちゃんが!?」

「ええ、そうなの」

「……っ。ついに……ついに……良かったです。姉御《あねご》……良かったですね……」

「うん。ありがとう」

泣き出したカオに、ずいぶんと心配かけてしまったなと思う。

結婚して約四年。ようやく身ごもったとわかったとき、私もほっとして泣いてしまった。

三年目が一番つらかった。行き遅れと言われる年齢で嫁《とつ》いだのが悪かったのか、忙しく働いていているのが悪いのか、子どもができないのは自分のせいなのかと責めるように悩んだ。

あの頃は本当にシリル様にも申し訳なくて、大丈夫だと言われる度《たび》に落ち込んでいた。

専属侍女のリールとミマにもかなり心配されていて、カオも何かと気を遣ってくれていたのは知っていた。

「というわけで、カオにはリゼットを守ってほしいんだ。残念だけど、リゼットがいないと仕事が回らないのは事実で、大事に休んでいてもらいたいが、そういうわけにもいかないんだよ。だから、リゼットが無理しないように見張って、何かあれば守ってほしい」

「わ、わかりました！　そういうことでしたら、全力で守らせてください！　俺はエジェンにいたときから姉御《あねご》に何度も助けてもらって、ルフォールに来てからはシリル様にも助けてもらっています。少しでも役に立ちたいんです。俺を雇ってください！」

「ああ、リゼットの近くにいさせるわけだからね。強いのはもちろんだが、信頼できる者でなければならない。カオなら安心して頼める。用意ができたら、四人でこの屋敷に引っ越しておいで」

「ありがとうございます！」

「「ありがとうございます！」」

カオが頭を下げるのを見て、子どもたちも一緒に頭を下げた。これでもう悩むことはなくなったはず。面倒を見ていた孤児は全員が自立できて、住む場所も決まった。ミマはカオと離れなくて済むし、これからは一緒に働ける。ケルツが笑顔で廊下へと出ていった。おそらくミマと、彼女の両親に報告に行くのだろう。ずっと心配していたようだから。

カオたちが帰った後、手紙が一通届けられた。王宮の、マリエルお義姉様からの手紙だった。

「姉上はなんて？」

「妊娠したことをとても喜んでくれています。こちらにお義姉様が来ることは難しいので、お義兄《にい》様が代わりに来てくれるそうです」

「魔術師団長が？」

「ええ。異常がないか体調も診《み》てくれるそうです。お義兄《にい》様からの手紙も同封されていました。なんでも家族が増えたから紹介もしたいと。養子を迎えたそうです」

「養子を!?　結婚する気がないのは知っていたが、子どもを引き取ったのか」

「異母弟だそうです。……黒髪の」

「あぁ、そういうことか」

団長さんに闇属性の異母弟がいるとは知らなかった。本人も最近知ったのかもしれない。きっと、団長さんが保護しなければいけないと思うような事情があったのだろう。

「どういう子でしょうか。お義父様にも知らせておかないとですね」

「きっとリゼットみたいないい子だよ。はは。騒がしくなりそうだなぁ」

「ふふふ。会うのが楽しみです」

ニコラ先生は二年前にルフォールに引っ越してきた。王都の屋敷もそのまま残しているので、たまに王都にも戻っているらしい。ルフォールではこの屋敷に住むのかと思っていたのだが、魔獣の森を研究したいからと街壁の外に家を借りて住んでいる。何かあれば一緒に食事をしたり、この屋敷に泊まったりすることもある。団長さんが来るならニコラ先生も屋敷に滞在することになるだろう。

「お義父様も、身ごもったと報告したときはすごく喜んでくれましたね」

「あぁ、あれはすごかったな。ニコラ先生のあんな笑顔は初めて見た。孫が生まれるのがうれしいんだろうなぁ」

「この子は生まれてくる前からみんなに愛されていますね」

まだそれほど目立たないお腹に手を当てると、心が温かくなる気がする。あと数か月もすれば生まれてくる。男の子でも女の子でも、元気で生まれてきてほしい。

ふいに抱きしめられ、そっとシリル様のひざの上に座らされる。妊娠してからますます過保護になったシリル様は、繊細《せんさい》な宝物のように私に優しく触れる。

「……幸せだな」

「はい。幸せですね」

子どもができないことで焦って苛ついて、シリル様を遠ざけようとしたこともあった。一人にしてって自分で言ったのに、さびしくて、様子を見に来たシリル様に泣いてしまったこともある。でも、どんなときもシリル様は私を離さなかった。

いつも大事なのはリゼットだと言ってくれるのがうれしくて、ようやく心が落ち着いてきた頃に妊娠したのがわかった。

「リゼットが、ここに、ルフォールに、俺の元に来てくれた。それだけで幸せだと思っていた。これ以上幸せにならなくてもいいと思っていたのに。リゼット、幸せって増えていくんだな」

「ふふ。そうですね。私もこんなに幸せでいいのかなって思っていました。でも、もっと幸せになりたいって思ってしまったんです。シリル様との子どもが欲しい、それが叶うなんて」

「うん、もっと幸せにしたい。リゼットを。これからも、ここにいてほしい。ずっと、俺と一緒にいて、一緒に幸せになって」

「はい。ずっと、一緒にいますね」

あの頃の、つらかった日々を忘れたわけじゃない。欲しかったもの、なくしたもの、失った関係、消えていった命。だけど、今ここにいて、幸せだと思える。

ルフォールに、シリル様の隣にいるのがこんなにも幸せで。

たどり着いたここが、私の居場所だから。

この作品に対する皆様のご意見・ご感想をお待ちしております。
おハガキ・お手紙は以下の宛先にお送りください。

【宛先】
〒150-6019 東京都渋谷区恵比寿 4-20-3 恵比寿ｶﾞｰﾃﾞﾝﾌﾟﾚｲｽﾀﾜｰ 19F
（株）アルファポリス　書籍感想係

メールフォームでのご意見・ご感想は右のＱＲコードから、
あるいは以下のワードで検索をかけてください。

アルファポリス　書籍の感想　検索

ご感想はこちらから

本書は、「アルファポリス」（https://www.alphapolis.co.jp/）に掲載されていたものを、
改稿、加筆のうえ、書籍化したものです。

居場所《いばしょ》を奪《うば》われ続《つづ》けた私《わたし》はどこに行《い》けばいいのでしょうか？

gacchi（がっち）

2024年 12月 5日初版発行

編集－反田理美・森 順子
編集長－倉持真理
発行者－梶本雄介
発行所－株式会社アルファポリス
〒150-6019 東京都渋谷区恵比寿4-20-3 恵比寿ｶﾞｰﾃﾞﾝﾌﾟﾚｲｽﾀﾜｰ19F
TEL 03-6277-1601（営業） 03-6277-1602（編集）
URL https://www.alphapolis.co.jp/
発売元－株式会社星雲社（共同出版社・流通責任出版社）
〒112-0005 東京都文京区水道1-3-30
TEL 03-3868-3275
装丁・本文イラスト－天城望
装丁デザイン－AFTERGLOW
（レーベルフォーマットデザイン－ansyyqdesign）
印刷－中央精版印刷株式会社

価格はカバーに表示されてあります。
落丁乱丁の場合はアルファポリスまでご連絡ください。
送料は小社負担でお取り替えします。

ISBN978-4-434-34883-9 C0093